レイ
オルテンシア
いくつかの帽子を試着した後、
シアは花飾りのついたピギーピンクのクロッシェを選んだ。
ちなみにレイとケインが選んだのは、
シンプルなデザインのつば広の帽子である。
クロッシェを被ったシアを見て、ごく自然に
「よく似合っているね」

ケイン
と声をかけてくれたのはケインの方で、
それを聞いたレイは、
「私が言いたかったのに
何でお前が先に言うんだ」
などと文句を言い、シアはつい笑ってしまった。
アンシェーゼ皇家物語

アンシェーゼ皇家物語
囚われ令嬢の願いごと

TORAWARE REIJO NO NEGAIGOTO

2

著　タイガーアイ　画　Ciel

一迅社ノベルス

アンシェーゼ皇家

キャラクター相関図

ケイン

シアが13歳になる少し前に出会った少年。人懐こく、温厚な性格でバランス感覚に優れている。

レイ

シアが13歳になる少し前に出会った少年。美しい容姿に朗らかな性格でマナーも完璧。姉上至上主義。

オルテンシア

田園地帯に所領を構える下級貴族。家を潰されることを恐れてアントと婚約した。健気で前向きな性格。

ルース

シアの三つ上の兄。次男。明るく率直な性格で、愛嬌がある。マルセイ騎士団に所属する。

ジョシュア

シアの八つ上の兄。長兄。おっとりとしているが頑固な一面もあり、生真面目。

アント

シアの婚約相手。高位貴族でプライドが高い。家が浪費家で借金を抱えたため、シアと婚約した。

用語紹介

寄り親

下級貴族らのために商売や貴族の交流などの人脈を繋ぐのが役割。何か起こった時には寄り子を庇って動くのが務め。

三大騎士団

アンシェーゼの最高峰に位置する格の高い騎士団。アントーレ、ロフマン、レイアトー騎士団がある。

その他登場人物

カリアリ卿

ラヴィエ家の寄り親。

ヴィアトリス

アンシェーゼ現皇后陛下。

アレク

アンシェーゼ現皇帝陛下。

セルティス

アンシェーゼ皇弟殿下。

C O N T E N T S

Tiger's eye Presents Illustrated by Ciel

シアの物語

一章

その日シアは、少し落ち込んだ気分で皇都ミダスの街を歩いていた。

先日訪れた商会で、「成り上がり貴族のくせに」とシアを見ながら小声で囁《ささや》き合う令嬢達の声を耳にしてしまったせいかもしれない。先代から急激に財を増やし始めたラヴィエ家はそうした中傷をよく受けていた。

シアはあと半月後には十三歳になる。花で言えばまだ固い蕾《つぼみ》で、成熟した美しさとはまだ無縁だ。平凡だと言われる栗色の髪をサイドから編み上げ、落ち着いた色の上品なドレスを纏《まと》って精一杯着飾ってきたけれど、どこか心は晴れなかった。

年に数度は皇都ミダスを訪れるシアであったが、今回の訪問はおよそ半年ぶりの事となる。老舗《しにせ》の並ぶ大通りを歩くシアの斜め後ろに、侍女と護衛が従っていた。

季節はちょうど六月に入ろうかという所で、そよ風に揺れる新緑の若葉が目に涼しげだ。心地好い風がシアの頬をくすぐっていき、街を包む初夏の匂いをシアは胸いっぱいに吸い込んだ。新しい皇帝が即位されて間がない街は今までになく華やいだ活気に溢《あふ》れ、人々の顔も輝いている。若く精悍《せいかん》な治世者に民の誰もが夢中になっていて、その噂話《うわさばなし》を聞き拾うだけでも楽しかった。

そんなシアであったから後ろから近付いてくる小さな足音には無警戒で、だからその子どもが横を駆け抜けざまいきなり自分を突き飛ばしてくるなど、シアには思いもよらぬ事だった。

突然どんという強い衝撃に襲われ、シアは一瞬自分の身に何が起こったのか全く理解できなかった。小柄な体は撥《は》ね飛ばされて、勢いよく石畳に叩《たた》きつけられると覚悟したが、予想した痛みはいつまで経《た》ってもシアを訪れなかった。気付けば誰かに抱きとめられていて、護衛のものとは違う何か高貴な香りが鼻先をくすぐった。

「お嬢様ッ！」

「おい、レイッ！」

悲鳴のように自分を呼ぶ護衛と、誰か見知らぬ若い男の子の声が錯綜《さくそう》する。

自分を腕に抱く誰かはまるで全力疾走していたように荒い息をついていて、その息遣いを間近に感じながらシアはひたすら体を縮こめていた。見も知らぬ人間に害されようとした恐怖に身が強張《こわば》り、心臓がどくどくと嫌な音を立てている。

と、そんなシアを労《いたわ》るように頭上から柔らかな声がかけられた。

「君……、大丈夫？」

自分と同年代くらいの男の子の声だった。シアはこわごわと顔を上げ、自分を覗《のぞ》き込《こ》んでいる少年と近距離で見つめ合い……、そしてシアは石化した。

まず目に飛び込んできたのは、ぱっちりとした二重《ふたえ》の瞳だった。睫《まつ》毛《げ》は長く、深みの増した琥珀《こはく》の瞳は吸い込まれるように美しく、視線を外す事をシアに許さない。

何なの、この人外の美少年は……？

思わずそう心に呟《つぶや》いても仕方がないだろう。これほど美しい人間をシアは今まで見た事がなかった。

肌の色は透き通るように白く、すっと通った鼻梁《びりょう》は高すぎず低すぎず、顔の輪郭といい気品ある口元といい、全てが完璧に調和して非の打ち所がない。ここまできれいだと、頬を染める段階は軽くすっ飛ばして人間は言葉を失ってしまうのだとシアは初めて知った。

……これがレイと名乗る少年とシアとの初めての出会いだった。

二　章

シアは九つの時に五つ年上の貴族と婚約した。

顔も見知らぬ相手であったが、それを両親から伝えられた時、シアは純粋に嬉《うれ》しかった。自分が一つ大人の階段を上ったような気がして誇らしかったし、婚約者はどんな人だろうと想像する度に心臓がバクバクと跳ね、まるで恋でもしているみたいとシアは笑い出したくなった。

相手の名はアント・エクルス・ダキアーノと言い、現在はレント騎士団で準騎士をしている令息だ。ダキアーノ家はアンシェーゼの建国当時からある名門中の名門で、過去には皇弟殿下の姫君が降嫁された事もある家だと父からは説明された。

そんな名家に嫁ぐのが何故《なぜ》自分なのだろうと、シアは少し不思議に思わないでもなかった。

だってシアの家はセルシオ地方の田園地帯に所領を構える由緒正しい（？）下級貴族である。二世代前までは貧乏な田舎《いなか》貴族の典型のような家であったのだが、おじい様の代から農地整備や小麦の品種改良に取り組み始め、質のいい小麦の安定的な収穫に成功するや、今度はその小麦粉を使った菓子作りにも手を伸ばしてこれが大当たりした。増えた財で土地も広げていき、この辺りでは結構名の知れた裕福な貴族へとのし上がっている。

婚約者と初めて顔を合わせた日の事は、今もシアの記憶に新しい。

その日シアは両親に連れられて、この縁組をお膳立てしたカリアリ卿という貴族の邸宅を訪れた。

そこにはシアの婚約相手であるアントとその両親も呼ばれていて、両家はそこで初めて顔を合わせたのだ。

初めて会うアントは十四歳にしては背が高く、細面でどこか神経質そうな少年だった。顔立ちはまずまず整っているのだが、高慢さがそこかしこに透けて見え、とっつきにくさを感じさせる。

何よりシアを怯《おび》えさせたのが、シアに向けられた冷ややかな眼差《まなざ》しだった。値踏みするような目がふわふわとしたシアの栗色の髪に向けられ、まずいものを口にしたかのように顔を顰《しか》められた。アントは美しい金髪をしていたから、どこにでもあるようなシアの髪色がどうやら気に食わなかったらしい。

そしてシアの顔立ちも、きれいというよりは愛らしさが溢れているような造形をしていた。目はぱっちりとして鼻や口は小さめで、天真爛漫《らんまん》な愛くるしさがシアの一番の魅力であったのだが、年よりも幼げなシアの容貌はアントを更に失望させたらしく、最悪だと言いたげに軽く首を振られた。

初対面の、しかも婚約者と紹介されている少年にそのような態度をとられて平然といられるほど、シアの神経は太くない。九つのシアは狼狽《うろた》え、助けを求めるように母に視線を流したが、それがまたアントの気に障ったらしかった。

「挨拶すらまともにできないのか」

それが婚約者からシアに与えられた初めての言葉だった。

傍《そば》にいたシアの父親は感情を抑えようとするようにぎりっと奥歯を噛《か》みしめた。

「……このような場は初めてで、身が竦《すく》んでしまったのでしょう。この子に不満ならば、どうぞ新し

い貴族令嬢を婚約者にお迎え下さい。元々家の格が違う婚約で、こちらからは望んだ事もありません。慎んで辞退させていただきたく……」

シアの父、ラヴィエ卿の言葉に、アントの父親は舌打ちでもしそうな顔をした。ダキアーノ卿は息子《むすこ》であるアントに更に気難しさを加えたような壮年の男性で、不機嫌な顔でカリアリ卿に向き直った。

「カリアリ卿。この件についてはすでに話がついていると思ったが」

話を振られたカリアリ卿は、慌てて仲介に入ってきた。

「ラヴィエ卿。この件については何度も話し合いを重ねてきた筈《はず》だ。辞退などもっての外だ。オルテンシア嬢はまだ九つで、これからの淑女教育でマナーなどいくらでも身についていくだろう。心配せずとも、ダキアーノ家の奥方として十分にやっていける」

アントの非礼を咎《とが》めようともせず、シアがマナーを身につけさえすればこの問題は解決すると口にしたカリアリ卿に、ラヴィエ卿は更に怒りを募らせた。この言い方では、シアがマナーを身につけていない田舎娘だと決めつけられたも同然で、到底容認できない。

「オルテンシアの事は心配しておりません。この子は心根も優しく、努力も惜しまない子です。ただ、余計な苦労はさせたくないと思うのは親として当然でしょう。アント殿。このオルテンシアを本当に婚約者として望まれているのかどうか、今一度この場でお教えいただきたい」

未来の義父からそう質《ただ》されたアントは尊大そうに顎を上げた。

「貴族の結婚は家同士の問題だ。私情を挟む気はない」

うまい逃げ口上だとカリアリ卿は笑い出しそうになり、顔色を変えたラヴィエ卿を見てごまかすように咳払《せきばら》いをした。

「まあまあ、ラヴィエ卿。アント殿はシア嬢のマナーについて一言言われただけで、それ以上の他意はない。私の顔に免じ、そのくらいで矛を収めてはくれまいか」

ラヴィエ卿は感情を抑えるように大きく息をつき、ダキアーノ卿に向き直った。

「……私どもはこのオルテンシアを本当に大事に育てて参りました。この娘に不自由な思いはさせたくないからこそ、莫大な持参金を貴家にお支払いするのです。その事だけはどうぞお忘れになられませんように」

大人たちの会話をじっと聞いていたシアは、ようやく今回の婚約の意味を理解した。

つまりこのダキアーノ家はシアの家が持つ金欲しさにシアを望んだという訳だ。両親の顔を見れば二人が納得していない事は丸わかりで、けれど二人にはどうしようもなかったのだろう。

世の中は自分の思い通りにならない事で溢れている。不意にそんな言葉がシアの心にすとんと落ちてきた。九つであったシアはその日初めて、諦念という感情を知ったのだった。

辛《つら》そうに唇を引き結ぶ両親を見て、ここは自分がしっかりしなきゃとシアはお腹《なか》に力を入れた。泣いて嫌がればこの縁組が白紙になると言うのであればシアも気合を入れて頑張るけれど、どう頑張ってもきっとそうはならない。となれば、シアが覚悟を決めるしかないのだ。

という事でシアがまずしたのは、先ほど馬鹿にされた挨拶をやり直す事だった。挨拶もまともにできない田舎娘と馬鹿にされたままこの顔合わせが終わるのは、シアにとっても非常に不本意である。

シアは怒りが収まらない父親の腕にそっと手をかけ、真っ直《す》ぐにアント・ダキアーノに向き直った。ここに来る前、家庭教師からカーテシーを散々体に教え込まれた。せっかくだからその成果を発表する事にしよう。

正面から目を合わされて、年上のアントが一瞬怯《ひる》むのがシアにはわかった。シアは片足を斜め後ろの内側に引き、背筋をすっと伸ばしたまま、カーテシーの見本のように優雅に片膝を折った。

「オルテンシア・ベル・ラヴィエと申します。宜しくお導き下さいませ」

顔は多少引きつっていたが、このくらいはご愛敬だわとシアは密《ひそ》かに心の中で呟いた。

その晩、シアは初めて両親が言い争う声を聞いた。なかなか寝付けず、母の顔が見たくなって階下に降りたところ、たまたまその場に出くわしてしまったのだ。

「あのような相手にシアを嫁がせるのは不憫《ふびん》です」

いつも優しくおっとりとしたお母様が涙ながらに父に訴えていた。

「遡れば皇家の血も受け継ぐお家柄だそうですが、そのような栄誉を望んだ事もありません。血筋はよくとも家は借金まみれで、どの家も縁を繋《つな》ぐ事を嫌がったと言うではありませんか。カリアリ卿は家格の高い貴族との人脈が欲しいだけで、寄り子の事などどうでもいいのです。あのような暴言を吐くダキアーノ卿を諫《いさ》めても下さらない……」

「だが、寄り親に逆らえば、ラヴィエ家は潰されるだろう」

父の声は苦渋に満ちていた。

「レガルト家を覚えているだろう？　カリアリ卿の不興を買って貴族社会から弾《はじ》かれた。孤立した上に散々な嫌がらせを受けて、とうとう爵位までも手放す羽目になった。あれは半分見せしめだ。寄り親に逆らったらどうなるか周囲に見せつけるために、レガルト家は潰されたんだ」

「本来ならば、何か困った事があった時に助けてくれるのが寄り親の務めである筈ですのに」

口惜しそうな母の言葉に父は沈黙した。社交もままならない下級貴族らのために人脈を繋ぎ、何か事が起こった時には寄り子を庇《かば》うのが寄り親の務めだった。だが不幸な事に、ラヴィエ家が親と仰いでいたのは、それと対をなすようなカリアリ卿だった。

「私とて寄り親を替えられるようなら替えたいが、親同士は対立を嫌うから余程の事情がない限り他の親の寄り子に手を出そうとはしないだろう。親を替えようと動いた下級貴族達は、今までも苛烈な報復を受けている。その寄り親を黙らせるほどの強いコネを他に持たない限りはどうにもならない」

「……もし逆らったら、我が家はどうなるのです？」

父は溜息《ためいき》をついた。

「そうだな。まず貴族社会からは弾かれる。シアはもとより、跡取りのジョシュアや次男のルースも縁をすべて潰されるだろう。顔が広いカリアリ卿は、ラヴィエ家の取引先にも圧力をかけるだろうな。小麦粉や菓子の販売先を失えば、こちらがどんなにいい小麦を作っても収益を得る事ができない」

そこまで聞いたところで、シアはそっとその場から離れた。父や母が辛そうに話している声をそれ以上聞きたくなかったし、本当にどうしようもない事なのだと改めて思い知ったからだ。

三人兄妹の末っ子として両親や兄に可愛がられて育ってきたシアは、容姿に失望されて顔を歪《ゆが》められたのも初めてなら、あんな風に人前で侮蔑されたのも初めてである。顔合わせの場では何とか気持ちを立て直して取り繕ったが、家に帰りついた辺りからぶつけられた悪意が毒のようにじわじわと体に広がって泣き出したくなった。

母の温《ぬく》もりを求めてこっそりとやってきたのはいいが、いつも朗らかに微笑《ほほえ》んでいる母はシアのために泣いていて、父はそれを宥《なだ》めるしかできない。

どこか覚束《おぼつか》ない足取りで自室に戻った後、シアは自分の膝を両腕で抱えるように寝台の上に座り込んだ。

あの人と結婚しなきゃ、お家が潰されちゃうんだ……とぽつんと呟いた時、ぽたぽたっと涙が零《こぼ》れ落ちてシーツに小さな染みを作った。

その日シアは、声を押し殺してちょっとだけ泣いた。


その後、ラヴィエ家からダキアーノ家に婚約祝いという名目の援助金が届けられたらしく、アントがその挨拶のためにラヴィエ家を訪れた。当主であるラヴィエ卿に対しては一応の礼を尽くしたアントだったが、その添え物のようなシアに対しては気を遣う必要もないと思ったらしい。前回同様、高慢な態度を崩そうともせず、それを見ていた次兄のルースはかなり怒りを募らせていた。

シアもいい気はしなかったが、それでも相手はいずれ自分が嫁ぐ相手である。少しでも関係を改善したいと思い、その後も折に触れて手紙を書き送ってみたが、アントからは一度も返事が届く事はなかった。

半年に一度、ラヴィエ家から援助金が届いた時には渋々とシアを家に招いてくれたが、その時もアントは嫌がらせのようにシアの欠点だけをあげつらった。ドレスが野暮ったいだの、立ち居振舞いが無様だのと言いたい放題で、最後には必ず、生まれの卑しい者はこれだからとこれ見よがしに溜息をつく。挙句に誕生日の贈り物にセンスがないと言われた時には、さすがのシアも言い返したくなってしまった。

シアは誕生日にアントから贈り物をされた事は一度もない。今も借金が残っているらしいのでお金に余裕がないのだろうと諦めてはいたのだが、カードの一つくらいくれてもいいのではとつい思ってしまった。

そんな日々を過ごすシアであったが、意に染まぬ婚約をひたすら嘆き、悲劇のヒロインモードで泣き暮らすなんて事は全くなかった。

だって、どうにもならない事をうじうじと悩んでも仕方がない。自分で変えられる事は取《と》り敢《あ》えず頑張ってみて、変えられない事は受け入れるしかないのである。その方が自分も楽しいし、ご飯だってきっと美味《おい》しい。

という事でシアがまずしたのは、高名な女家庭教師を家に呼んでもらう事だった。自分のマナーがなっていないと言うのなら、文句のつけようがないマナーをシアが身につければいいだけの話だ。上位貴族の子女を何人も教えてきたというその家庭教師の指導はかなり厳しいものだったが、アントに馬鹿にされる事に比べれば、教師の叱責くらいシアにはなんて事はなかった。元々負けず嫌いのシアは教師をうならせるほどのやる気を見せ、ひたすら自分磨きに精を出した。

その家庭教師からは立ち居振舞いや教養全般だけでなく、皇家の歴史や他国の概略についても教わる事となった。田舎貴族には一生関わりのない話かもしれなかったが、ある程度の事は知っていないと社交場で恥をかくからだ。

「お嬢様は皇家についてどの程度知っておいでですか？」

教師からそう問われたシアは、随分前に兄から聞いた知識を慌てて頭から引っ張り出した。

「皇帝陛下には二人の皇子殿下がおられ、皇后陛下を母君に持つ第一皇子と、今は亡き側妃がお産みになった第二皇子がいらっしゃいます。あと、母君の違う皇女殿下が数人いらっしゃるとお聞きしました」

「正確には五人です。上の三人の皇女方はすでに他国へ嫁がれました。今、皇家に残っておられるのは第四皇女と第五皇女ですが、第四皇女は皇帝が養女とされたお方で、皇家の血は引いておられません」

「確か、亡き側妃様の連れ子であったとお聞きしていますが」

「ええ。第二皇子殿下の異父姉でもあらせられます。とても病弱なお方で、社交場に顔を見せられた事はないようですね」

皇家の系図を学ぶ中で、シアはダキアーノ家の名前も見つけた。ある代の皇弟の姫君が降嫁したと書かれている。シアの立場では誉れに思うべき事柄なのだろうが、アントに散々貶《おとし》められている身では素直に嬉しがる気にはなれなかった。

そんな風に日々、勉学に励むシアであったが、貴族令嬢としての立ち居振舞いも身につき始めた辺りから、両親はシアを連れて皇都ミダスを訪れるようになった。皇都の雰囲気に慣れさせ、何より服飾の流行に触れさせておきたかったのだろう。

ラヴィエ家が住まうセクルト地方東部からミダスまでは馬車で丸一日かかるため、それは容易な事ではなかった。少なくともミダスで二泊しないとならないため、この辺りの貴族は余程の用がない限り、ミダスまで出掛ける事はない。

ただシアの場合、嫁げば高位貴族と接する機会がないとも言えないので、両親は年に数度はシアをミダスに連れて行く事にした。望まぬ縁を娘に強いる事になったラヴィエ卿夫妻は、格の違う婚家で娘が馬鹿にされないようにとそれだけ必死だったのだ。

ラヴィエ卿はミダスでの滞在用にと郊外に小さな別邸を購入した。毎回宿を探して泊まるよりは、信頼のおける管理人夫妻を置いた別邸に寝泊まりした方が、安全だと判じたからである。

最初のうちこそ両親のどちらかがシアに付き添ったが、ミダスにも慣れ、老舗の店主らとも顔馴染《かおなじ》みになると、侍女のマリエと腕利きの護衛だけを連れてシアがミダスの別邸に泊まる事も増えていった。

このマリエは長年ラヴィエ家に仕えてきたベテランの侍女で、ラヴィエ家の事情にも通じ、当主夫妻の信頼も篤《あつ》い。何よりシアが懐いていた。控えめだが、一本芯の通った性格で、皇都に来る時は必ずこのマリエがシアに付き添った。

ラヴィエ家は自領の小麦粉を使った菓子の開発に力を入れていたから、シアはミダスに来る度にこのマリエを連れて様々な菓子店に足を運んだ。ミダスは皇都だけあって、地方にはない洗練された珍しいお菓子がたくさんある。それをお土産《みやげ》に持ち帰り、皆で丁寧に味わって菓子作りの参考にしていった。

そんな風に領地とミダスとの往復にも慣れてきた頃、シアは家庭教師からミダスの窮児院《きゅうじいん》に顔を出してはどうかと提案された。

窮児院は聖教会が立ち上げた孤児を扶育する施設で、運営資金は国や貴族からの寄付によって賄われている。慈善を行う事は貴族としての大切な務めの一つだと教わったシアは窮児院にも足を運ぶようになり、寄付を渡すだけでなく、時間が許す限り子ども達の相手をするよう心掛けた。

そうしてシアは淑女としての心得や教養を着実に身に着けていき、文句のつけようもない貴族令嬢に育ってきていたが、アントは決してシアの事を認めようとしなかった。

ダキアーノ家は代々、財力はなくとも名のある貴族の娘を妻に迎えていて、下級貴族の娘と結婚するのはアントが初めてであったからである。その事をアントは屈辱だと捉えており、ラヴィエ家の援助で貴族らしい生活ができるようになった事からは都合よく目を背けていた。

やがてアントは十七となり、この三月でいよいよ騎士の叙任を受ける事となった。

四か月遅れで十二歳となるシアはまだ幼さが抜けきらずにいたが、それでもアントの正式な婚約者である事に変わりはない。ところが、アントの叙任に際して様々な祝いの品を贈ったラヴィエ家に対し、ダキアーノ家からは礼状が一枚届いただけだった。

貴族にとって騎士の叙任は特別な意味を持つため、ダキアーノ家も小さな邸宅でささやかな祝賀の席を設けたが、招待したのは夫人の生家を含めた家格の高い親族数家のみだ。本来ならば、こうした祝賀を催せるだけの援助を行ってきたラヴィエ家や婚約者のシアを一番に呼ぶべきであるのに、血筋のいい親族が集う席にラヴィエ家を招待するのは恥と感じたか、招待状すら送らなかった。

こういう類《たぐい》の話はいくら隠していても、いずれは巡り巡って伝わってくるものである。ラヴィエ家も少し遅れてその事実を知人から知らされる事となった。

アントが家格の低い自分に不満を覚えている事は知っていたが、まさか人生の節目ともいえる叙任の祝いに婚約者である自分を弾いてくるとは思いもよらず、さすがのシアも落ち込んだ。アントの妻となるために血の滲《にじ》むような努力をしてきた事もすべて否定された気がして、その晩シアは布団の中でひっそりと涙を拭った。

その後、アントは準騎士時代から所属していたレント騎士団に正騎士として勤めるようになったが、シアとの距離感は縮まる事なく、シアは人知れず孤独を強めていった。

やがて年が改まろうとする頃に皇帝の死去が伝えられ、後継者を巡って国の中枢部は揺れたようだが、二月にはその混乱もおさまって新たな皇帝が即位された。

しばらくは政情も不安定だったが、四月末には皇都の方も落ち着いてきたと聞き、シアは久しぶりにミダスに行ってみたいと両親に頼んでみた。窮児院の子ども達にも会いたいし、馴染みの服飾店を訪ねてドレスを見せてもらうだけでも気が晴れる気がしたからだ。

　ここ最近シアの元気がない事に気付いていた両親は二つ返事でそれを許してくれ、シアは気心の知れた侍女のマリエとミダスにやって来た。

　そしていつものようにマリエと護衛を連れて大通りを散策していたら、後ろから駆けてきた子どもにいきなり体を突き飛ばされたのである。


「あの……」

　何とか言葉が出るようになったシアは、もぞもぞと体を動かしてみた。自分を抱きとめてくれていた十二、三歳くらいの少年がそれに気付き、慌てたように力を緩めてくれる。

　泣きそうな顔でこちらを見ているマリエに大丈夫と小さく頷《うなず》いて、シアはゆっくりと立ち上がった。マリエがすばやくドレスのしわを直してくれ、シアは改めて琥珀色の瞳の少年に向き直った。背はシアとちょうど同じくらいか、少しシアの方が低いくらいだ。

「助けていただいてありがとうございました」

　もし受け止めてもらえなかったら、自分は顔から石畳に突っ込んでいたかもしれない。それを思うと今更ながらに体が震える思いで、シアについていた護衛はそれ以上に責任を感じていた。不測の事態とはいえ、主を守り切れなかった護衛は、自分に代わって主を救ってくれた少年に対して土下座せんばかりの勢いで頭を下げた。

「あのままでは、お嬢様がお怪我《けが》をなさるところでした。差し支えなければ、お名前を教えていただけませんでしょうか。当主の方から改めて礼をさせていただきます」

膝に付くほどに深く頭を下げてくる護衛に、少年は「いや……」と笑って首を振った。

「そもそも私があの子どもを追いかけていたせいで、そちらを巻き込んでしまったんだ。礼を言われるような事じゃない」

その言葉にシアはふと首を傾《かし》げた。そう言えば随分といいタイミングで自分を受け止めてくれたし、その後もまるで全力疾走していたかのように大きく息をついていた事に今更ながらに気付いたからだ。

「そう言えば、何故追いかけていらしたのですか?」

そう問うと、少年は「ちょっとしたトラブルに見舞われてね」と小さく笑った。そして傍らにいた友人らしい少年の肩を小さく小突く。

突き飛ばされた時に、護衛とは違うもう一人の声が聞こえたような覚えがあるが、それがこの彼であったのだろう。彼はどこか他所《よそ》を見ていたらしく、友人に肩を小突かれて慌ててシアの方に向き直った。

自分を助けてくれた少年ほどではないが、こちらも目元の涼やかな端整な面立ちをしていた。髪は薄い金髪にグレーが混ざったようなアッシュブロンドで、瞳はシアと同じヘーゼルだ。

アッシュブロンドの少年は苦笑気味に口を開いた。

「えっと、私が財布をすられたんだ。それで友人が追いかけてくれて」

「財布を……」

シアは目を大きく見開いた。

「では、わたくしのせいで逃げられてしまったのですね」

申し訳ありませんとシアが頭を下げると、アッシュブロンドの少年は軽く首を振った。

「いや、金の方は何とかなるし、油断していた私が悪かったんだ」

そう答えた後、少年は「それよりも……」と困ったように辺りを見渡した。シアを助けた方もつられたように周囲を見回して、「どこだ、ここ……」と呟いている。どうやらスリの子どもを夢中になって追いかける余り、見知らぬ通りに来てしまったらしい。

「ったく、場所も知らないのに勝手に走るなよ。危うく見失うかと思ったぞ」

ぶつくさと文句を言う友人に、明るい金髪の少年は軽く肩を竦めた。

「悪かったよ。つい体が動いちゃって」

そんな風に言い合っている二人に、シアはちょっと躊躇《ためら》った末に言葉を掛けてみた。

「あの……お金をすられてお困りなら、少しは用立てる事もできますわ。怪我をするところを助けていただいたのですもの。どうかお礼をさせていただけませんか」

シアの言葉に、金髪の少年がちょっと考え込んだ。

「お金より、ここがどこなのか教えてもらっていい？　行きたいところがあるんだけど、完全に道に迷ってしまって」

「勿論ですわ」

役に立てる事があるならば何でもしたいと、シアはにっこりと微笑んだ。

「で、どちらへお行きになりたいのですか？」

「両替商」

想定外の言葉にシアは笑顔のまま固まった。

シアは利用した事はないが、勿論名前だけは知っている。金のない者が物を売り、当座の金を手に入れるところの筈だ。

「……えっとつまり、何かを売ってお金に換えたいという事でよろしいのですね」

アッシュブロンドの方が財布を盗られたとしても、もう片方が普通にお金を持っていれば、両替商でわざわざ換金する必要はない。という事は、おそらくすられた財布が二人の全財産で、二人は今無一文だという訳だ。

そう言えばこの二人は余り裕福な身なりをしていないと、今更ながらにシアは気付いた。ミダスの街にも不慣れな感じがするし、地方から出てきてうっかりスリに遭い、物を売って換金しなければならない羽目に陥ったという事なのだろうか。

シアの心配を他所に、両替商の事を聞いてきた少年は能天気に答えてきた。

「そうなんだ。どこかいいところを知っているかなあ」

ここで金銭的な話をもう一度蒸し返しても、二人に嫌な思いをさせるだけだろうとシアは思った。ならば二人のためにできる事を、シアは誠実に返していくしかない。

「中心街にあるお店なら信用が置けると思いますわ。わたくしは入った事はないのですけれど、よろしければご案内しましょうか」

そう提案してみれば、少年は「えっ、いいの？」と顔を輝かせてきた。それからすぐに、あっという顔をして窺《うかが》うようにシアを見つめてきた。

「でも、何か用があったんじゃないの？」

「中心街にあるコルネッティ商会をちょっと覗いて、あともう一か所、行く予定のところはあるのですが。でもどちらも約束している訳ではありませんし、時間ならいくらでもありますわ」

それを聞いた少年はほっとしたように笑い、一方、アッシュブロンドの少年は意外そうに目を見開いた。表情を変えたのはほんの一瞬だったが、この人はコルネッティ商会の事を知っているのだとシアは気付いた。

身なりから推察すれば余り裕福そうに見えない少年が何故コルネッティ商会を知っているのだろうと小さな疑問がシアの胸に湧いたが、それ以上は敢えて考えない事にした。助けてくれた恩人に対して余計な詮索をするべきではない。

「じゃあ、お言葉に甘えてしまって構わないかな」

金髪の少年が口元を綻ばせ、シアはにっこりと頷いた。

「他にも行きたいところがあれば、ご案内しますけれど」

「本当に？」

少年は瞳を輝かせ、「ケインも構わないか？」とアッシュブロンドの友人に聞いている。友人が「ああ」と頷くのを見て、少年は改めてシアに向き直った。

「私はレイだ。家名はちょっと言えないんだけど、こっちは友人のケイン」

家名をわざわざ伏せたという事は、やはりこの二人は貴族なのだろうとシアは思った。いで立ちこそ質素だが、二人にはどことなく気品が感じられる。

家の名を明らかにしなかった事については、別段不快を覚えなかった。むしろその方がありがたい。家名を知らされたら、家の格に応じた態度をとっていかなくてはならないが、互いに名前しか知らないのなら貴族の柵《しがらみ》に縛られる事もないからだ。のんびりと街歩きができるだろう。

「わたくしはオルテンシアですわ。どうぞシアと呼んで下さい」

そんな風に自己紹介を済ませ、二人を案内しようとすると、「あの……」と侍女のマリエが言葉を挟んできた。見れば、先ほどまでシアが被《かぶ》っていた白い帽子を手に持っている。突き飛ばされた衝撃で地面に転がったらしく、帽子の花飾りは土に汚れ、形も少し崩れていた。手入れすればまた使えるだろうが、今は被れそうにない。

どうしようと思った時、シアはふとマリエには九つになる孫娘がいた筈だと思い出した。

「このままでは被れそうにないし、処分はマリエに任せるわ。誰かに使ってもらえるかしら」

そう言っておけば、マリエも受け取りやすいだろう。この帽子はまだ数回しか使っていないし、汚れはブラシで簡単に落とせる筈だ。施与するのにちょうど良かった。

ふと空を見上げれば明るい日差しが目に飛び込んできて、シアはちょっと眩《まぶ》しそうに目を細めた。日差しを避ける帽子も被らずに外を歩くのはいつぶりだろうか。

こんな風に空を見上げる事もついぞなく、澄み渡る空の青さに自然と笑みが零れてくる。自分では与えられた日々の暮らしを精一杯楽しんで過ごしていたつもりだったが、いつの間にか空を見る余裕さえなくしていたのだと、今になって気が付いた。

その後、迷子の二人を案内する形で大通りを歩き始めたが、二人との散策は思いの外楽しかった。シアには男の子の友達はおらず、同年代での異性と言えば三つ年上の次兄のルースくらいだ。こんな風に同じ年頃の男の子達とお喋《しゃべ》りするのは初めてで、本当なら緊張してもおかしくなかったのだが、この二人とはどこか馬が合い、喋っていて大層楽しかった。

気付けば、レイに紹介する予定の両替商に着いていて、シアはちょっと躊躇ってから店の敷居を跨《また》いだ。店の前は何度か通った事があるが、足を踏み入れるのは初めてである。

これからどうしようとシアが途方に暮れていたら、レイがにこやかに店主に挨拶した。そして胸元から天鵞絨《ビロード》の布に包まれた物を取り出し、慣れた態度でカウンターに置く。

「翠玉《エメラルド》のブローチだ。石の大きさはそこまで大きくないが、色ムラがなく、透明度も高い。見てもらえないか」

店主は手袋を嵌《は》めた手でブローチを取り、天窓から差し込む光に翳《かざ》すようにじっくりと見た。それから納得したように小さく頷き、奥の小部屋へと三人を案内する。

初めての経験にシアは心臓がバクバクだったが、レイは大層落ち着いていた。ブローチの由来については母から譲り受けたものだとだけ語り、色の鮮やかさやカットの美しさなどを淀《よど》みなく店主に売り込んでいく。自分と年が余り変わらないようなのに何てしっかりしているのだろうとシアは感心してその横顔を見ていたが、ふと傍らのケインに目をやると、ケインは今にも吹き出しそうな顔で友人のその様子を眺めていた。

シアは宝玉にさほど詳しい訳ではなかったが、いずれ社交界デビューする身であれば、ある程度の知識は教わっている。翠玉はくすみのない鮮やかな緑色が最も高価とされていて、黄色みや青みが強すぎるとその分価値が落ちる。レイが持ってきたそれはとてもきれいな緑色をしていて、翠玉の価値を決める透明度もかなり高かった。

このように高価なブローチを持ち、それを惜しげもなく売り払えるレイは一体どんな人間なのだろうとシアは首を傾げたが、そうこうするうちにレイはてきぱきと値段交渉を進めていき、最終的に三百十カペーを店主からもぎ取った。店主は最初二百八十カペーの値をつけていたから、大健闘だと言えるだろう。

さて、三百十カペーと言えばかなりの大金である。その金額を聞いても全く顔色を変えない二人を見て、シアは二人に対する認識を少し改めた。その服装からさほど裕福でない貴族の出だと思っていたが、そう装っているだけで、二人はかなり財力を持つ家の子弟なのかもしれない。

とはいえ、それはシアには関係のない事だ。この二人がミダスを楽しめるよう案内するのがシアの務めで、それ以外の事は瑣末《さまつ》である。

「次はどこに行きましょうか？」

そう二人に問いかけると、レイはちらりと戸外に目をやった。

「まずは帽子屋かな。思ったより日差しが強いから、つばが広いやつを買いたいんだ。後、掌《てのひら》広場にも行ってみたい」

シアも日に焼ける事が少し気になっていたので、レイの提案はありがたかった。

「じゃあ、お勧めの帽子屋に案内しますね」

中央街にはいくつもの帽子屋があったが、シアはその中で、値段がそう高くもなく、質もほどほどに良いこぢんまりとした帽子屋を選んだ。二人は気軽な街歩きを楽しみたがっているようだから、高級な帽子を扱っている店よりもこちらの方が喜ばれるだろう。

帽子屋に入ると、レイは出迎えた店員にまずはシアの帽子を見繕ってくれるよう頼んでくれた。どうやらシアの帽子を駄目にしてしまった事を密かに気にしていたらしい。

シアは自分で支払うと慌てて申し出たが、レイはこのくらいはプレゼントさせて欲しいと言って譲らない。助けてもらった上に帽子まで買わせてしまうのが申し訳なく、シアは躊躇《ちゅうちょ》したが、ケインまでがレイの言うとおりにしてやってくれないかなと頼んできたため、ありがたく好意を受け取る事にした。

帽子屋の店員はシアのドレスに似合う様々な帽子を出して来てくれ、いくつかの帽子を試着した後、シアは花飾りのついたピギーピンクのクロッシェを選んだ。

因《ちな》みにレイとケインが選んだのは、シンプルなデザインのつば広の帽子である。クロッシェを被ったシアを見て、ごく自然に「よく似合っているね」と声をかけてくれたのはケインの方で、それを聞いたレイは、「私が言いたかったのに何でお前が先に言うんだ」などと文句を言い、シアはつい笑ってしまった。

そこから大通りを三人で歩き、通りから店の中を覗いたり、十字路に立つ時計台や街の石畳の模様を楽しんだりして、あっという間に掌広場に着いた。

「ああ、ようやくここに戻れた」

レイがそんな風に言うので、意味を図りかねて首を傾げれば、「実はこの広場で財布をすられたんだ」とケインが苦笑した。

「え。ここですられたんですか？」

広場からシアたちが出会ったところまではかなり距離がある。

「よくあそこまで追いかけましたね」とシアがしみじみと感心すれば、「日頃の訓練の賜物《たまもの》だな」とレイがいかにも自慢げに胸を張った。

一方のケインは納得がいかないとばかりに、「遊びに来た先でどうして全力疾走の走り込みをしなきゃいけない訳？」とレイに言い返している。

「おまけにこの年で迷子になるし」

レイは軽く肩を竦める。

「結果的にシアに会えたんだから、それでいいだろ？」

二人は何だかんだ言い合っていたが、会話からは仲の良さが透けて見え、シアは思わず笑ってしまった。

「ところで、どうしてこの掌広場に来たかったんですか？」

改めてシアがそう尋ねれば、「硬貨投げをしたくてね」とレイが楽しそうに言う。

「硬貨投げ？」

「うん。ほら、あそこの噴水中央に始祖帝の銅像があるだろう？　後ろ向きに硬貨を投げて始祖帝の掌に硬貨が載っかったら願いが叶《かな》うと言われているんだ」

「そうなのですか？」

シアは広場中央にある大きな噴水へと目を向けた。そう言えばこの辺りを通った時、後ろ向きになって硬貨を投げている人達を見かけたような気がする。

「ミダスに住んでいるのに知らなかったの？」

不思議そうにケインに聞かれ、シアは笑って首を振った。

「ミダスに住んでいる訳ではないんです。年に何度か買い物に訪れるだけで、その時も用事を済ませれば慌ただしく帰っていましたから」

「ああ、なるほどね」

と、それを聞いたレイがいたずらっぽい目でシアを見てきた。

「じゃあ、一緒にやってみない？」

「わたくしが硬貨投げを？」

シアはちょっとびっくりしたが、何だかとっても面白そうである。淑女ならばするべきではないが、ここにはシアの事を知る人間は誰もいないし、ちょっと羽目を外すくらいは許されるだろう。

「えっと、やってみたいです」

誘惑に負けて思わず本音を呟けば、「じゃあ、決まりだ！」とレイが嬉しそうに笑った。

マリエが紙幣を小銭に替えて来てくれ、三人は互いに声を掛けながら順番に硬貨を投げる事になった。始祖帝の像は噴水中央に位置するが、右手を民の方に差し出すように伸ばしているため思っていたより的は近い。それでも後ろ向きだと方向がなかなか定まらず、シア達が投げる硬貨は始祖帝の肘や胸に当たって、次々に池の中に落ちていった。

一人投げる度に、もう少し左だの、もっと高く投げてみてと声を掛け合い、いつしかシアは夢中になって硬貨投げに興じていた。最初に掌に硬貨を投げ入れたのはレイで、声を上げてガッツポーズを決めるレイにシアは歓声を上げ、ケインは「やったな！」と友人の肩を抱いて一緒に拳《こぶし》を振り上げていた。

その後は、ケインとシアの二人で硬貨投げを頑張ったがあと少しというところで入らず、そのうちケインが「お茶でも飲んで休憩しないか」と誘ってきたので、硬貨投げはそれでお開きとなった。

休憩と言ってもどこで休むつもりなのだろうとシアは不思議に思ったが、ケインが連れて行ってくれたのは荘厳な歌劇場が立ち並ぶ一角だった。地方出身のシアは知らなかったが、歌劇の上演や仮装舞踏会などが開かれる歌劇場は、日中は喫茶スペースとして開放されているという。

その中のテビア劇場という歌劇場にケインは慣れた足取りで入っていったが、接客係に案内されたそこは、シアの想像を遥かに超える壮麗な世界が広がっていた。

喫茶スペースの奥は全面ガラス張りとなっていて、向こうには広々とした庭園が広がっている。中でも目を引いたのは、庭園中央に作られた布落ち滝で、数回の段差で水しぶきが白い飛沫《ひまつ》となり、まるで白い布のように水が流れ落ちていた。

こんな見事な景観は見た事がなく、シアは言葉を失ったが、更にシアたちが案内されたのは最前列の窓際の席だった。テーブルの形も半円形になっていて、これはどの席に座っても戸外の景色が楽しめるようにという配慮からであるらしい。

「すごいな」とレイが呟き、レイもここを訪れたのは初めてなのだとシアは知った。

給仕に椅子を引いてもらいながら、何だかまだ夢を見ているようとシアは心に呟いた。

本来なら今頃はいつも通りに商会を覗き、店員に最新のモードを聞きながらドレスを見せてもらっている筈だった。それが家名も知らぬ男の子達と市中を一緒に散策し、人の行き交う広場で子どものように硬貨投げを楽しむだなんて……。付き人用の控え室で待っているマリエや護衛のザックもさぞ驚いている事だろう。

ぐいぐいと周りを巻き込んでいく行動的なレイと、一歩引いてちゃっかりそれを楽しんでいるケイン。二人があんまり楽しそうに硬貨投げをするものだから、シアもいつの間にか引き込まれるように遊びに興じていた。

噴き上がる水は涼しげで、石畳に落ちて心地よい水音を立てていた。水に濡《ぬ》れて鈍く光る石畳と温かな陽光、そして水の独特な匂い。石像に向かって放物線を描いていく硬貨を必死に目で追い、澄み渡る空に三人で笑い声を響かせた。

ケインから「少し休憩しないか」と声を掛けられた時、実を言うとシアは少し寂しかった。この特別な時間が終わってしまう事が惜しかったからだ。

けれどケインが連れて来てくれたところはこれまでシアが目にした事もない洗練された空間で、シアはあっという間に心を奪われた。偶然に出会い、共に時を過ごす事になったこの二人は、一体シアを何度驚かせれば気が済むのだろう。

やがて接客係が注文を聞きに来てそれぞれに飲み物とデザートを注文したが、美しい景観の中で楽しむティータイムはとても贅沢《ぜいたく》なものだった。何度も生地を重ねて焼き上げられたケーキはふんわりとして香りもよく、シアが今まで食べた中でも極上の部類に入るものだ。その食感を楽しみながら、これは上質な軟質小麦ねとシアは心で呟いた。雑味もなく、小麦独特の香りが仄《ほの》かに感じられる。

ふとレイとケインに目をやれば、二人とも見本のように美しい所作でお茶を楽しんでいた。存在が見事に場に溶け込んでいて、全く違和感がない。

「歌劇場にこのような喫茶スペースがあるなんて、全く知りませんでしたわ」

感嘆を込めてそう口にすれば、「定着したのはここ二、三年の話だからね」とケインが微笑んだ。

「こうした喫茶スペースは、サロンと呼ばれているんだ。口伝えで流行《はや》っていき、今はたいていの歌劇場がサロンスペースを設けているんじゃないかな」

そうして三人で楽しくお喋りに興じていたが、そのうちに隣のテーブルに座るご婦人方の高い声が妙に耳に響くようになってしまった。何でも初々しいカップルがいるらしく、「初めてのデートかしら」だの「まあまあ、あんなに恥ずかしがって」だのという声が途切れ途切れに聞こえてくる。

余りにもその話題で盛り上がっているものだから、シアはついその方を振り返ってしまい、次の瞬間、振り向いた事を猛烈に後悔した。そこにいたのはいとけない少年少女のカップルなどではなく、顔を赤らめて俯《うつむ》き合う、筋肉隆々の男性二人であったからだ。

シアは音を立てる勢いで顔を戻し、笑顔を張り付けたが、心の中では暴風が荒れ狂っていた。あれは一体何なのだろうか。田舎娘のシアには到底理解できない世界が広がっていた気がする。

シアの様子がおかしい事に気付いたらしいレイが、ちらりとそちらに視線を向けた。僅かに瞠目《どうもく》し、それからやや呆《あき》れたような笑みを浮かべてケインの方をちらりと見る。

そして妙ににこやかにシアに話しかけてきた。

「シア。言っとくけど、私がケインと街を歩いていたのは、単純に散策を楽しみたかっただけだからね。私達は同じ騎士学校に通っているけど、彼らと違ってああいう男同士の趣味はないから」

ああいう男同士の趣味……。断言されたシアは、心の中で悲鳴を上げた。

ああいう趣味というのはつまりお二人は恋人同士でいらっしゃる訳で、個人の嗜好《しこう》は人それぞれなのでそれはそれで別に構わないけれどあそこまで恥じらわれたら目のやり場に困ってしまうと言うか、だからと言ってお二人を悪く言うつもりは別になくてそうかと言ってよろしいと思いますわと答えるのも変な気がするし、こういう場合淑女は何と返すのが正解なのだろう。

背中からぶわっと変な汗が噴き出る感覚を味わいながら、シアは必死にレイへの返答を考えた。そう言えばレイは、私たちは同じ騎士学校に通っているけど……と口にした気がする。取り敢えずそっちの方へ無理やり話題を切り替えよう。

という事で、シアは口元をひきつらせながら、果敢に話題転換を試みた。

「騎士学校という事は、やっぱりお父様は貴族でいらっしゃるのね」

二人の事を詮索するつもりはなかったが、もうこれくらいしか話題が思い付かない。

尋ねられたレイは一瞬沈黙し、ちょっと逡巡《しゅんじゅん》してから口を開いた。

「私は貴族位を持たない次男坊。卒業後は家の手伝いをする予定なんだ」

ならば、裕福な地方貴族の次男でいらっしゃるのかしらとシアは思った。見る限りシアと同年代のようだから、騎士学校に入って一年目か二年目なのだろう。

「そう。家の手伝いも大変ですよね」

当たり障りなくそう答えれば、レイはシアについて尋ねてきた。

「ところでシアは？　もしかしてどこかの豪商の娘だったりする？」

年に何度かミダスに買い物に訪れているとシアが話したため、裕福な商家の娘かと思われたようだ。

「いいえ。一応貴族の娘ですわ。家格は低いけれど、お金だけはそこそこあって……、そんな家なんです」

「そう言えば不思議だったんだけど、コルネッティ商会には馴染みがあるようなのに、こういったサロンには来た事がないのかな？」

そう尋ねてきたのはケインで、ああやっぱりこの方はコルネッティ商会の事をご存じだったのねとシアは思った。一方のレイは友人の言葉の意味がわからなかったらしく、「コルネッティ商会？」と眉宇を寄せている。

「有名な服飾専門店だ。流行の中心になっていて、コルネッティのドレスを纏うのは一種のステイタスだと聞いている。一番有名なのがマダム・パーネというデザイナーで、今注文しても、取りかかってもらえるのは一年先らしいよ」

「その通りですわ」

シアも小さく頷いた。

「亡き皇太后陛下は、夜会ドレスや乗馬服のほとんどをコルネッティで仕立てておられたと店の者が自慢げに言っておりました。わたくしはさすがにマダム・パーネのものは買った事はありませんけど、年に一度くらいはコルネッティでドレスを仕立てています」

「それはすごいね」

ケインは純粋な称賛を込めてそう言ってくれたが、シアは少し顔を暗くした。

「本当は、わたくしはそれほどコルネッティに興味はないんです。流行もある程度大事ですが、ブランドにこだわらずに自分に合うドレスを着る方が好きなので」

ずっとそう思っていたが、誰にも言えなかった。友人に言えば、嫌みか自慢に聞こえてしまうとわかっていたから、なるべくドレスの話はしなかった。ましてや、目の飛び出るような金をシアのために支払ってくれている両親に言えるものではない。

「でも、コルネッティのドレスでないと金を惜しんでいると両親を悪く言われた事があるんです。だから皇都に来た時は、なるべくコルネッティに寄るようにしているのですわ」

殊更にあら捜しをしてくるアントのために着飾る必要があるのだろうかと、つい思ってしまった事もある。けれど、両親の事まで悪く言われるのは耐え難かった。だからアントの家を訪れる時は、神経質なくらい身だしなみに気を遣った。それでも血の卑しさまでは隠せないと言われたら、シアにはもうどうしようもない事なのだけれども。

「……誰がそんな事を？」

気遣うようにレイに尋ねられ、シアは一瞬言い淀んだ。このような事は口にすべきではないと思う一方で、家名も知らぬこの二人にならば、今まで一人で耐えてきた思いを少しばかり吐露しても許されるのではないかと思った。

出会ってからの時間は長くはなかったけれど、シアにとってこの二人はいつの間にか心を許せる相手になっていた。言葉の一つ一つに温もりがあり、誠実な優しさが感じられる。

そしてまた、家族とは違う距離感がシアには心地好かった。シアの事情と無関係なこの二人なら、シアの言葉に負い目を感じて自分を責める事もないからだ。

「わたくしの周辺はみんな知っていますから、きっと言っても構いませんわね」

最後に自分に言い聞かせるようにそう呟いて、シアは真っ直ぐにレイの瞳を見た。

「わたくしの婚約者です」

シアの言葉に、レイは大きく目を見開いた。

「婚約者がいるんだ」

その口調には僅かな動揺があったが、シアは気付かなかった。

「婚約歴はもうすぐ四年になりますわ」

シアは吐息のような笑みをそっと零した。

「幼馴染みなの？」

「いいえ。わたくしの家の寄り親が持ってきた縁談なんです」

シアは諦めを含んだ声でそう伝えた。

「九つの時に婚約が決まったんです。うちは家柄は低いけれど、かなり財力があるから、こんな家柄の娘でも需要があるみたい」

思わず自分を卑下するような言い方をしてしまい、レイがふと眉を寄せた。

「君らしくない言い方だね」

「婚約者はね、わたくしの事が不満なんです」

シアは仕方なくちょっと笑った。

「その家はうちとは比べ物にならないくらい家柄が良くて……。ただその分、面子《メンツ》を取り繕うのにお金が要《い》って借財が膨らんだそうですわ。だから家柄の低い我が家を選んでやったのだそうです」

レイは厳しい顔で黙り込み、ケインもまた不快そうに口を開いた。

「ひどい相手だな。……ああ、もしかしてその縁組みを了承するよう、寄り親から圧力をかけられたのかな。だから君のご両親も断れなかった?」

ケインの言葉にシアは黙って瞳を伏せた。

両親は何とかしてこの縁談を断ろうとしてくれていたが、それでもどうしようもなかったのだ。その事情を知っているから、シアも泣き言だけは両親に言いたくなかった。

「私が少しでもマナーに外れた事をしたら、婚約者はすごく嫌な顔をするんです。育ちが悪い人間はこれだからって。だから家を悪く言われないよう、必死で勉強しました。高名なマナーの教師を家に呼んでもらって、動作の一つ一つが美しく見えるよう、泣きながらおさらいしましたわ」

頑張ればいつか努力は実を結ぶのだと、そう信じてずっと頑張ってきた。けれどアントの目にはシアの努力など何の価値もなかった。祝賀の席から弾かれたと知った日の悲しみと無力感が胸に込み上げてきて、シアは僅かに瞳を伏せた。

と、そんなシアに思わぬ言葉がレイからかけられた。

「ああ、それで仕草がきれいなんだな」

純粋な賞賛が込められた言葉に、シアは一瞬瞠目した。他人《ひと》からこんな風に褒められた事は初めてで、思わず言葉に詰まってしまう。

ああ、努力を見てくれる人はちゃんといるんだ……。

そう思った瞬間、あの日以来ずっと胸に淀んでいた重苦しさが解けるように消えていき、シアは我知らず口元を綻ばせていた。

「ありがとうございます」

レイにとっては何気ない一言でも、その言葉は傷付いたシアの心を救ってくれた。

よく考えれば、自分はアントのためだけに教養やマナーを身につけてきた訳ではない。アントにされた仕打ちばかりに心を囚《とら》われ、自分を見失いかけていた事にシアはようやく気が付いた。

「身につけたものは、わたくしの宝だと思っているんです。ですから、婚約者のおかげと言えばおかげですよね。負けん気に火がついちゃったんですもの」

いつもの朗らかさを取り戻してそう言葉を返せば、レイは感慨深げに口を開いた。

「……そういう考え方って、母に似ているな」

「お母様と？」

「うん。私の母は平民だったんだけど、ものすごい美人だったから、無理やり父の愛人にされたんだ」

シアは驚いてレイの顔を見た。貴族が気に入った平民の娘を力づくで召し上げるといった話は聞かない訳ではなかったが、身近な話として耳にしたのは初めてだった。

「まあ。そうでしたの」

「父にはきちんとした家柄の正妻がいたし、貴族のマナーを知らない母は事あるごとに周囲から馬鹿にされてね。で、見返してやろうと必死でマナーを身に着けたらしく、私が物心ついた時は優美な貴婦人そのものだったよ」

幼い頃から貴族のマナーに触れてきた者と違い、成人して一から身に着けていったのであれば、筆舌に尽くしがたい苦労があった事だろう。出自の低さを嘲られる口惜しさもシアには痛いほど理解できて、それを乗り越えてきたレイの母君にシアは純粋な敬意を覚えた。

「きっとたくさん努力されたのですね」

噛み締めるように言葉を紡ぎ、そしてレイの顔を正面から見つめた。

「とても素敵な方だわ」

シアの言葉に、レイは一瞬押し黙った。それから僅かに笑んで言葉を続けた。

「母はね、父の愛人にされる前に別の家庭を持っていたんだ。その後に、父との間に私が産まれた。

でも、母は前の夫を忘れられなくて、幸せな家庭を自分から奪った父の事を死ぬまで嫌っていた。憎んでいたと言い換えてもいいと思う」

思わぬ言葉にシアは息を呑《の》んだが、それは隣で聞いていたケインにとっても同じであったようだ。驚いたようにレイを見つめ、半信半疑といった口調で問いかけた。

「それは……本当の話なの？」

ケインの問いに、レイは苦笑混じりに頷いた。

「父が生きているうちは誰にも言えなかったけれど、もう時効だろう？　母は死ぬまで前の夫を愛していた。病床で名前も呼んでいたし、多分ずっと会いたかったんだと思う」

過去形で語られた事で、シアはレイがすでに両親のどちらも失っている事を知った。同時に実の母親が自分の父親を憎んでいたという壮絶な生い立ちに、胸が詰まるような痛ましさを覚えた。

「レイは……、もしかして辛い子ども時代を送っていたのですか？」

躊躇いながらそう問うと、レイは慌てたように否定した。

「それは違う。母には前の夫との間に娘がいて、私にとっては異父姉になる訳だけれども、母もこの姉も私の事をとにかく可愛がってくれたんだ。姉上は何て言うのかな。楽天的で庶民らしい逞《たくま》しさに溢れていて、物事にものすごく前向きだった。そんな姉と一緒に育ったから、私のこんな性格が形成された訳だけれど」

その言葉に「なるほど」と相槌《あいづち》を打ったのはケインだった。そして独り言のように小さく続ける。

「じゃないと、こうはなりませんよね……」

ん？　とレイが首を捻《ひね》り、そのきょとんとした様にシアはつい吹き出しそうになってしまった。

お父君には正妻がおられたという話だから、愛人であった母君はおそらく別邸を与えられていたのだろう。幼いレイの世界は母君と姉君だけで完結されていて、そしてその二人から幸せな家庭を奪ったのは自分の父親だとレイは知っていた。

そこに葛藤がなかった筈がない。けれどレイは素直に姉君を慕っていて、姉君の事を語るその表情の明るさにシアは安堵《あんど》した。

「レイのお姉様、きっと素敵な方なんでしょうね」

母君が貴族に横恋慕されるほどに美しかったのだ。その血を引いている姉君は当然お美しい方だろう。

それに、レイのこの朗らかさは母君と姉君によって守られてきたのだ。実父を自分から奪った男の子どもであるレイをその姉君は憎む事なく、愛情を注がれた。ただ優しいだけの方でなく、確かな強さも持っておられた筈だ。

シアはほうっと溜息をついた。

「わたくしには兄しかいないから、お姉様のいるレイが羨ましいわ」

シアは兄二人に懐いていたが、あの二人はどう頑張っても、女性の持つ繊細さとか細やかな気遣いとかとは無縁の存在である。そうした大らかさに救われてきたとはいえ、姉という存在に漠然とした憧れを抱き続けてきたシアは、それをそのまま素直に口にした。

が、それを言った途端、レイの目がきらんと輝いた。シアの言葉がレイの中の何かに火をつけてしまったようだ。

「姉上はね、ものすごく優しくてきれいな方なんだ。目は私と違って澄み渡るような青色をしていて、あの眼差しに捉えられたらどんな男もイチコロだと思う。スタイルも抜群だし、アンシェーゼ中を探したって、姉上以上に素敵な女性はどこにもいないだろうな。いつも朗らかで優しくて、まあ、その分怒らせると怖いんだけど、怒らせる時は大抵私の方が悪いから仕方がないと言うか……。貴族としてのマナーも完璧に身についていて、だからと言ってガチガチの淑女って訳でもなくてね。頭の回転は速いし、話していて楽しいし、見かけは楚々《そそ》として儚《はかな》げな美人なのに、男も顔負けの度胸もあって……」

レイの姉愛が止まらない。

シアはちょっと呆気《あっけ》にとられてレイを見ていたが、そのうちくすくすと笑いが込み上げてきた。

これだけ美しい容姿をしていて、性格も朗らかで思いやりがあり、会話も楽しくてマナーも非の打ちどころがないなんて、完璧すぎて生き辛いんじゃないかしらと思ったが、こんな人間臭い可愛らしい一面をレイが持っていたとは……！

なんて素敵なの！　とシアは瞳を輝かせた。

「レイは、何て言ったらいいのかしら。まるで……、そう、姉上至上主義者ね！」

思わずそう評すると、レイはがばっと身を乗り出した。

「何それ、その心躍る言葉は。……姉上至上主義、まさに私のためにあるような言葉だ……」

そんなに喜んでもらえたら、シアだって悪い気はしない。思わずにこにこと笑っていると、何故か横にいたケインから変な目で見られた。

一方のレイはあるがままの自分を受け入れてもらえて、今まで以上に肩の力が抜けたようだ。少し冷めた紅茶をゆっくりと味わうように飲み下し、それからぽつんと呟くように言った。

「実はね、ある事情があって姉上は家を出てしまったんだ。多分もう、二度と会えないと思う」

シアは驚いてレイを見上げた。

「そう……なのですか？」

「うん」

レイは惰性のような笑みを口元に残したまま、ティーカップのソーサーに無意識に指を滑らせた。

「でも、仕方ないと分かっているんだ。残された方は辛いけど、いつかこうなる事はわかっていたから」

それ以上事情を話そうとしないレイに、シアは自分が立ち入ってはいけない事柄なのだと賢明に理解した。なので理由を尋ねるような真似《まね》はせず、ただ一言、労りを込めて言葉を返した。

「余程の事情があったのですね」

「数年前に母が亡くなってから、姉は私の母代わりだったんだ。ずっと姉に守られていた。姉から実の父を奪ったのは私の父で、だから何か一つでも姉のためにしてあげたかったけれど、結局何もできないままに一人で行かせてしまったな」

口調だけは明るく、けれど自嘲するように唇を歪めたレイに、シアは僅かに瞳を眇《すが》めた。

「……でも、生きていらっしゃる訳でしょう？」

レイの悔恨や寂しさを受け入れた上で、シアは静かにそう口にする。

「ならばいつか会えますわ。願い続けていれば必ず」

二度と会えないなんて、そんな悲しい言葉をレイには言って欲しくなかった。これほど姉君を慕っているのに、願う事すら諦めるなど余りに残酷だとシアは思った。だから真っ直ぐにレイの目を見つめた。

「レイはそう思われませんか？」

迷いのない言葉に気圧《けお》されたようにレイは一瞬息を呑み、それから徐々にその表情を緩めていった。

ややあって口を開いた時、その眼差しから先ほどの陰りは消えていた。

「そうだね。会えるかもしれない。……確かにそう願う自由は残されている訳だ」

何かを一つ乗り越えたような柔らかな笑顔を見つめながら、レイがいつか姉君と再会できますようにと、シアは静かに神に祈った。やむを得ない事情で家を出られたという姉君も、きっとレイに会いたがっていらっしゃるに違いない。


それから三人は、時間を忘れて話に興じた。この二人とは話の波長が合うようで、いくら話しても話が尽きない。気付けばずいぶん時間が経っていて、周りの客たちもほとんどが入れ替わっていた。

ケインがちらりと壁際の時計を見た。

「随分話し込んでしまったみたいだ。そろそろ馬車を呼ぼう」

ケインの言葉に、シアは慌てて庭園の方を見た。そう言えば、日も傾き始めている。

「ああ、もうそんな時間か……」

レイが夢から覚めたように呟き、ふとシアを見つめてきた。

「シアはこれからどうするの？」

シアはちょっと考え込んだ。明日は窮児院に寄るような時間は取れないから、今日中に顔だけは出しておきたい。ほんの少しなら、子ども達と触れ合う時間もあるだろう。

「窮児院へ行って来ますわ。今度皇都に来た時は、絵本の読み聞かせをしてあげると子ども達と約束していましたから」

「窮児院？」

耳慣れない言葉だったのか、レイは戸惑《とまど》ったように視線を揺らした。

「親のいない子ども達を扶育している施設なんです。司祭様がお世話をされていて……」

そう説明すれば、レイがああと頷いた。どうやら窮児院の存在は知っていたらしい。

「じゃあ、その窮児院まで馬車で送るよ。帰りは大丈夫かな？」

「はい」とシアは頷いた。

「帰りは近くで辻馬車が拾えますのでご心配なく。ではお言葉に甘えて、そうさせていただきますね」

ケインが呼んでくれていた馬車で窮児院まで移動する事になり、シアの護衛は馬車の後ろに立ったが、侍女のマリエは二人に頼んで馬車に同乗させてもらった。二人が嫌がるなら別の馬車を頼もうと思ったのだが、二人は構わないと笑って言ってくれた。

窮児院に着けば、護衛がすぐに馬車の扉を開けてくれ、その手を借りるようにしてシアは地面に降り立った。

「送って下さってありがとうございました」

改めて頭を下げるシアに、ケインは笑って首を振った。

「私達も帰るついでだから気にしないで」

「ああ。こんなに長い時間付き合ってもらって、こちらの方が礼を言いたいくらいだ」

「お礼なんて」

シアは微笑んで首を振った。

「わたくしの方こそ、こんな楽しい一日を過ごしたのは久しぶりでした」

初めて両替商に足を踏み入れ、帽子をプレゼントしてもらい、硬貨投げにも挑戦した。最後には洗練されたサロンでお茶を楽しませてもらい、何より三人で語り合った時間そのものがシアにとっての大切な宝物となった。

この感謝をどう言葉にすればいいのかわからないほどだ。

「そう言えばお二人は、ミダスの街にまた来られる事はあるのですか?」

ふと思いついてそう尋ねかけると、ケインはいやと首を振った。

「いや、こんな風にミダスを歩く機会はなかなかないと思う」

「そうなんですね……」

では、これで本当のお別れだという事だ。シアは寂しさが喉元に突き上げて来て思わず言葉を詰まらせたが、そんなシアにレイが「でも」と声をかけてきた。

「どこかでまた、君と会えたらいいな。ほら、生きていればいつか会えるかもしれないし。そうだろう？」

悪戯《いたずら》っぽくそう続けられて、シアはすぐにそれがさっき自分の言った言葉だと気が付いた。

「そうですね」

諦めてしまうより、いつか会えると信じていた方がきっと何倍も楽しい。

「きっと思いがけないところで再会するのかも」

そう言葉にすればいつか本当に会えるような気さえしてきて、シアは口元を綻ばせた。

「ではまた、どこかで」

にっこりと笑ってそう言えば、二人も嬉しそうに頷いた。

「ああ」

最後に小さく会釈し、シアはそのまま踵《きびす》を返した。

窮児院の向こうに広がる空は青く澄んで、どこまでも遠く広がっている。

シアが進む世界にはまだまだ楽しい事がいっぱいあって、これからも笑って生きていていいのだと、

シアはそう自分に呟いた。

出かける前と違い、何かが吹っ切れたように明るく笑うようになって帰ってきたシアを、家族は安堵の表情で迎え入れた。

何か楽しい事でもあったのと聞いてくる母に、シアはわくわくしながらミダスでのちょっとした冒険譚《たん》を話して聞かせた。子どもに突き飛ばされた部分については押されて転びそうになったという風にごまかして、転ぶところを助けてくれた男の子二人に道案内を頼まれて両替商に行った事や、掌広場で硬貨投げに興じ、庭園を眺められるサロンでお茶を楽しんだ事などを、包み隠さず家族に伝えた。

今振り返っても、夢のような一日だったとシアは思う。話せば話すほど、思い出が更に鮮やかになっていくような気がするのがシアには不思議だった。

長兄のジョシュアは「掌広場の硬貨投げで何を願ったの?」と聞いてきて、シアは最初黙秘を貫いたけれど、何度も聞かれてついに白旗を上げた。

「もう少し鼻が高くなりますようにって願ったの」と渋々答えると、ジョシュアは笑いながら「シアはその控えめな鼻が可愛いんだ!」と言ってきた。多分本気で思っているのだろうが、控えめな鼻って褒め言葉じゃないわよねとシアは心の中で一人突っ込んだ。

一方、シアの話を楽しげに聞いていたジョシュアは、シアが一緒に遊んだという二人の男の子の事がちょっと気になった。レイという子は貴族の庶子で間違いはないが、歌劇場に設けられたサロンに二人を連れて行ったケインという子は、間違いなく大貴族の子どもである。

皇都の事情はよく知らないが、十三、四の子どもがサロンの最前列のテーブルを予約したというのは、余程親が力を持っているとしか考えられない。地方の騎士団に在籍する貴族の子どもが馬車でわざわざ皇都に遊びに来たと考えるのも不自然で、おそらくその二人はアンシェーゼの三大騎士団に属しているのだろう。ケインという子がミダスの街に不慣れであったのも、商人を邸宅に呼びつける事に慣れた大貴族であったと考えれば辻褄も合った。

とはいえ、その日の出会いを宝物のように大切にしているシアを見ると、余計な情報をわざわざ知らせる気にはなれなかった。おそらく二度と会う事はないだろうし、楽しい思い出としてシアの心に残ればそれでいい。

「お父様。今度、家族皆でサロンに行く事はできませんか?」

あの素敵な庭園を家族にも見せたくてシアがそう言えば、「それもいいかもしれないね。ミダスの焼き菓子も食べてみたいし」と父が頷いた。

「あら、わたくし達四人だけで行ったら、ルースが拗《す》ねないかしら」

母が笑いながらそう言い、結局、ミダスで流行りの焼き菓子をたくさん買い、次兄のルースに差し入れるという事で話がまとまった。

シアには大好きな二人の兄がいて、ルースは現在、準騎士としてマルセイ騎士団に所属している。因みに婚約者のアントはシアの兄達の事も快く思っていないが、二人は全くそれを気に留めていなかった。

シアに言わせれば、ジョシュアは典型的な長男気質である。おっとりとしているが頑固な一面もあり、生真面目《きまじめ》で責任感が強い。一方のルースは幼い頃からやんちゃ全開で我が道を行き、慎重さとは無縁の性格だった。感覚で物事を決めるタイプなので、それで大丈夫なの？　と周囲が心配する事もあるが、不思議と何とかなっている。そういう巡り合わせなのかもしれない。

二人ともシアと同じ栗色の髪に薄茶色の瞳だが、温厚な気質がそのまま顔立ちに出ているあっさり顔のジョシュアと異なり、ルースは目鼻立ちがはっきりしている。笑うと愛嬌《あいきょう》があり、髪は父譲りの強いくせ毛で、家にいる頃は勝手にはね回る髪と毎日格闘していた。

ルースが家を離れたのは三年前で、ちょうどルースと入れ違いになる形で長兄のジョシュアが五年の準騎士生活を終えて領地に帰ってきていた。

ルースが所属する騎士団を決める時も結構いい加減で、ジョシュアが騎士団の規模や歴史、幹部の顔ぶれなどをきちんと調べた上で決めたのに対し、ルースの場合はその場のノリのようなものだった。

実を言えば、当初両親はアンシェーゼの最高峰に位置する三大騎士団をルースに勧めていた。アンシェーゼでは、貴族の子弟は十二になればいずれかの騎士団に所属しなければならないが、どこの騎士団に所属するかによってその後の人生が大きく変わってくるからだ。

アントーレ、ロフマン、レイアトーという三つの騎士団はアンシェーゼの始祖帝自らが創設されたもので、その存続が法に明記されているほど格の高い騎士団である。皇帝陛下が住まわれる皇宮の敷地内に城塞を構え、入団に当たっては莫大な金を必要としたが、借財をしてでも入れる価値があると言われるほど貴族の子弟らにとっては垂涎《すいぜん》の騎士団だった。

シアとアントとの婚約が調った時、ルースは十一でちょうど入団する騎士団を探しているところだった。ラヴィエ卿夫妻は末娘にだけ金をかけるのは次男が不憫だと考え、少し無理をしてでもいい

騎士団に入れてやろうとしていて、ルースも半分その話に乗り気になっていた。

が、そんなところにやってきたのがシアと婚約したばかりのアントである。

アントはルースの所属先が気になったらしく、「どこの騎士団に行くつもりなんだ」と何度もルースに聞いてきて、ルースがはぐらかそうとしてもそれを許さなかった。

実のところ、ルースがこの話題をしたくなかったのは、アントが入団しているところが平民でも入団が許されるようなちっぽけな騎士団であったからだ。入団した当時、ダキアーノ家は首まで借金に浸《つ》かっていて、まともな騎士団に嫡男を入れる事もできなかった。もう少し早く婚約が調っていたらとアントは本気で悔しがっていたが、そこまで言うのなら、援助金を家にもたらせたシアをもっと大事にしてくれないかとルースは心の底からそう思った。

アントが所属しているレント騎士団以上に寂《さび》れた団をルースは知らない。あそこでは入団に金が一切掛からない代わりに労働力を求められる。準騎士として座学が受けられるのは午前中だけで、午後からは下働きよろしく正騎士の雑用をこなしたり、土木工事に駆り出されたりする毎日だと聞いていた。

八つ当たりされたくなかったルースはどこか適当な騎士団の名を挙げてその場をごまかそうとしたが、後でもし本当の事をアントに知られた場合、怒りの矛先がシアに向くかもしれないという事に気が付いた。

妹を傷つけられるくらいなら自分が泥をかぶった方がいい。そう腹を決めたルースは両親が皇都の三大騎士団を視野に入れている事を正直に告げたが、案の定、それを聞いたアントの眼差しには憎悪が宿り、間髪《かんはつ》を入れず嘲るような言葉を投げつけてきた。

「三大騎士団に入るには上級貴族の紹介状が必要だ。家柄の低いラヴィエ家には到底無理だろう」

ルースは出そうになる溜息を呑み込んだ。

「詳しい事は知りませんが、金を積めば寄り親のカリアリ卿が何とかして下さるそうです」

カリアリ卿程度の家柄では三大騎士団への紹介状を書く事はできないが、既知の寄り親に上位貴族の知り合いがいるらしい。

「勿論その後の審査に通らない可能性はありますが、運よく入団が叶えば、在籍していたというだけで箔が付きます。もし騎士団に残れれば一代限りの貴族位ももらえますし」

次男で家を継げないルースは、自分の力で貴族位を得るか、家付きの女性の家に婿入りするしか貴族として生き残る道はない。だからこそ両親は、ルースにこの話を持ち掛けてきたのだろう。

一方のアントはルースへの羨ましさに身悶《みもだ》えせんばかりだった。

「……血が卑しいお前ごときが入学しても肩身が狭いだろうが、あそこには高位貴族の子弟がごろごろいる。私のためにもせいぜいいい縁を繋いできてくれ」

血が卑しいという言葉に、シアが傷ついたように瞳を伏せるのがルースの目の端に映った。

婚約したばかりの小さな妹はこんな言葉の暴力を当たり前に受けているのだろうか。それを思うと、ルースの心の奥底から滾《たぎ》るような怒りが込み上げてきた。

人を虫けらのように言うお前のために誰が行くかとルースは心の中で言い返し、その時点で三大騎士団への気持ちが一気に萎《な》えてしまった。

「まあ、まだ少し時間もありますから、自分でよく考えてみます。三大騎士団も魅力的ですが、必要以上に背伸びをする気もありませんので」

そんなやり取りの後、ルースは三大騎士団には行かないと両親に宣言した。アントとの会話を聞いていたシアは、自分の婚約のせいで兄の人生までが狂ってしまうと心を痛めたが、それを言うとルースはあっけらかんと笑い出した。

「シア。お前、何か勘違いしているようだけど、あの騎士団を卒業したからってそのまま騎士団に残れる訳じゃないんだぜ？」

シアにとっては寝耳に水の話だった。

「え。そうなのですか？」

「ああ。毎年、卒業生を全部取っていたら人数が膨れ上がるだろ？　残れるのはせいぜい六、七十名だ。だから、あの騎士団に属しているというだけで相当優秀だと言えるんだけど」

「えっと……、じゃあ希望しない人もいるのですか？」

「大貴族の嫡男は騎士団に在籍する必要がない。箔づけで卒業するだけだ」

「でも兄さまだって剣も乗馬も得意でしょう。成績優秀でもしかしたら残れるかもしれないわ」

シアがそう言うと、ルースは「無理無理」と手を振った。

「実技は何とかなるだろうけど、頭がなあ。とんでもない知識量を求められるって聞いているから多分落ちこぼれる」

うーん、それってそんなに自信ありげに言う事なのかしらとシアは思ったが、取り敢えず自分のせいで兄が不利益を被らないならそれでいいかと納得した。

結局、ルースは兄のジョシュアと同じマルセイ騎士団への入団を決めた。何故そこを選んだかというと、慎重な兄がじっくり考えて選んだところだからまず間違いはないだろうと思ったからだそうだ。まことに単純な理由で、ルースらしいと言えばこれほどルースらしい事はなかった。

ただ後になって、ちょっと早まったかなあと兄のジョシュアには愚痴をこぼしていたようである。自分が三大騎士団に行ってカリアリ卿を黙らせる事ができるくらいの人脈を繋げたら、シアの婚約も解消できたかもしれないと思いついたようだが、ジョシュアの方は、ルースはそういう画策に向いていないので多分無理だろうと笑っていた。


その後もアントの態度は相変わらずだったが、そういう人間だとシアは自分に言い聞かせ、必要以上に先の事を思い煩う事はしなくなった。

シアが目下、夢中になっているのは、自領の小麦粉を使った菓子作りである。配分や発酵時間、焼き加減などを変える事で菓子の出来栄えは面白いほどに変わり、試作品を作っては家族に食べてもらうのがシアの一番の楽しみだった。

「お嬢様はお菓子を作るのが本当にお好きですね」

手伝ってくれるマリエにそう言われ、シアは「ええ」と顔を綻ばせる。

「作っていると、いろんなアイデアが湧いてくるの。貴族の令嬢が厨房に立つなんて、皇都に住むような大貴族の令嬢では考えられないのでしょうけど、わたくしには合っているみたい」

「大貴族様の事はよく知りませんが、ここら辺では割と普通の事ですからね」

貴族は虚栄に金を使うため、領地収益が少ない小さな貴族は極力使用人の数を減らし、その分家事を奥方や令嬢が負担していた。

「そう言えばお母様は、嫁がれる前は小麦粉を見た事もなかったのですってね」

「はい。最初は小麦粉に種類がある事すらご存じなかったと聞いておりますよ」

ラヴィエ家は領地収入のほとんどが小麦で、先代から小麦を使った製品開発に力を入れていた。そのためシアの母は、少しでも家の役に立ちたいとお菓子作りを始め、それが娘のシアにも受け継がれている。

「小麦粉については何もご存じなかったのが、今では触れただけで種類を言い当てられますからね」

「ええ。小さい頃にお母様に教えてもらったわ。指に握り込んだ感触が全然違う筈よって」

粒が荒く、手に握っても固まりにくいサラサラの粉は水で捏《こ》ねた時に粘りが強くなる硬質小麦だ。

反対に、手で握るとある程度固まるようなしっとりとした触感の小麦粉は軟質小麦である。

その軟質小麦を丁寧にふるいにかけながら、シアは不安そうに呟いた。

「明日、このお菓子をアント様に差し上げるつもりだけど、喜んで下さるかしら。お母様は太鼓判を押して下さったけど、お口に合うか心配だわ」

「きっと大丈夫ですよ。お嬢様のお作りになる焼き菓子は絶品ですからね」

マリエにそう励まされ、出来上がった焼き菓子を丁寧に包装してアントに持って行ったシアだが、その菓子の箱は少し潰れた状態で手つかずのまま戻ってきた。

シアは多くを語らなかったが、封を開けられる事なく戻ってきた焼き菓子は箱の中で砕けていて、心ない婚約者に何をされたのか、マリエには一目瞭然だった。

そのままシアは自室に閉じこもってしまい、マリエは温かな紅茶を淹れて部屋に持って行く事しかできなかった。

翌朝、シアの目は赤く腫れていたが、事情を知る家族もまた、その事には誰も触れようとはしなかった。

時は過ぎ、シアは十四となっていた。双方の家にとって不本意な婚約であったとしても、契約の上に基づいた婚約であれば、凡《およ》その流れが決まっていた。シアが十五になれば、社交界デビューと同時に盛大な婚約披露の宴《うたげ》を執り行い、その半年後に結婚するというものだ。

だが夏を過ぎた辺りから、アントの父親であるダキアーノ卿が体の不調を訴え始めた。冬が来る頃には寝付くようになり、アントの婚約者であるシアも見舞いの品を持って度々ダキアーノ家を訪れる事となった。

ただ品物だけは受け取っても、シアが当主の部屋に通される事はない。それだけならば仕方がないと思えたが、訪問を予《あらかじ》め伝えておいても、アントの母親であるダキアーノ夫人は決してシアと会おうとしなかった。看病で疲れているというのがその理由で、シアはいつも玄関先で見舞いの品だけを託《ことづ》けた。

さて、シアより三つ上の兄のルースは十七になっており、年が明けた三月には五年間の準騎士生活を終えて、騎士の叙任を受ける事になっていた。四月からはマルセイ騎士団に正騎士として所属する事が決まっており、その前に叙任の報告とお披露目のために一旦家に戻ってくる。

本来ならば華やかな祝賀会をルースのために執り行うのだが、ダキアーノ卿の病状が思わしくないこの時期にそのような事をするのはさすがに躊躇われた。ただ叙任は貴族にとって特別な事であるため、ラヴィエ家は夫妻の親族だけを招いた簡素な晩餐《ばんさん》会をルースのために催してやる事にした。三年前にアントが騎士の叙任を受けた時、ラヴィエ家が晩餐に呼ばれなかった事も今となってはちょうど良かった。ダキアーノ家に声をかけなくても、義理を欠く事はない。

準騎士時代にルースが家に帰ってきたのは一度だけで、三年ぶりに会ったルースは随分と背も伸びてがっしりとした大人の男性の体形になっていた。その姿を見るなり、シアは駆け出してその首に飛びついていき、ルースはほくほく顔でこれを受け入れた。シアを抱いたまま、どやっという顔で両親や長兄に笑いかけ、騎士の叙任を受けてもルースはルースだなと、出迎えた他の三人を脱力させた。

ダキアーノ卿の病状が思わしくない事はすでに文で知らされており、ラヴィエの身内だけで簡単な祝賀の会を開くと聞かされたルースは「そうなんだ」と二つ返事で受け入れた。実のところ、下手《へた》に畏《かしこ》まった宴を開かれるより気心の知れた親族にのんびりと祝ってもらう方がルースにはありがたく、全く異存はなかった。

社交については、この時期は寄り親たちが次々と大きな夜会を開くため、順次そちらに顔を出していく事になった。事実上のルースのお披露目だ。

さてラヴィエ家にはルースのための夜会服が十数着用意されていた。騎士団にいるルースと何度か文のやり取りをして、伝えられたサイズで服を仕立てていたからである。サイズに若干の誤差があるために、帰省した翌日からはお針子による細かい補正が始まり、着せ替え人形よろしく何度も衣装合わせをさせられたルースは少々うんざりしていたが、妹がタイや襟留めなどの装飾品を衣装に合わせてくれる事については大歓迎だった。

「兄様は背も高いし肩幅も広いから、どれを着ても素敵です」

褒め上手の妹はそんな風にルースを持ち上げてくれ、ルースは内心、よっしゃあ！　と拳を振り上げた。マルセイに入団してから筋肉愛（？）に目覚め、肩から腰までがすっと一直線になるように鍛錬に力を注いできた甲斐《かい》があったというものである。

今のところ妹には隠しているが、ルースの密かな座右の銘は『筋肉は正義！』である。というのも、騎士団の同期の中にたまたま筋肉を鍛え上げている奴《やつ》がいて、ルースを含めた十数人が瞬く間にそいつに感化されたからだ。割れた腹筋は男の憧れだし、こぶのように盛り上がる上腕二頭筋やがっしりとした三角筋や広背筋も捨て難い。気が付けば筋肉大好き集団ができ上がっていて、風呂場ではポーズをとって互いの筋肉を見せびらかすようになっていた。

因みにこれを兄のジョシュアに話すと、兄は若干引いていた。体を鍛えるのは悪い事ではないが、座学の方もきちんと学んだのだろうなと確認するように聞いてきて、そっちも一応頑張ったと答えておいた。

マルセイ騎士団は場所こそ辺境にあるが、歴史も古く、騎士団としての格も高い。準騎士を労働力にしているような下層の騎士団とは違ってかなりの学費を必要とし、貴族としての教養一般から武術に至るまでの高度な教育を準騎士育成の理念に掲げている団だった。ルースは他家に婿入りする可能性も皆無ではないため、領地経営に関する専門知識も準騎士時代に身に着けておかなければならない。その事は父からも厳しく言われていて、兄のジョシュアがマルセイ騎士団を選んだのも、騎士の叙任を受けた後の己の将来を見据えての事である。

「そう言えば、夜会に行くにあたって兄上に釘《くぎ》を刺されたな」

ふと思い出してそう呟けば、シアは訝《いぶか》しげにルースを見上げた。

「大兄様《おおにいさま》が何て？」

「ラヴィエ家は金だけはあるから、金目当てに近付いてこようとする輩《やから》がいる筈だって。よく見極めないと、変な女に引っかかるぞって言われた」

ルースは結婚時に、ある程度の金がラヴィエ家から用意されると予想されたため、ルースが家にいない間にもそうした縁談話がいくつか持ち込まれていたらしい。ただ娘のシアが持参金目当てで婚約を望まれた事は両親にとって深い傷となっており、長男や次男の相手は人柄や相性を見てじっくりと決めたいと思っているようだった。

「そういう意味で言えば、この家を継ぐ兄上の方がもっと大変らしいんだけどね。でも兄上はもともと慎重な性格だし、変な女が近づかないよう、いろいろと予防線を張っていたみたいだ」

長兄のジョシュアは領民や弟妹のために金を惜しむ気はなく、その事を周囲に隠そうともしなかった。実際ラヴィエ家は領民のために大規模な堤防づくりに着手しており、シアの嫁ぎ先であるダキアーノ家に対しても相応額の援助を行っている。ジョシュアの妻となっても贅沢三昧ができる訳ではないと匂わせると、相手側から断ってきた例もあったそうだ。

「今のところ領地経営は順調だけど、うちは小麦頼みで他の特産品がないからなぁ。農業はどうしても天候に左右されるし、小麦粉を使った菓子の販売がもう少し順調にいけば、兄上も安心なんだろうけど」

ルースの言葉にシアもそうねと頷いた。ラヴィエ家の領地には大きな川が流れていて、その川のおかげで水に苦労する事なく小麦を作れているが、十数年に一度は水害が起こっている。だからこそ父は大規模な治水工事に乗り出し、その一帯の民からは拝むように感謝されていたが、出費の方が半端なかった。他にも小麦を挽《ひ》くための風車を増設していて、他家が思うほどに資金が潤沢という訳ではないのだ。

「実は今、日持ちのする乾パンを試作しているところなんです。ほら、旅に出る人が干し肉や干し果物とかと一緒に乾パンも持って行くでしょう？　大兄様が言うには、マルセイ騎士団の行軍食で出た乾パンがもの凄《すご》くまずくて、改良する価値があると思ったのですって。普通の菓子と比べるとどこまで需要があるかわからないのだけど、もし販売がうまくいかなくても、飢饉《ききん》とか起こった時のために領地に備蓄しておけばいいって」

「へえ、乾パンねえ」

あのクソまずい乾パンをどうにかしようなんてよく思いついたなと内心ルースは感心した。ルースもマルセイ騎士団で食べたけれども、あれはもう人間の食べる物ではなかった。カチカチのそれを奥歯で無理やり噛み砕いたけど、唾液と混じり合った途端、何とも言えない穀物の臭みが口いっぱいに広がって思わず吐きそうになった。もし実際の行軍であれが出されたら泣きたくなるだろう。

「なあ、シア。もし美味しくて日持ちのする乾パンができたら、私のところに送ってくれないか？」

ふと思いついてそう言えば、シアは嬉しそうにルースを見上げてきた。

「小兄様《ちいにいさま》が食べて下さるのですか？　じゃあ、余計に頑張らなきゃ」

その邪気のない笑顔を見つめているうちに、ルースは何だか泣きたくなった。

こんなにも愛らしく、頑張り屋の妹なのに、婚約者のアントは未《いま》だにシアの事を血筋の劣る娘だと馬鹿にしているらしいのだ。

九つから縛られている婚約のせいで、シアは恋をする事も許されていない。恋を知らぬままあんな男に摘み取られ、一生を終えなければならないのだと思うとただただ口惜しくて、ルースは切なさを押し隠すように苦く微笑んで、シアの頭をそっと撫《な》でてやった。


ルースがマルセイ騎士団に赴任してひと月も経たぬ頃、訃報がラヴィエ家にもたらされた。寝付いていたダキアーノ卿がついに身罷《みまか》ったのだ。

シアは女性の成人とされる十五の誕生日をひと月後に控えていたが、婚約披露は急遽《きゅうきょ》中止となり、婚約者のエスコートもないままに社交界デビューだけを済ませる事となった。

「父上。婚約者が喪中の時期に社交界デビューをしたと、社交界でシアが悪く言われていると聞きましたが」

領地経営についての話がひと段落着いたところでそう長男から切り出されたラヴィエ卿は、テーブルに広げていた書類を隅にまとめながら忌々しげに嘆息した。

「こちらがデビューを一年遅らせると申し出ても、ダキアーノ家の方が了承しなかったんだがな。喪中に入ったのをこれ幸いとエスコートを断っておきながら、今になってデビューに文句をつけてくる。あの男はどこまでシアを馬鹿にしたら気が済むのか……」

シアはつい先日、父、ラヴィエ卿のエスコートで社交界デビューを果たした。

婚約披露の宴用に用意していたコルネッティ商会のドレスに身を包んだシアは清楚《せいそ》で愛らしく、皇都仕込みの優美な立ち居振舞いも舞踏会の参加者達の目を引いた。シアのデビューが成功裡に終わり、ラヴィエ家はほっとしていたのだが、シアの評判が思いの外良かった事がアントには気に食わなかったらしい。

婚約者の父親が死んだばかりだというのに身も弁《わきま》えずに社交の場ではしゃいだと、訳のわからない難癖をつけてきた。

「幸か不幸か、今はとんでもないニュースが皇都から入ってきてシアの陰口は鎮まっているようですが」

ジョシュアの言葉にラヴィエ卿は何とも言えない顔で押し黙った。

「……そちらもアンシェーゼの一貴族としては信じたくもない噂だな」

「皇弟殿下がご危篤などとはとても信じられません。御幼少の頃はともかく、最近はお元気になられたという話だったのですが」

三大騎士団の一つであるアントーレ騎士団に在籍され、文武に励まれていると二人は風の噂に聞いていた。

「確か、シアと同じくらいの年でしたよね」

記憶を辿《たど》るようにジョシュアがそう言えば、

「ああ。確か十五であられたと思う」

「……ご容体が案じられます。早くご快癒されるとよろしいのですが」

「そうだな」

ラヴィエ卿は重い溜息をついた。

「現皇帝陛下にはまだお子がいらっしゃらない。皇位継承順位第一位のセルティス殿下に何かあれば、国は揺らぐだろう」

「そう言えば、即位された当初から陛下には皇后候補はたくさんおられたのに、未だにめでたいお話を聞きませんね。皇子時代から傍に置かれていた側妃殿下を静養に出された時点で、話がすぐに決まるのだと思っておりましたが」

「……」

ジョシュアの言う通りだった。

皇后立后の障りとなる側妃殿下が遠ざけられ、すぐにでも婚約者が発表されるとラヴィエ卿などは信じていたが、結婚話はその後も遅々として進まなかった。皇帝陛下は未だ独身であられ、国内の有力候補たちの名前もいつの間にか耳にする事がなくなっていた。

「尊き方の事情は分からないが、早く皇后をお迎えいただきたいものだ。皇帝陛下にお子がおられないというのは臣民としてどうも心許ない」

「おっしゃる通りです」

ジョシュアは大きく肯《うべな》った後、「話は戻りますが……」と改めて父の顔を仰いだ。

「陛下の事はともかく、シアの結婚の方はどうなりますか」

「……あちらの喪が明けてから、改めて話し合いをする事になるだろうな」

ラヴィエ卿は疲れたように眉間の辺りを指で揉《も》んだ。

「筋道を立てていこうにも、アントは喪中を理由に一切こちらに顔を出そうとしない。いずれきちんと話をつけなくてはなるまい」

シアの結婚の事を思うと、ラヴィエ卿の心は苦く痛む。大切な娘で誰よりも幸せにしてやりたいのに、家に力がないばかりにあんな男と縁を繋がせる事になってしまった。

父の思いをよく知るジョシュアも辛そうに唇を引き結んだが、悩んだところで今のジョシュアにどうしてやれる訳でもない。小さく吐息をついた後、気を取り直したように口を開いた。

「それはそうと、父上。今朝食べたパンを覚えておいでですか？」

ジョシュアの言葉に、ラヴィエ卿は「ああ。そう言えばいつものパンと違っていたな」と思い出したように顔を上げた。

今までのパンと違って色も濃く、独特の味わいがあった。気にはなっていたが、慌ただしさに紛れて聞けていなかった。

「確か、シアが焼いたものだと言っていなかったか？」

「ええ。セクルト連邦の南部から取り寄せた黒糖を使って焼いてみたそうです。白糖と違い、余分なものを取り除いていないので栄養価が高いのだとか。独特の風味とコクがあるので好き嫌いは分かれると思うのですが、父上は如何《いかが》でしたか？」

「そうだな……。私としてはいつものパンの方が好みだが、たまには味の違うパンもいい。栄養価も高いなら言う事がないな」

「試作中の乾パンがうまく作れるようになったら、黒糖入りの乾パンも作ってみたいそうです。メインは勿論、普通の乾パンですが、旅に持って行くにしても種類があった方が楽しいでしょうから」

「例の乾パンか。うまくいきそうなのか？」

「随分改善されたとシアは言っていました。種類を増やしたいと言っていたので、一例として黒ゴマを勧めてみたんです。以前、ゴマを使った焼き菓子を食べた事がありましたが、なかなか美味しかったので」

シアが工夫を加えては焼き直し、その仕上がりを細かくメモに取って何度も作り直している事を、ラヴィエ卿は妻から聞いて知っていた。

これほど家のために尽くしてくれている娘を、父である自分は守ってやれない。

もどかしさに歯噛みしながら、それでも娘のためにしてやれる事があればできる限りの事をしてやろうと、ラヴィエ卿は強い決意を込めて自分に呟いた。


さてそれから程なくして、臣下としてのラヴィエ卿の願いは二つとも叶えられる事となった。まずセルティス皇弟殿下が病から回復され、少し遅れて皇帝陛下ご成婚の知らせがもたらされたのだ。

皇后となられる方は静養に出されていた側妃殿下で、危篤となられていたセルティス殿下の異父姉でもある。前皇帝の養女であったとはいえ、実父は平民であり、後ろ盾となる上位貴族を持たなかった事から皇后候補から外されていた。

国の安定のために遠ざけられたものの、皇帝陛下はずっとこのお方を忘れられずにいたらしい。今回、三大騎士団の一つを束ねるロフマン卿が側妃殿下の後見に名乗りを上げ、円卓会議で皇后に推挙した事で一気に話が進んでいった。

すでに陛下の側妃であられた身であれば長々とした婚約期間をもうける必要はなく、その年の十一月には皇都で盛大な結婚式が執り行われる運びとなった。

そして、その凡そ一年後には待望の世継ぎを皇国にもたらす事となる訳だが、それはまた別の話である。

皇后の懐妊が知らされて国中が祝賀ムードに包まれていた頃、シアは十六の誕生日を迎えていた。

アントの喪もひと月前に明けて、社交にも顔を出し始めたと伝え聞いたラヴィエ家は、延期となっていた話を進めるようダキアーノ家を訪れた。喪中のために日がずらされただけで、このまま順当に話が進むものとラヴィエ卿は信じて疑わなかったが、アント・ダキアーノはここに来て話を進める事を渋り始めた。

ラヴィエ家の援助のおかげで貴族としての面子を取り戻したダキアーノ家は知己の貴族らとの交流を取り戻しており、自分が家格の低い娘と結婚する事が俄《にわ》かに恥ずかしくなったものらしい。

そもそもダキアーノ家は建国当初から存続する家で、皇弟の姫君が降嫁してくるほどの名門中の名門だった。三代前までは皇都の中心部に広々とした本邸を構えてもいたが、維持できずに売り払い、現在はかつて別荘として利用していた建物を本邸として使用している。

本邸を売却した後も湯水のように金を使う生活は改まらず、金に困窮する度に領地を切り売りして凌《しの》いでいたが、アントの父の代になってついに売れる土地もなくなってしまった。困り果てたアントの父は起死回生を狙って賭博に全財産をつぎ込み、結果、身動きが取れなくなるほどの大借金を背負い、売れそうな家財や家宝を片っ端から手放す羽目に陥っていた。

ラヴィエ家との縁組が調う前は、家に残った使用人も僅か二人で、敷地の庭を畑に替えて何とか食い繋いでいたと聞く。そうした状況であったから、いくら皇家の血筋を引く名門とはいえ縁を結びたがる家は皆無で、それを聞いたカリアリ卿が仲介役として手を挙げた。カリアリ卿は名門貴族との繋がりを欲していて、落ちぶれたダキアーノ家に恩を売る事で高位の貴族との人脈を得ようとしたのだ。

本来ならばカリアリ家自身がダキアーノ家と縁を結びたかったようだが、借財の額が多すぎてカリアリ家では背負えない。だから妬《ねた》ましさ半分でこの話をラヴィエ家に振ったようだが、話を持ち込まれたラヴィエ家にとっては、迷惑極まりない話だった。

借金まみれであったダキアーノ家が何とか人並みに生活できるよう多額の援助をしてきたにも拘《かか》わらず、当のアントはその事を感謝するどころか、金しか取り柄のない成り上がりの娘だと大事な娘を貶める。友人や親族らにも、高貴な血を引く自分が金のせいで卑しい女と結婚しなければならないと散々愚痴り、アントの母親までもが息子が不憫だと騒ぎ立てる始末だった。

そんなダキアーノ家であったから、なるべく結婚を引き延ばしたかったのだろう。何度家を訪れてものらりくらりと話をはぐらかすばかりで、ついに我慢の限界を超えたラヴィエ卿は寄り親のカリアリ卿に直訴する事にした。

この結婚は貴族同士の契約である。婚約が定まった時、ラヴィエ家は婚約祝い金として相当額をダキアーノ家に渡し、その後も六月と十二月の年に二回、援助金を融通した。婚約祝い金と年二回の援助金の総額がシアの持参金となり、シアの成人と共に大々的な婚約披露を行い、半年後に結婚という流れが契約書にも明記されていた。

ダキアーノ家側に不幸があったため延期は受け入れたが、いつまでも引き延ばしをされてはシアの名前に傷がつく。速《すみ》やかに話を進める事をラヴィエ家側は望んだが、直訴されたカリアリ卿はなかなか動こうとしなかった。ダキアーノ家は交流を取り戻した知己の名門貴族をいくつかカリアリ卿に紹介してやっており、どうやらそちらの機嫌を損ねたくなかったらしい。

ラヴィエ卿はついに腹を決め、契約不履行を理由に婚姻の解消を求める事にした。

今ならば、最初に渡した婚約祝い金さえ返してくれれば、年に二回の援助金の返還までは求めない。娘を蔑《ないがし》ろにしているダキアーノ家にこのまま嫁がせるのは不憫だから、ここではっきりと婚約解消をして欲しいと寄り親にはっきり申し出たのである。

ダキアーノ家に余分な金がない事は知っていたが、アントはレント騎士団に所属していた。騎士団の宿舎に母親共々移り住めば、あの邸宅を売り払ってラヴィエ家への弁済に充てる事は可能である。

宿舎に移れば邸宅の維持費もかからなくなるし、その分お金にも余裕が出てくるだろう。

ラヴィエ卿に言わせれば、すでに領地も手放しているのに、維持費のかかる邸宅を所有している事自体がおかしいのだ。金がないのであればそれに見合った生活をすべきであろう。他人に寄生してうま味を得る事に腐心するのではなく、自分の足で立ってこそ貴族の矜持《きょうじ》と言えるのではないかとラヴィエ卿は常々そう思っていた。

勿論、土地を含めた邸宅と家財一式を売ったくらいでは最初の祝い金の半額にも満たないが、そこまで誠意を示してくれるのであれば、ラヴィエ家としてはそれ以上ダキアーノ家を追い詰めるつもりはなかった。七年間渡してきた援助金も合わせれば大損となるが、こちらから婚約解消を申し出た事でラヴィエ家としての面子は立つ。幸いシアはまだ十六だ。アントとさえ縁が切れたら、いくらでもいい家に嫁がせてやれるだろう。

娘の事を見下しているような男に嫁がせたいと思う親はいない。こんな簡単な事が何故あの男にはわからないのかとラヴィエ卿は思う。シアの事が気に食わないなら、自分の稼ぎだけで慎ましく生活し、新しい縁を探せばいいのだ。借金さえなくなれば、家名に釣られて縁組を望む家もいずれは出てくる筈だ。

だが、ラヴィエ家がここまで譲歩したにも拘わらず、アント・ダキアーノは頑《かたく》なにこの申し出を拒絶した。血筋の卑しい家の娘との結婚はしたくないくせに、今のゆとりある生活も捨て難いのだ。

話は膠着《こうちゃく》状態に陥り、やがてラヴィエ家が金をくれてやってでもダキアーノ家と縁を切りたがっているという噂が周囲に広がり始め、焦ったアントは何とかするようカリアリ卿にせっつくようになった。

困ったカリアリ卿はラヴィエ卿の不満を解消するためにある一つの提案を行ってきた。今まで契約書に明記されていなかったラヴィエ家への補償について、きちんと文書にしてはどうかというものだ。

慣例では、持参金が支払われた後に婚約解消となった場合は持参金の倍返しが一般的で、婚約期間の長さや解消事由によっては三倍額に跳ね上がる事もある。前回の契約書ではこれについて全く触れていなかったのだが、カリアリ卿はこれを機にはっきり文書にしようとラヴィエ家にもちかけたのだ。

莫大な違約金が発生すると契約書に記しておけば、ダキアーノ家も婚約を引き延ばした挙句にオルテンシアを切り捨てるような真似はしないだろう。だから今しばらく待ってやれないかというのがカリアリ卿の言い分で、要は結婚する事は動かしようのない事実であるのだから、余りアントをせっつかないで欲しいという事だ。

アントの気持ちが定まってから結婚した方が今後の結婚生活もうまくいく筈だとカリアリ卿に諭され、ラヴィエ卿は仕方なく折れる事にした。一刻も早く娘を嫁がせたいのではなく、娘が最終的に幸せになれる事がラヴィエ卿の望みであったからだ。

こうして、婚約が解消となった場合のラヴィエ家への補償が契約書に改めて書き加えられ、更に喪が明けてから一度もシアを社交場に誘った事のないアントに対しては、婚約者としての義務をきちんと果たし、結婚時期についても誠意をもって対応するという一文が明記された。

文書にしなければ娘を大切にしてもらえないのかという口惜しさを呑み込んで、ラヴィエ卿は最終的にこの契約に同意した。アントもまたこれ以上の醜聞が広がるのは本意ではなく、それ以降はしぶしぶではあるが、社交場でシアのエスコートを行うようになった。

「お嬢様、如何されました？」

鏡の前でぼんやりと座り込んでいたシアは、マリエの言葉に慌てて鏡の方を見た。

「初めての髪型ですけれど、お気に召しませんか？　大層お似合いでいらっしゃいますが」

一旦アップした後に片側にだけ髪を流す髪型は、今年のミダスの流行である。派手な髪飾りをここぞとばかりにあしらう令嬢もいるが、シアは高価な宝玉だけをさりげなく髪に飾っていた。

「それとももう少し華やかに致しましょうか？」

そう尋ねられて、シアは慌てて首を振った。

「これくらいでいいの。これ以上するときっと派手だと言われてしまうわ」

シアが少しでも華やかな装いをすれば、アントはここぞとばかりにシアを攻撃してくる。地味な顔には似合わないと馬鹿にしてくるだけでなく、これだから成金は……と呆れ切ったように溜息をついてくるのだ。

だからと言って控えめにすれば、今度は陰気くさいと文句をつけてくる。結局、シアがどう装おうと、アントはシアが気に食わないのだろう。

「まったくお嬢様にこんな顔をさせるなんて、アント様は本当にどうしようもないお方ですね」

優しく顔を覗き込まれ、シアはついマリエを縋《すが》るように見てしまった。

「マリエ……」

今からアントと舞踏会に行かなければならないと思っただけで、シアは体が竦んでくる。どんなに素敵なドレスを纏っても、どんなにマリエが着飾らせてくれても、心が晴れる事はない。

けれど、それを口にしてどうなるのだろう。直前になってアントのエスコートをすっぽかすなど論外だし、いずれにせよアントはシアがいずれ結婚する相手なのだ。

そのまま言葉を呑み込んでしまったシアを見て、マリエが柔らかな吐息を零した。

「お館様や奥方様には言いませんから、心に溜めておられる事を少しばかり口にされては如何ですか。マリエの他には誰も聞いておりませんから、こっそり教えて下さいまし」

シアはつい涙ぐみそうになって、慌てて目をしばたたいた。今から舞踏会に出掛けるのに、目を泣き腫らす訳にはいかないからだ。

シアは何度か逡巡を繰り返し、ようやく口を開いた。

「あのね、マリエ……。馬車の中ではアント様はわたくしに口を利こうとなさらないの。口を開く時は、わたくしを馬鹿にする時だけ。勿論、向こうに着いたら一番にダンスを踊って下さるわ。それがお父様との約束だから。でも、それだけなの。ダンスが終わったら義務を果たしたとばかりに離れて行って、後は他の令嬢方とずっと踊っておられるのよ。そしてわたくしはいつも壁の花なの」

「……お嬢様も他の方々と踊ってみられては如何ですか？　少しは気分も変わるかもしれませんよ」

そうマリエが言葉を掛ければ、シアは力なく瞳を伏せた。

「わたくしもね、そう思った事があったの。いっそお互いに楽しむようにした方がいいのかしらって。それで他の令息の方からのダンスに応じたり、お話をさせていただいたりしてみたの。そうしたら帰りの馬車で、生まれの卑しい者は貞淑さも持ち合わせないのかって罵《ののし》られたわ」

思わぬ言葉に、マリエは息を呑み込んだ。

「アント様がわたくしに何を望んでいるのかわからない。でも、いつも婚約者に放っておかれているから、わたくしは社交場で笑い者なの。それに、成り上がり貴族の娘だってアント様が噂をわざと広めておられるの。確かにうちは先代から領地や財を増やしていったけれど、成り上がりの娘がそんなに嫌なら婚約を解消して下さればいいのよ。その方がどんなにありがたいか……！」

唇を震わせるシアは、涙が零れそうになるのを必死に堪《こら》えた。

手ずから焼き菓子を作って持って行った時は、目の前でその箱を投げ捨てられた。あの時、お菓子と一緒に砕け散ったのは、シアの心だった。

その場で泣く事がなかったのは、あの時レイの事を思い出したからだ。実の父親を母が憎んでいるという境遇に育ちながら、歪む事なく朗らかに生きていたレイ。その強さとその明るさを思った時、自分もまだ頑張れるとシアは思った。

「お嬢様……」

それ以上どう言葉をかけていいのかわからず、唇を噛み締めるマリエに、シアは「大丈夫」と微笑んだ。

そろそろアントが迎えに来る頃だろう。気持ちを切り替えて今は頑張るしかない。

「作り笑いをするとね、それだけで心が元気になるんですって。随分前にお母様がそうおっしゃっていたの。辛い時にも口角を上げて笑っていたら……、きっといつか幸せが舞い込むわ」


舞踏会を終えて、ようやく自室に戻ったシアはほっと溜息をついた。

今日も一日よく頑張ったものだと思う。アントは今日の舞踏会で一人の女性を気に入り、ずっと楽しそうに喋っていた。その令嬢がシアの方を見て勝ち誇ったような笑いを浮かべたのは、きっとシアの気のせいではないだろう。シアは婚約者から蔑ろにされている女性で、周囲からの同情に満ちた視線も耐え難かった。

上品な花柄のソファーに身を沈め、シアはレイやケインと過ごしたミダスでのあの一日をぼんやりと思い起こした。このところ辛い事がある度に、あの日の事を思い出すようになっていた。

高く晴れ渡った空の下で、人の行き交う大通りを三人で散策した。足元では木漏れ日が石畳にまだらの影を作り、陽の匂いを孕《はら》んだ初夏の風がシアの髪を揺らしていた。掌広場では人々の喧騒《けんそう》さえどこか耳に優しく、その中で競い合うように硬貨を投げ続け、レイが見事、掌に載せた時にはケインと二人歓声を上げて喜び合った。

ただのシアとなって屈託なく笑い転げたあの日の事を、自分は一生忘れる事はないだろう。

あれほどに輝いた一日はなかった。もう四年も経つというのに、あの日の事だけはまるで昨日の事のように鮮やかに思い出される。

実を言えば、シアはあの後、ミダスに行く度に掌広場に寄ってもらっていた。どうしても叶えたい願い事ができたからだ。

レイがお姉様ともう一度会えますように。

どこか遠くで暮らす友達の幸せを願って、シアは一生懸命に硬貨を投げた。侍女のマリエは理由を聞かぬままシアの我が儘に付き合ってくれて、三度目のミダス訪問で見事、掌に硬貨を投げ入れた時は我が事のように喜んでくれた。

レイはきっとお姉様と再会できた筈だ。そう思うとただただ嬉しかった。レイが楽しそうに笑っている姿を思い浮かべるだけで、シアの心に勇気が満ちてくる気がした。

あの日サロンで交わした会話は、今もシアの心の支えとなっている。幸せな家庭を築いていたのに、力ある貴族の気まぐれによって人生を狂わされ、男の愛人として生きていかなければならなくなったレイの母君。そして自分から父親を奪った男の子どもであるレイを慈しまれた姉君。お二人の苦しみに比べれば、シアの悩みなんて本当にちっぽけなものだ。

だって政略で嫁ぐ相手に愛されない貴族の娘なんて星の数ほどにいる。自分ではどうしようもできない事をうじうじ悩んでいても仕方がないし、夫に愛されなかったからといって、それが直ちに不幸に繋がる訳でもない。アントがどうであろうと、シアは自分の人生を自分で豊かにしていく事はできるのだ。

シアが幸せになれるようにと、両親はできる限りの事をしてくれた。兄のジョシュアやルースも心からシアを大事にしてくれていて、だからシアはそんな家族にこれ以上の心配を掛けたくなかった。

シアはふと立ち上がり、部屋の戸棚から円形の帽子箱を取り出した。蓋を開けて中の帽子を慎重に取り出してそっと膝の上に置く。

やや小ぶりのそれは、十三になる前のシアにレイからプレゼントされたクロッシェだった。あの日の思い出として唯一手元に残ったもので、今も丁寧に手入れをしてずっとシアの傍に置いている。

もう被る事はできないけれども、こうやって帽子に触れるだけでシアの心に温もりが満ちてくる。

幸せになっていいのだと、幸せにならなければならないのだと、シアは帽子を膝に抱いたまま自分に言い聞かせるように心に呟いた。

三章

初夏とはいえ吹き渡る風はまだ肌に冷たく、遠くに見える山々の頂には僅かに雪が残っていた。若葉は次々と芽吹いて青く瑞々《みずみず》しい葉を山腹に茂らせ始めていたが、標高の高いマルセイ騎士団に本格的な夏が訪れるのはもう少し先になりそうである。

そんな中、マルセイ騎士団の正騎士となって二回目の夏を迎えようとするラヴィエ家の次男、ルースは非常に有意義な日々を送っていた。つい先日、ルチャーノという大隊長の従卒に任命されたからだ。

こうした騎士団で隊長の役職を持つ者は皆おしなべて三大騎士団出身である。勿論、叩き上げの兵士が中隊長になったとかいう話は聞かないでもなかったが、それは極めて稀《まれ》なケースだ。三大騎士団ならば、作戦立案から攻守の陣形、戦における主導権の発揮などについて徹底的に叩き込まれるし、何と言っても持っている人脈が違う。所属していた時期によって多少の当たりはずれはあるようだが、高位貴族に伝手《つて》を持っていないという事はまずなく、そのためいざという時、各方面から上層部に働きかける事ができた。

ルースはこのルチャーノ隊長を神のように崇《あが》め奉っていたが、それは別に隊長が高い地位にいるからでも、三大騎士団出身であるからでもない。ずばりルースが隊長にドはまりしたのは、隊長が五十間際であるというのに、それはもうほれぼれとするような見事な筋肉を維持していたからだ。

ある日、尊敬する隊長から「お前の座右の銘はなんだ」といきなり聞かれたルースはすっかりてんぱってしまい、「筋肉は正義です！」と思わず即答してしまったが、その答えは大いに隊長の気に入ったらしい。以来、何かとルースの筋肉を気にかけてくれるようになり、逆三角形の体を作るには、筋肉を鍛えるだけではなく、肉とパンをきちんと食べる事が重要だという非常に貴重な情報を教えてもらった。

ただルースは母から野菜もきちんと食べるようにと教えられていたから、肉とパンだけでなく野菜もきちんと摂っている。筋肉は大切だが、母の教えも大事である。

そうこうするうちにその実家から差し入れが届いた。何やらお菓子が詰まった缶に手紙が添えてある。

『小兄様へ。

乾パンがようやくできました。父も大兄様も太鼓判を押してくれました。どうぞ召し上がってみて』

缶を開けてみると、何やら四種類の乾パンがぎっしりと詰まっていた。小兄様が食べて下さるなら余計に頑張らなくちゃと、明るくそう言ってくれたシアの顔が思い出されてルースは何だか泣きたくなる。

シアはもうすぐ十八になる筈だった。ダキアーノ卿の喪が明けて二年が過ぎようとしているのに、結婚話は未だ膠着したままだ。そのせいでシアが社交界で散々な言われようをしている事もルースは兄からの手紙で知っていた。

何故シアがこんな目に遭わなければならないのだろうと、ルースは唇を引き結ぶ。本来ならばラヴィエ家を守る立場にある筈の寄り親はダキアーノ家にばかり擦り寄って、シアが踏みにじられるのを黙認していた。

くそっと腹立だしげに呟いて、缶の中の乾パンを何気なく口に放り込んだルースだったが、ひと噛みした瞬間にさっくりと口の中で崩れた感触に目を大きく見開き、その後は夢中で噛み砕いて咀嚼《そしやく》した。

「ふおおおおお？」

これを乾パンと言っていいのだろうか。乾パンとはそもそも吐き気がするほどくそまずく、生乾きの嫌な匂いがする代物であった筈だ。

ルースはしばらくその場に固まっていたが、やにわに乾パンの缶を引っ摑《つか》むや、その足でルチャーノ隊長の部屋に駆け込んだ。

「どうした、ルース」

缶から取り出された菓子のようなものをいきなり目の前に突き付けられて、ルチャーノ隊長は眉をへの字にする。大嫌いな書類仕事を渋々やっていたところだったので、剣ダコのあるごつい手にはペンが握られたままだ。菓子とルースの顔を交互に見ているルチャーノ隊長に、ルースは興奮しきった声で言い切った。

「妹が作った乾パンです。食べてみて下さい！」

自室で報告書に目を通していたマルセイ騎士団トップの騎士団長は困惑していた。団長の信頼も篤いルチャーノ第二大隊長が、従卒らしい若い騎士を従えていきなり部屋に突撃してきたからである。

「な、何事だ……？」

差し出された乾パンを訳が分からないまま口に入れ、咀嚼して飲み込んだ瞬間に、騎士団長はかっと目を見開いた。

「これが乾パン、だと……？」

今まで食してきたものとは違い、きちんと菓子の味がする。香りもいい。というか、普通に噛んで噛み砕ける乾パンがあるとは知らなかった。

「ここにいるルース・ラヴィエの妹が開発したそうです」

ルチャーノ隊長はそう言って、斜め後ろに直立していた従卒を騎士団長の前に押し出した。

「ラヴィエ家は代々小麦で領地収入を得ておりましたが、先代から小麦粉を使った菓子作りに着手したそうです。このルースの長兄がマルセイに準騎士として所属しておりました頃、食した乾パンの余りの不味《まず》さに思うところがあったらしく、改良を思いついて開発を進めたとの事でした」

ふむ……と団長は缶の中の乾パンを改めて覗き込んだ。

「どうやら種類もあるようだな」

雲の上の存在とも言うべき騎士団長に直接尋ねられて、ルースはびしっと最敬礼した。

「はい。普通の乾パン、塩乾パン、黒糖乾パン、黒ゴマ乾パンの四種類であります！」

「ああ、この粒は黒ゴマなのか。ほう……。確かにゴマの味がするな」

種類の違う乾パンを一つずつじっくりと味わった後、騎士団長は何事か考えていたが、やがて徐《おもむろ》にルースに目をやった。

「マルセイ騎士団の行軍食をラヴィエ家の乾パンに切り替える。すぐにお父君と連絡を取ってくれ」


それからは急転直下の展開となった。十日後には兄のジョシュアがマルセイ騎士団を訪れ、両者は乾パンの単価や確保できる量、納入時期についてこまごまと話し合い、瞬く間に商談成立となった。

門のところまで見送りに来たルースに、ジョシュアは嬉しそうに口を開いた。

「これでラヴィエ家は小麦以外で領地収入が安定する。団長にまで掛け合ってくれて本当に助かった。礼を言うよ」

兄の言葉に、ルースは「いや」と笑って首を振った。

「たまたま大隊長の従卒をしていたから、うまく話が進んだだけだ。それよりシアにはくれぐれも礼を言っておいてくれ。お陰でこっちもあの不味い乾パンから永久に解放されそうだ」

「あれは本当にひどい代物だよな」

これまでの乾パンがいかに不味かったかで二人は大いに盛り上がり、しばらく笑い合っていたが、ややあってルースが躊躇いがちに兄に問い掛けた。

「なあ、兄上。シアの結婚話だけど、少しは動いてるのかな？　もうシアも十八だろ？」

ルースの問いにジョシュアは僅かに顔を曇らせた。

「いや、まったく進んでいない。こちらが何を言ってもアントの野郎はどこ吹く風だ。ラヴィエ家を舐《な》めきっているし、そもそも寄り親のカリアリ卿がそれを黙認している」

「そうなんだ……」

兄の言葉にルースは肩を落とした。

シアのために何かしてやれる事があればいいんだが……と溜息をつきながら、ふと兄の方を見ると、ジョシュアはどこか思いつめたような顔で地面をじっと見つめていた。

どうやら長兄であるジョシュアは、ルースが思う以上にこの件に責任を感じているようである。それに気付いたルースは慌てて話題を変える事にした。

「そういや兄上もそろそろ結婚してもいい時期だろ？　誰かいい女性《ひと》はいないの？」

わざと明るく話を振ってみれば、ジョシュアは夢から覚めたようにルースの方を見た。

「いや。話はいくつかあるんだが、どうも気乗りがしなくてな。……だが、そろそろ決めた方がいいだろう。私が決めないと、お前も婿入り先を見つけ難いだろうし」

妹の次は弟の心配なんだ……とルースは何だかおかしくなった。相変わらず苦労性の兄である。

「私は焦っていないからいいよ。しばらくは筋肉増強に専念したいから、兄上はのんびりお相手を決めてくれ」

その年は乾パンの製造と納入に追われて慌ただしく日々が過ぎたが、年が明けた三月に思わぬところで事態が動き始めた。シアの方ではない。ジョシュアに意中の女性が現れたのだ。

相手の女性はグレディアと言い、同じセクルト地方東部に小さい領地を持つガザン卿という中流貴族の娘だった。二つ年上の兄がおり、何不自由なく暮らしていたのだが、グレディアが十五の夏に兄のダニエルが狩りの最中に落馬し、大怪我を負った。茂みに放り出された時、突き出ていた小枝が左目に突き刺さったのだ。

傷口は化膿《かのう》して顔は腫れ上がり、高熱も出て一時は命も危ぶまれた。何とか命は取り留めたものの、激しい頭痛や眩暈《めまい》など体の不調が続いて症状が落ち着かず、年単位の療養生活が続くようになってしまった。両親は嫡男の看病に追われ、ダニエルがようやく普通の生活を取り戻した頃にはグレディアは二十一となっていた。

貴族の令嬢としては行き遅れの年齢となっており、嫡男の薬代に莫大な金をかけた事から、持参金もままならない。グレディア自身はすでに自身の結婚を諦めていて、修道院に入る事も見据えて慎ましやかな日々を送っていたのだが、そんな時、両親の勧めで数年ぶりに兄と出席した舞踏会で出会ったのがラヴィエ家の嫡男ジョシュアだった。

ジョシュアは身を固める事を真剣に考え始め、積極的に社交場に顔を出すようになっていた。年中、舞踏会や晩餐会が開かれる皇都とは違い、地方の社交シーズンは凡そ二月から八月までと決まっている。社交の盛期は貴族の令息らが騎士の叙任を受ける三月で、できればこの時期にいい相手を見つけられたらとジョシュアは漠然と考えていた。

ラヴィエ家は家格こそ低いものの金が潤沢だと知られているため、適齢期の娘を持っている貴族らからよく声をかけられる。ジョシュアはそうして紹介された令嬢がたと積極的に交流を持ってみたのだが、どうもしっくりくる相手が見つからない。社交場で見つけるのは難しいかもしれないと半ば諦めかけていたのだが、そんな時に舞踏ホールで懐かしい顔を見つけた。マルセイ騎士団の準騎士だった頃、三学年下に在籍していたダニエル・ガザンが同じ舞踏会に出席していたのである。

狩りの最中に怪我をしたと風の噂に聞いていたが、久しぶりに会ったダニエルは刺繍入りの眼帯で左目を覆っていて、ダニエルが片目を失明していた事をジョシュアはこの時初めて知った。ゆっくりと話がしたかったジョシュアはダニエルと妹のグレディアを別室に誘い、用意されていた軽食を軽くつまみながら話に興じる事となった。

兄の怪我で婚期を逃してしまったグレディアは、ジョシュアに妹のシアを思い出させた。シアも先の見通しが立たぬままに婚約を引き延ばされていて、それでも家族に心配をかけまいといつも明るく振舞っていた。このグレディアもまたダニエルの傍で穏やかに笑んでいて、兄の不幸な事故によって自分の人生が狂わされた事を少しも恨んでいない様子だった。

この時期は毎日のようにどこかで舞踏会が開かれるため、ジョシュアはその後も度々グレディア嬢と顔を合わせるようになり、親しく言葉を交わすうちに急速に親密になっていった。

そうしてジョシュアは兄ダニエルの了解を得て、グラディアを家に招く事にした。両親や妹に会って欲しかったからだ。

ラヴィエ卿夫妻はようやく跡取り息子に春が来たかと諸手《もろて》を挙げて喜んでいたが、シアは兄の意中の女性が家に来ると聞いてちょっぴり緊張した。

何故お前が緊張する？　とジョシュアには笑われたが、姉という存在に強い憧れを覚えていたシアにとって、未来の義姉（になるであろう女性）に好印象を持ってもらえるかどうかは結構深刻な問題である。

おまけに、この前たまたま読んだ物語が悪かった。行き遅れで金遣いの荒い小姑《こじゅうと》に主人公が苦労する場面が度々作中に出てきて、それを自分の身に置き換えたシアは何だか身につまされた。かくいう自分もいつになったら嫁げるかわからないし、よくよく考えれば自分はかなりの金食い虫である。淑女教育のために両親は金を惜しまず、何よりダキアーノ家に毎年送っている援助金は結構な額であったからだ。

未来の兄嫁に邪魔だと思われたらどうしようとドキドキしながら顔を合わせたシアだが、初めて会うグレディアは優しげな目元をした、ちょっと大人びた雰囲気の美人さんだった。髪はシアと同じ柔らかな栗色で、鼻はすっと高く、笑うと両頬にえくぼができる。

兄に頼まれてシアは前日にお菓子を焼いていたのだが、お茶うけに出されたそのお菓子がシア手作りのものだと知ると、グレディアは素直に喜んでくれた。わたくしも作ってみたいと瞳を輝かせてきて、シアはすぐにこのグレディアが大好きになった。グレディアも時々厨房に立つ事はあるが、料理や菓子作りの類はせず、ハーブティーの調合だけをしていたようだ。

ハーブには神経を落ちつけたり、胃腸の働きを良くしたりする作用があり、グレディアは寝付いていた兄のために多種類のハーブを庭に植えていた。多分お菓子にも使える筈だと教えられて、シアは今度、グレディアと一緒にハーブ入りの焼き菓子を作る約束をした。

がたがたと揺れる馬車の振動に身を任せながら、シアは窓の外を流れゆく景色を柔らかな眼差しで追っていた。

「それにしても、申し分のないご令嬢をジョシュア様は見つけて来られましたね」

ミダスへと向かう馬車の中でマリエが控えめにそう話しかけてくるのへ、シアは「ええ」と嬉しそうに頷いた。

「本当に素敵な方よね。お優しいし、きれいで朗らかで……。きっとこの先もお兄様を支えてラヴィエ家を盛り立てていって下さるわ」

二人の仲は睦まじく、ラヴィエ卿夫妻もこのグレディアを気に入って大層可愛がっていた。乾パン製造を含めた領地経営は順調だし、嫡男の婚約は近々調いそうだし、ラヴィエ家の前途は洋々である。

ただその中で、唯一影を落としているのがシアの結婚で、つい数日前にシアは十九の誕生日を迎えたのに、婚約者のアントからはカード一つ届けられる事がなかった。

おそらく誕生日自体を忘れていると思われたが、アントについてそれ以上うじうじと悩む事も嫌で、シアは久しぶりに皇都ミダスを訪れる事にした。騎士団で大好評の乾パンを窮児院に届けてみようと思いついたからである。

人が腰かける座席部分に乗せられるだけの乾パンの箱を積み込んで、シアはマリエと共にいつもの窮児院を訪れた。年に数度訪れているため、シアは院の下働きの者達ともすっかり顔馴染みになっている。日持ちのする菓子を持ってきたと告げれば、すぐに奥にいた司祭様を呼んで来てくれた。

馬車に積んでいた荷の運び入れを下働きの者達に頼み、子ども達の様子などを司祭様に伺っていると、正門の方から客人らしい男性が数人歩いてくるのが見えた。

その服装から献納に来た貴族とその護衛だろうと知れる。どうやら正門前の敷地に馬車を停め、そこから歩いてきたようだ。

すらりとした若い男性がこちらに近付いてきていたが、その貴族の顔を見るともなしに眺めやった時、シアはその顔にどこか見覚えがある気がして、思わずその顔を凝視した。こんな場所に知り合いなんている筈がないとわかっているのに、その端整な顔から目が離せない。

一方の青年もシアがこちらを見ている事に気づいたのか、シアと正面から目を合わせ、次の瞬間、大きく息を呑んで立ち止まった。

嘘《うそ》……とシアは心の中で呟いた。

随分と大人びているけれど、その顔を見間違えよう筈がない。当時と髪の色は違うけれども、面立ちは色濃く青年の顔に残されていて、それはまさしく六年前に偶然出会い、一日を共に過ごしたあのレイだった。

レイの方もこの偶然が信じられないのか呆然《ぼうぜん》とシアを見つめたままでいる。レイの傍らにいた青年が驚いたように何か問い掛けているが、そちらには見向きもせずにシアだけに視線を当て小さく唇を動かした。シア……と確かに名を呼ばれた気がした。

シアはもう我慢できなくなり、片時も忘れる事のなかったその名前を唇に乗せた。

「レイ」

その途端、レイの隣にいた青年が勢いよくシアの方を振り返り、ぽかんと大きく口を開けた。

こちらも随分と精悍になっているが、当時の面影を色濃く残している。

「え……もしかしてシア？」

どうやらケインもシアの事を覚えていたらしい。シアは喜びに目を潤ませ、小走りで二人の方へ向かった。

「ケイン……！　やっぱり貴方《あなた》がたなんですね。まさか本当に会えるなんて！」

シアを不審な人物と思ったか、レイの護衛が二人の前に立ちはだかろうとするのを、ケインが慌てて宥めた。

「知り合いだ！　彼女の事は私が保証する」

護衛を振り切ったレイはそのままシアの方へ駆けてきて、シアのすぐ手前で立ち止まった。

「シア。本当に久しぶりだ」

シアは胸の前できつく手を握り合わせ、しばらく声もなくレイの顔をじっと見上げていた。何か喋ろうと思うのに、苦しいほどの嬉しさが喉を塞ぎ、思うように言葉が出てこない。

以前はちょうど同じくらいの背丈であったのに、今はレイの方が頭一つ分高くなっていた。初めて顔を合わせた時はその美しさに思わず凍り付いたシアであったが、神々しいような美貌はそのままで、今は更にそこに大人の色香を重ねた感じだった。見惚《みほ》れるほどの精悍さも加わっていて、これほど容姿の整った令息をシアは今まで見た事がない。

「こんなところで会えるなんて思わなかった」

弾むような声でそう言われ、シアはただ頷くしかできない。どこかで会えたらいいとずっと願っていたが、まさか本当に会えるなんて思ってもいなかった。

「夢みたいです。こんな素敵な偶然があるなんて」

赤錆《あかさび》色と明るい黄色が混ざり合ったような深みのある琥珀の瞳をシアは眩しそうに見上げた。そして自分を落ち着かせようと小さく一つ息を吐き、そう言えば……とレイの髪の方に視線を移した。

レイは以前、まるで太陽を紡いだような鮮やかな金髪をしていたのに、今はシアと同じ栗色の髪になっている。年と共に髪色が変わっていくのは別段珍しい事ではないが、ここまで急激に髪色が変わるとは思えないから、レイのこれは絶対にカツラだろう。

「ところでレイは、何でカツラを被っているんですか？」

シアとしては気になった事をちょっと聞いてみただけだったのだが、レイはその言葉に「え」と口元を引き攣《つ》らせた。ちょうど遅れてシア達のところに来たケインもまた、ぎくりとした様子で歩を止める。

……これはもしかして、してはいけない質問だったのだろうか。

シアはさすがに不安を覚え始めた。あれだけ饒舌《じょうぜつ》なレイが何故か言葉を失っているし、理由を窺うように隣のケインに目をやれば、こちらも狼狽えきった様子で目を逸《そ》らせてくる。そんなに言いにくい事なら無理に答えなくていいとシアが口を開こうとした時、観念したようにケインがぼそっと口を開いた。

「ハゲ隠しだ」

シアは度肝を抜かれた。ぽかんと開きそうになる口を慌てて塞ぎ、表情を取り繕う。これはアレだ。絶対に聞いてはいけない類の質問だったのに、自分は何という事を聞いてしまったのだろう。

一方のレイは仰天したように、ぶんと音を立てて友人の方を振り返った。口にしたケインの方は焦りまくった様子で視線を天に向ける。

「えっと、あー……。つまり」

なかなか言葉が出てこない。二人に凝視されたケインは無意識のように舌で唇を濡らし、それから何か思いついたように急にぱっと表情を明るくした。

「つまり！　ほんのかわいい円形ハゲなんだ！　ここ最近、レイはちょっとストレスが多かったみたいで」

かわいい、円形ハゲ……？　シアはぼんやりとその言葉を反芻《はんすう》した。ハゲに可愛いという形容がつけられたのを聞くのは初めてだ。

「ケイン、お前……」

レイは信じられないという顔で何か言い返そうとしたが、その続きが出てこない。口を開きかけては閉ざし、また開いてはという事を繰り返し、やがて敗北感に打ちのめされたようにがっくりと肩を落とした。シアが不安そうに見守る中、やがてレイは不本意極まりないといった口調でそれを肯定した。

「まあ……、そういう事だ」

「そ、そうなの」

こういう場合、何と慰めの言葉を口にしていいかわからない。円形ハゲができるほどのストレスって何だろうという疑問はさておいて、取り敢えず労りの言葉をシアは口にした。

「あの……お大事にね」

それ以上何を言っても傷口を抉《えぐ》ってしまう気がするし、どう言葉を続けていけばいいのだろう。シアが必死に脳みそを絞っていたら、横から思わぬ救いの手が差し伸べられた。

先程までシアが会話していた司祭様である。

「ラヴィエ様、こちらの方々は?」

シアは顔を上げてそれに答えようとし、言葉に詰まって二人の顔を見た。二人については名前しか知らないため、どう紹介していいかわからない。

それに気付いたケインの方がすっと一歩前に進み出た。

「匿名で申し訳ありませんが、心ばかりこちらに寄付をしたいと思い、やって参りました」

屈強な体つきの護衛がケインにかなり分厚い封筒を手渡し、ケインはそれをそのまま司祭の方に差し出した。どうやらかなりの額の紙幣が包まれているようだ。

「これは痛み入ります」

国から多額の援助は受けているが、それだけでは窮児院は回せない。貴族からの寄付は院にとっては喉から手が出る程にありがたいものだった。

「貴方がたに神の御加護がありますように」

封筒を一度押し頂いた後、司祭は改めてシアの方に向き直った。

「ご友人の方々と久しぶりにお会いになられたご様子。よろしければ面談室にお通ししましょうか。積もる話もおありでしょう」

シアにとっては嬉しい提案だったが、二人に時間はあるのだろうか。問い掛けるように二人を見れば、レイがどこかいそいそと口を開いた。

「ご厚意に甘えよう」

勿論シアに異存があろう筈がない。顔を綻ばせるシアを見て、ケインも楽しげな表情で頷いた。


司祭様に先導されて面談室に向かう二人の数歩後ろを歩きながら、シアは改めて隔たれていた月日の長さに思いを馳《は》せた。

二人と出会ったのは十三歳の誕生日を間近に控えた麦秋（初夏の頃）で、あれからもう六年が過ぎていた。どこかやんちゃさを表情に残していた二人は子どもらしさをすっかり削《そ》ぎ落とし、その立ち居振舞いからは優美さと威風が感じられる。

だから司祭様も、名を隠した二人が相応の貴族だと判断して丁寧に応対しているのだろう。仕草の一つ一つに重みがあり、眼差し一つで人を従わせるような風格が二人には備わっていた。

シア達が通されたのは、テーブルと椅子が四つ置かれただけの殺風景な面談室だった。部屋に入ったケインはまず突き当たりの広々とした窓に目をやり、傍にいた護衛に何か耳打ちした。それから窓から離れた戸口側にレイを誘導し、その向かいにシアを座らせる。そして自分はレイの隣に腰を下ろした。

護衛らは部屋に控えていたそうな素振りだったがレイがこれを嫌がり、ケインは護衛らを全て部屋から下がらせた。ただシアが連れていた侍女のマリエだけは部屋の隅に残してくれた。シアの名誉のために、男性とシアの三人だけにする訳にはいかないと思ったのだろう。

そうして護衛達が下がった後、ケインは早速シアに尋ねかけてきた。

「それにしても、こんなところで会えるとは思わなかった。今は皇都に住んでいるの？」

当たり障りのない質問である。シアは「いいえ」と微笑み、

「用事があってこちらに出向いて来ただけですわ」

「……少し立ち入った事を聞いて申し訳ないけど、結婚は？」

躊躇いがちに口を挟んできたのはレイだった。不躾《ぶしつけ》と言えばこれほど不躾な質問はなかったのだが、どうしても気になったのだろう。

シアは零れそうになる吐息を呑み込んだ。

「まだなんです。婚約のまま引き伸ばされていて」

返事を聞いたレイの瞳がすっと細められた。

「何か理由でもあるの？」

シアは小さく首を振った。

「理由と言えるような理由はないんです。まだ結婚はしたくないとおっしゃるだけで」

言葉にすればその分自分がみじめに思えて、シアは少し俯いた。恥じ入るような事はしていないと自分に言い聞かせても、どこか引け目があった。

アントが血筋の劣るシアとの婚姻を嫌がって結婚を引き延ばしている事はすでに周囲に知れ渡っていて、シアはその事が身の置き場もないほど辛かった。舞踏会にエスコートしても義務のように一曲だけ踊ってすぐに離れていくアントを見れば、ああやはり……という目で見られ、誰の手を取る事も許されないまま、壁の花になっていなければならない。シアを心配した友人らは声を掛けてくれるけれど、その友達も一人二人と嫁いでいき、シアの傍にはもう同年代の友人は残されていなかった。

いつまでこの状態を我慢しなければならないのだろう。シアは思わず唇を噛み締めたが、そんなシアにレイの怒ったような声が被せられた。

「幼い頃からの婚約だと言うのに、はっきりしない奴だな」

本気で不快に感じたらしく、眉間に皺《しわ》が寄っている。

こんな風に心配してくれる友人がここにもちゃんといるのだと思った途端、委縮していた心がふっと軽くなり、シアは思わず口元を緩めた。

「ご心配下さり、ありがとうございます」

レイの言葉はいつだってシアを元気づけてくれる。そう言えば離れている間もいつもレイの言葉に慰められていたのだと、今更のようにシアは思い出した。

「このままの状態だと肩身が狭いから、はっきりして下さったらとわたくしも思いますわ。……でも今は、相手の方を悪く思いたくないんです。いずれはその方に嫁ぐようになる訳ですし、温かな家庭を築いていくためにも、その方のいいところを見るようにしなくてはいけませんもの」

アントの態度がどうであれ、シアまでが理解し合おうとする努力を捨ててしまったら、関係は完全に破綻してしまう。それだけは避けなければならなかった。

「シアは……強いね。それにとても前向きだ」

思わずといった口調でレイが呟くのへ、「強がりもかなり入っていますわ」とシアは小さく苦笑した。

「わたくしのためというより、父や母のためなんです。わたくしが幸せにならないと、二人が自分を責めてしまいそうで」

娘が辛い思いをしないようにと、両親は金を惜しまず最高級の教育をシアに受けさせてくれた。そのお陰で今のシアがある。それはシア自身の財産であり、これからのシアの人生を強く支えていってくれる事だろう。

「それにわたくし、レイのお母様のお話を今も覚えているんです。望まぬ人生を強いられたのに、人生を嘆く事なく、明るく逞しく未来を見つめて生きてこられた訳でしょう？　そんなお母さまをレイは誇りに思っていらして、そんな風に子どもから思われる人生は素敵だなって心から思えたんです」

その言葉に瞠目するレイに、シアは「ここだけの話ですよ」といたずらっぽく声を潜めてみせた。

「もしもですよ。もしもわたくしの夫が本当に最低な人間だったとしても、わたくしはちゃんと素敵な人生を送れる可能性がある訳です。それってすごい事だと思いませんか？」

それを聞いて笑い出したのはケインだった。肩を揺らし、「なかなか逞しいね」と笑っている。

一方のレイは自分の父親を思い出したらしく、「確かに父は最低最悪だったな」と記憶を辿るように頷いていた。

「シア、聞いてくれる？　私の父はとにかく女癖が悪くてね。正妻の他に愛人が数人いて、そのすべてに母親の違う子を産ませているんだ。とんでもない男だろ？」

正妻の他に愛人が数人もいた？　思わぬ暴露にシアは目を丸くした。

「え、じゃあレイには、母親の違う兄弟がたくさんいるのですか？」

「うん。呆れるくらいたくさんね」

レイは軽く肩を竦めた。

「今思い返しても、父は人間のクズだったと心底思う。目に留まった女性に次々と手を出して、妊娠してお腹が大きくなったら、興が削がれたとか言ってそのまま捨てるんだ」

「まあ」

確かにクズかもしれないと、シアは大きく頷いた。ふとケインの方を見ると、ケインは微妙な顔でそれを聞いていて、シアと目が合うと吐息混じりに軽く首を振った。

「まあレイは、家絡みでいろいろあるからね」

いろいろって何だろうとシアは無性に気になったが、根掘り葉掘り聞くのも失礼なので黙っていた。

多分それが円形ハゲの原因だろうし、ならばこの話題はスルーするのが正解だ。

と、その時軽くノックの音が響き、マリエが扉を開けるとレイ達の護衛が室内に入ってきた。見れば、両手に盆のようなものを持っている。

「厨房をお借りして、私が淹れました」

普通ならば『お茶をお持ちしました』の一言で済む話なのに、随分回りくどい言い方をするのだなとシアは思った。それにお茶を勧める手つきも随分ぎこちない。見かねたマリエが「私が致しましょう」と護衛に代わって給仕を始めた。

「こちらは?」

テーブル中央に置かれた蓋つきの菓子器を見て、レイが不思議そうに問いかけた。

「ラヴィエ嬢が持ってこられたお菓子だそうです。司祭様がお出しするようにと」

護衛が下がるや、レイは楽しそうにシアに話しかけてきた。

「さっきシアが持ってきた箱ってお菓子だったんだ」

「ええ。うちで作った乾パンですわ」

シアがそう答えると、レイとケインが揃《そろ》って、うげっという顔をした。

「乾パン……!」

非常に失礼な反応である。けれど兄のジョシュアから乾パンのまずさを嫌というほど聞かされていたシアは、無理もないかしらと苦笑を噛み殺した。

「うちはマルセイ騎士団に軍食としての乾パンを納品しているんです。ようやく注文に納入が追いつくようになったので、余分をこちらに持ってこようと思いつきましたの。乾パンは日持ちがするのでいざという時の食料に使えますし、ちょっとしたおやつ代わりにもなりますでしょう？」

シアの言葉に二人は顔を見合わせた。嘘だろ？　とでかでかと顔に書いてある。

長々と説明するより実際に食べてもらった方が早いので、シアは菓子器の蓋を開け、中の乾パンを二人に見せた。ケインは早速手を伸ばし、その中の一つを口に入れる。ケインが奥歯で噛んだ途端、乾パンがさっくりと口の中で砕けるのが見ていて分かった。

食べ終わった瞬間、「何これ、うますぎる！」とケインが叫んだ。どうやらラヴィエ家特製乾パンはケインの舌にも合格したらしい。

「えっ、マルセイ騎士団って、こんな美味しい行軍食持たされているの？」

ケインの反応を見たレイが待ちきれないように乾パンに手を伸ばし、味わうように何度か咀嚼して目を丸くした。

「すごい……。ちゃんと人間の食べ物になっている」

今までの乾パンがどれほどひどいものであったのか、これでわかろうというものだ。

「えっ、これをシアのところで作っているの？」

驚きを隠せずに尋ねたレイに、「この乾パンのレシピを考えたのはわたくしなんです」と、シアは告げた。

皇都に住まわれている高位の令嬢は厨房に立つような真似はしないと知っていたが、シアが自ら焼き上げたと教えても、この二人なら馬鹿にしないだろうと思ったからだ。

「うちは領地収入のほとんどが小麦の売り上げなんです。領地を豊かにしようと先代が小麦の品種改良を始めて、かなりの収入をはじき出せるようになっているのですけど、どうせならこの小麦で美味しいお菓子が作れないかなと思って。小麦粉の配合や発酵の時間を変えたり、焼き上げる温度を調整したりして、ようやく出来上がったのがこちらですわ。マルセイ騎士団に所属している兄にこの乾パンを送ったら兄もすっかり気に入ってくれ、いつの間にか軍食として買い上げていただけるようになりましたの」

二人は呆然として菓子器に盛られた乾パンを見つめていた。信じられないという顔に、シアは胸の奥からくすくすと笑いが込み上げてきた。

「あと、味に飽きるといけないので、ゴマの入ったものもあるんです。ゴマは栄養価も高いから、栄養のバランスもとれますでしょう？　他にも黒糖を使って砂糖とは違う風味を楽しめるようにしたものとか、少し塩気を強くきかせたものもあって、そちらも納品していますわ」

シアの言葉に、二人は弾かれたように顔を上げた。

因みにシアのお気に入りは塩乾パンである。お菓子とは甘い食べ物だとずっと思っていたが、塩気を少しきかせる事によって却《かえ》って甘みが強く感じられ、その塩気と甘みのバランスが絶妙なのだ。シア渾身《こんしん》の作といって良かった。

菓子器にはちょうど四種類の乾パンが盛られていて、レイとケインは全ての味を試食した。

黒糖を使った乾パンを食べた二人は、初めて食べる味だなと首を傾げていた。皇都の菓子店では、余分な雑味を丁寧に取り除いた高級な白砂糖しかお菓子材料に使っていない筈だから、黒糖は生まれて初めての味であったようである。まったりとした独特の甘さに、こういうのも悪くないなと頷いて

いた。

やがて菓子器の乾パンを完食したレイは、「ねえ」とシアに話しかけてきた。

「これをもらって帰りたいんだけど、他に余分はないだろうか？　食べさせたい人がいるんだ」

シアはちょっと考えた。

「箱詰めされたものは全部、窮児院に寄付してしまいましたけど、訳あり乾パンなら少し手持ちにありますわ」

「訳あり？」

「ええ」

シアは苦笑した。

「端が焦げたり、形が崩れたりしたものです。売り物にならないので、おやつ代わりに少し持参してきているんです」

そう言ってマリエの方を見れば、マリエは「馬車にございますわ」と頷いた。

「シア。私を助けると思って、それをもらえないだろうか」

「勿論構いませんけど」

シアはそう答えた後、

「でも、よろしいんですの？　焼け焦げていたり、形も悪かったりしますのよ」

「大丈夫、大丈夫。兄とかに食べさせるだけだから」

どうやらその口調では、母の違う兄君とは仲良くやっているらしい。その事が嬉しくて、シアはにっこりと頷いた。

「では後で、護衛の方にお渡ししておきますね」

騎士団では乾パンは相当まずい食べ物だと兄から聞いているし、レイも話のタネに持って帰りたいのだろう。

「ああそうだ」

不意にレイが思い出したように顔を上げた。

「家族と言えば、シアに伝えたい事があったんだ」

「何ですの？」

シアが不思議そうに首を傾げれば、

「あれから姉に会えたんだ」

思いがけない報告に、シアは笑みを弾けさせた。

「まあ！」

レイが姉君と再会できますようにと願って掌広場で一生懸命硬貨を投げた日の事が、つい昨日の事のように思い出される。ならば、あの願いは叶ったのだ。

喜びがひたひたと胸に押し寄せてきた。

「きっとレイが強く願い続けておられたからですわね。本当におめでとうございます。お姉様はお元気でいらっしゃいました？」

「うん。幸せな結婚をして、今はもう三人の子どもに恵まれているんだ。甥《おい》っ子や姪《めい》っ子が、姉上に似てまた可愛らしくて……」

生き生きと話してくるレイに、シアは思わず口元を綻ばせた。

「相変わらず、お姉様が大好きでいらっしゃるのですね」

そしてシアは、昨年耳にしたある言葉を思い出して、いたずらっぽくレイを見上げた。

「そう言えば、宮廷では姉上至上主義という言葉が流行っているのですって。レイはご存じですか？」

斜め向かいに座っていたケインが噴き出すのを堪えるように唇を引き結び、一方のレイは堂々と胸を張った。

「勿論だとも。あんな素敵な言葉は他にないな」

シアは思わず笑い出した。

「それでこそレイですわ！　その言葉を聞いた時、わたくしも真っ先にレイを思い浮かべましたのよ」


その後も時間を忘れて話に興じたが、やがてレイ達の護衛が時間を告げに来た。

レイは何かもの言いたげに護衛を見たが、時間が取れないと自分でもわかっていたのだろう。小さく吐息をついて、名残惜しそうにシアを見つめてきた。

「シア。今日は会えて良かった」

このまま別れたくない……とその眼差しは告げていて、けれどそれ以上の言葉をレイが口にする事はなかった。

勿論、それが正しい行動だ。婚約者がいる女性と次の約束を交わすなど、不貞と受け取られても仕方がない。

「またいつか、どこかで会えたらいいね」

横から軽くそう告げてきたのはケインで、宥めるようにレイの肩を小突く。

「縁があればまた会える。そうだろ？」

「……ああ」

一方のシアは夢のような時間が終わってしまう事が悲しくて、つい二人を引き留めそうになっていたが、ケインの言葉に我を取り戻した。

今日再会できたのは奇跡だった。これ以上を望む事は自分には許されていないし、先を望めば思い出を汚す行為にも繋がるだろう。万が一、神が許して下されば再び奇跡は訪れるかもしれないし、希望が残されているだけで今のシアには十分幸せだった。

この先、おそらくはもう二度と会えない二人と寂しい別れ方をしたくなくて、シアは精一杯の笑みを取り繕った。そして心からの感謝を込めて別れの言葉を告げる。

「お二人ともどうかお元気で」

「ああ。シアも元気で」

胸を食《は》む寂しさをシアは柔らかな笑顔の下に押し隠した。このまま二度と会えなくても、この先の二人の幸せを願う事だけはシアに許されるだろう。

草の香りとも違うどこかほっとさせるような柔らかな香りが、シアの鼻をそっとくすぐっていった。

「何を思い出しているの？」

優しい声でそう問いかけられ、湯気に揺れるハーブティーをぼんやりと見つめていたシアは夢から覚めたように目の前のグレディアに目を戻した。

「ああ、ごめんなさい。先日の窮児院での一日を思い出していて」

つい十日ほど前、兄のジョシュアとグレディアの婚約が調った。華やかな婚約披露の宴がラヴィエ家で執り行われ、鮮やかなセルリアンブルーのドレスに身を包んだグレディアは目を瞠《みは》るほどに美しかった。

因みにそのドレスを用意したのはジョシュアであり、モードに疎《うと》い兄のためにいろいろと陰で頑張ったのはシアである。度々皇都を訪れているので流行のドレスデザインにも詳しく、グレディアの好みも丁寧に聞いて、せっせとジョシュアにアドバイスした。

という事で、シアは必然的にグレディアと仲良くなった。ジョシュアが忙しい時には二人でお茶を楽しむ事もあるし、お菓子作りが習いたいというグレディアのために一緒に厨房に立った事も一度や二度ではない。

グレディアはラヴィエ家に嫁ぐ日のために家でも菓子を焼くようになっていて、シアは自分の持っている知識をせっせとグレディアに伝えていた。一方のグレディアはハーブの苗をいくつも持ってきてくれ、その育て方や効能をシアに教えてくれている。その中でも気分を落ち着けてくれるカミツレはシアの大のお気に入りで、シアは寝る前に時々楽しむようになっていた。

二人でお菓子をつまみながら、シアは十三になる直前に出会った二人の友達について話をした。レイの複雑な家庭事情には触れずに、六年前にたまたま知り合った二人と散策やサロンを楽しんだ事や、先日その二人と偶然窮児院で再会した事などを面白おかしく披露し、二人で笑い合った。

「今まで余程、軍支給の乾パンはまずかったのね」

乾パンを食べた時の二人の反応を伝えればグレディアは思わず吹き出した。

「型崩れの乾パンでもいいから分けて欲しいだなんて、きっと貴女《あなた》特製の乾パンはお二人に衝撃を与えたんだわ」

「ええ。あの後レイは家に帰って、お兄様と二人で乾パンを食べたのだと思うの。お兄様の反応も知りたかったわ」

司祭様にも匿名を望んだ二人であったから、どこの誰であるかシアには全くわからない。二人がどう過ごしているのかを人伝《ひとづ》てに聞く事も許されておらず、それが無性にシアには寂しかった。

そんなシアにグレディアは優しく声を掛けた。

「でも、シアが渡した乾パンをお兄様と二人で食べて、そのレイという方はきっと笑って下さった筈よ。そう考えると幸せな気がしない？」

「そうね。きっとそうだと思う」

わくわくと兄君の様子を眺めているレイの姿が容易に想像できて、シアは口元を少し綻ばせた。

「それにしても、名前しか知らない相手と友情が育めるなんて本当に素敵な事だわ。貴族はどうしても家名に縛られてしまうし、そういう柵を抜きにして深く知り合えるなんて奇跡的だもの」

グレディアの言葉は尤《もっと》もであり、シアもええと大きく頷いた。

「結局二人がどこの誰かはわからなかったけれど、二人がわたくしの事を覚えていてくれて、大切に思っていてくれていた事がわかってとても嬉しかったわ。だって、会ったのは六年前の一度きりだったのですもの。あの日交わした会話の事もちゃんと覚えてくれていて、わたくしの事を案じてくれたの」

「そう」

微笑むシアを、グレディアは優しい眼差しで見つめた。案じたとは、おそらく引き延ばされているシアの婚約の事を指しているのだろう。

けれど……とグレディアは心に呟いた。

事態は、その二人が思うよりもずっと厳しいものだ。この先シアは、今よりももっと過酷な状況に追い込まれる。その時このシアのために、自分は一体何をしてやれるのだろうか。

長年社交界から離れていたグレディアだが、兄が体調を回復して付き合いを取り戻した辺りから、アント・ダキアーノの噂をよく耳にするようになった。遡れば皇家の血を引くという名門中の名門貴族で、プライドだけは山のように高い男だ。借金で首が回らなくなり、ラヴィエ家の援助によってようやく息を吹き返したというのに、それを感謝するどころかシアを血筋の卑しい娘だと散々に貶めていた。

そうしたアントの傲慢《ごうまん》さを嫌っている貴族は少なからずいるのだが、寄り親の一人であるカリアリ卿がアントと近しくしているため、表立ってアントを悪く言う者はいない。

だから余計にアントは勘違いをしてしまったのだろう。家格の低いラヴィエ家ならどう扱ってもいいと思い込んだらしく、パートナーであるシアを舞踏会でなおざりにするだけでなく、まだ婚約者のいない別の令嬢に平気で近付き、あわよくば懇意になろうと距離を詰めている。

アントは、高貴な血を引く自分と縁が繋げた事はラヴィエ家にとって誉れだろうなどと周囲に嘯《うそぶ》いているが、ラヴィエ家がこの縁組を嫌がっている事はこの辺りでは有名な話だった。実際、理由もなく婚約期間を引き延ばすダキアーノ家に対し、ラヴィエ卿は三年前に婚約解消を申し出ている。しかもその申し出を受け入れてくれるならば、年ごとに渡してきた援助金の返却までは求めないとダキアーノ家側に伝えていた。つまり多額の損益を出してでも縁を切りたいという、紛れもない意思の表明だ。

金に潤沢なラヴィエ家との婚約にしがみついたのはアントの方で、そのせいで婚期を遅れさせられたシアは完全な被害者だった。今やシアは十九になってしまい、貴族令嬢としては行き遅れと言われても仕方ない年齢に達しようとしている。

二十一まで婚約者が決まらなかったグレディアはシアの気持ちが痛いほどにわかり、もし愚痴を吐きたいならばいつでも耳を貸す心積もりでいたが、シアはどうもそういうタイプの子ではないようだった。考えても仕方がない事は考えないようにしているから大丈夫と笑うので、グレディアはそれ以上立ち入っていない。

ただ、シアの兄であるジョシュアはこの件をかなり深刻に案じており、それはグレディアも同様だった。というのも、ここ最近アントはある貴族令嬢と急速に距離を縮めていっているからだ。

その令嬢はリリアーナ・レオンと言い、ラヴィエ家の寄り親であるカリアリ卿の姪に当たる。レオン家はセクルト地方北部に領地を持ち、林業や寄木細工などで細々と領地収入を得ていた家だが、つい二、三年前に領地に鉱山が見つかり、急激に財力をつけてきていた。

そうした噂を聞き付けたアントは、レオン家の娘ならば自分の横に並び立つにふさわしいと思ったらしい。舞踏会などで彼女の姿を見る度に口説くようになり、最近は二人で仲良く話す姿がいろいろな社交場で見られるようになっていた。

リリアーナは伯父《おじ》の家の寄り子であるラヴィエ卿とも面識があり、その娘であるシアがアントの婚約者だと知っていたが、家柄の低い者ならばどう踏みつけてもいいと思っているようだ。まさしくアントに似合いの女性といっていいだろう。リリアーナの父のレオン卿もそんな娘を咎めようともせず、それどころか、もし娘がダキアーノ家に嫁げば皇家の血を引く孫が生まれると、今はそんな愚かしい考えにとりつかれていると聞く。

ここ半月ほど前からは、アントは婚約者を伴って参加するような舞踏会にもリリアーナを同伴するようになっており、ラヴィエ卿は強く抗議したが、カリアリ卿は一向に動こうとしない。もしこのまま婚約が解消されるような事になれば、不貞された挙句に捨てられたとして、シアの名誉は大きく傷つけられる事だろう。

シアはまだアントとリリアーナとの事は知らずにいる。ラヴィエ卿夫妻やジョシュアがシアの耳にだけは入れぬよう守ってやっているからだ。

それでもいつまでも守り切れるものではない。

アントが己の立場を思い知り、身を弁える事をグレディアはただ神に祈るしかできなかったが、この頃、人知を超えた意思は思いもよらぬ方向へとラヴィエ家を導こうとしていた。

アントはまだ何も知らずに笑っている。

だが皇都では確実に風はそよぎ始め、そのそよぎがラヴィエ家に届くまでには今しばらくの時間が必要だった。

四　章

　ジョシュアとグレディアの婚約からひと月後、ようやくラヴィエ家の運命が動き始めた。

　皇帝の命を受けた文官が、皇都からはるばる馬車に揺られてラヴィエ家にやって来たのである。

　その文官一行がまず目にしたのは、ラヴィエ家の先代が金にあかせて作った三階建ての大邸宅だった。壁面に使われているのはやや青みがかった灰白色の石で、柱やアーチとの色のバランスも絶妙である。ファサードもすっきりしていて、階ごとに統一された左右対称のデザインが大層美しかった。はっきり言って、寄り親のカリアリ家の邸宅とは比べものにならないほど豪華な邸宅であり、更に広さだけで言えば、ラヴィエ家の厩舎《きゅうしゃ》の大きさがちょうどダキアーノ家の館の大きさである。

　さて、そのラヴィエ家を訪れた文官は、田舎らしからぬ垢《あか》ぬけたセンスの邸宅に内心驚きを隠せずにいたが、迎え入れたラヴィエ卿とその嫡男のジョシュアの方も、こんな田舎貴族に皇都の文官が何の用だろうと心臓をバクバクさせていた。

　緊張の余り笑顔を引き攣らせているラヴィエ卿に、使者は開口一番、信じ難い言葉を口にした。

「ラヴィエ家で非常に質のいい乾パンの製造に成功したと聞き及んでおりますが、その乾パンを三大騎士団の軍食に採用したいという案が持ち上がっております。皇帝陛下の執務補佐官であるモルガン卿からの書簡を預かってきておりますので、どうぞこちらをご覧下さい」

　文官から差し出された書状を、ラヴィエ卿はおそるおそる受け取った。そしてジョシュアと二人で目を通していったが、余りにも夢のような話で頭が追いつかない。

そもそも一体どこからラヴィエの乾パンの事を知ったんだろうと二人で首を捻っていれば、それを見ていた文官が静かに口を開いた。

「実は、こちらで作られた乾パンを皇帝陛下と三大騎士団の団長らが試食されまして」

「ああ、そうだったのですか」

という事は、マルセイ騎士団に卸していた乾パンを何かの機会にお召し上がりになったのだろう。

経緯についてはこれで納得できたが、提示された内容については熟考する必要がある。納品を求められた事は非常に光栄であったが、皇家が望むだけの乾パンをラヴィエ家だけで作り得ないことは明白であったからだ。

書状には、量の確保のためにラヴィエ家が品種改良した小麦を他所の領地でも作らざるを得ない事や、大量の乾パンの製造についても別の家が関わっていくようになる事が書かれており、それによってラヴィエ家が被る損害とその補償などについても詳しく触れられていた。

その場での即答は難しいと判じたラヴィエ卿はその文官を一旦別室に案内し、まずは旅の疲れを癒やしてもらう事にした。そしてその間に夫人と娘を応接の間に呼び、今後について家族全員で話し合う事にする。

顚末《てんまつ》を聞かされた夫人とシアは、思いがけない話に呆然と顔を見合わせた。

「三大騎士団の行軍食にラヴィエの乾パンを……?」

信じられないと呟くシアに、「夢のような話だが、本当の事だ」とラヴィエ卿も戸惑いを隠せぬままに小さく笑った。

「恐れ多くも皇帝陛下がうちの乾パンを味見なさったらしい」

「何ともったいない事を……」

シアの母が思わずほうっと溜息をつく。遠い雲の上の存在である皇帝陛下がラヴィエの乾パンを口にされたなど、これ以上の誉れはなかった。

「シア。お前のお陰だ。マルセイ騎士団の受注を得られただけでも家は計り知れないほど潤ったのに、この度の話でラヴィエ家は更に富を増やしていく事になるだろう」

長兄のジョシュアは改めて妹に頭を下げ、シアは慌てて「わたくしの力だけではありませんわ」と首を振った。

「乾パンを作るよう最初におっしゃったのは大兄様ですもの。それに小兄様が楽しみにしていると言って下さったから頑張れたんです」

家に貢献できた事がシアは純粋に嬉しかった。今まで家族にはお金を遣わせるばかりで、結婚についても心配ばかりかけてきた。けれどこれでようやく恩返しができる。

「皇家からは、発案保護権という名称の下でこの先二十年間、国がラヴィエ家に収入の一定額を還元するという提案をしていただいた。開発には年月と手間がかかったが、これほどの見返りが用意されるのであれば、我が家的にも異存はない。提案をお受けしようと思う」

ラヴィエ卿の言葉に、ジョシュアを含めた三人が口々に同意した。

還元されるのは収入の一部だが、そもそも三大騎士団が必要とする乾パンの総量は莫大なものだ。

この先ラヴィエ家は、二十年は何もしなくても遊んで暮らせるほどの金が国から入ってくる事となるだろう。

そうしてその後数日は、棚から牡丹餅《ぼたもち》のような幸運をしみじみと噛みしめていたラヴィエ家であったが、続いて降りかかってきたのは超ド級の不幸だった。

「カリアリ卿が来られた？」

昼を前に、寄り親の訪問を突然知らされたラヴィエ卿は、思わず眉間に深い皺を寄せた。用があるのであれば寄り子のほうから挨拶に伺うのが一般常識で、それを何の前触れもなく、寄り親の方から格下の家を訪れるなど嫌な予感しかない。

胸騒ぎを覚えたラヴィエ卿は嫡男のジョシュアを伴い、慌ただしくカリアリ卿を出迎えた。すぐに応接の間に迎え入れ、用件を聞いたのだが、そのカリアリ卿の口から出てきたのはラヴィエ家の予想をはるかに超える身勝手な申し渡しだった。

「シアとアント殿の婚約を白紙に戻す？」

信じがたい言葉に、ラヴィエ卿とジョシュアは凍り付いた。

九つの時からの婚約を引き延ばされて、シアはもう十九になっている。アントが最近別の女性に入れあげているのは知っていたが、そもそもこの縁組はダキアーノ家から望んだもので、ラヴィエ家には選択の余地がなかった。シアを蔑ろにし続けるアントの振舞いに何度も抗議し、娘の名誉をこれ以上傷つけないようにとカリアリ卿にも再三申し入れたにも拘わらず放置され、挙句に相手側からの突然の婚約解消である。温厚なラヴィエ卿もこれには当然激怒した。

「覚えておいでですかな。娘が十六になっても、結婚の日取りを決めようとしないダキアーノ家に焦《じ》れて、私は貴方にはっきりと申し上げた筈だ。今ならば、最初にお渡しした祝い金さえ返してもらえれば、毎年渡してきた援助金の返金までは求めない。娘を蔑ろにしているダキアーノ家に嫁がせるのは不憫だから、婚約を白紙に戻して欲しいと。だがそこまで言っても、貴方は何も動いて下されなかった。それを娘が十九になった今になって婚約を解消し、しかも違約金は一・二倍で我慢せよと？　貴家は我が家を馬鹿にしておられるのか！」

ダキアーノ家の望みは最初から金だった。本来ならば婚儀の時に持たせる持参金を前倒しして婚約時に受け取りたいと言い、更には毎年、一定額の援助をして欲しいと当たり前のような顔で金の無心をされた。

「こちらには契約書もある。婚約時の祝い金と、結婚までの援助金の総額がオルテンシアの持参金となり、婚約不履行となった場合は最低でも持参金の二倍額をダキアーノ側が支払い、更に過失の度合いに応じて違約金が上乗せされる事が明記されている。……今回の婚約解消は、アント・ダキアーノ卿の不貞によるものだ。婚約者を持つ身でありながら平然と他の女性をエスコートし、あまつさえその女性の誕生祝いの席に、婚約者よろしく傍に張り付いていたアントの姿は、多くの貴族が目にしている。ダキアーノ側の過失は明らかで、その分の違約金は当然支払われるべきだろう」

正論を述べてくるラヴィエ卿にカリアリ卿は渋い顔をし、「まあまあ、落ち着け」と宥めてきた。

「遡れば皇家の姫君が降嫁されたような家柄の男性と婚約できていただけでも、ラヴィエ家の箔がついたというものではないか。確かにオルテンシアはもう十九になっている。それは申し訳ない事だ。だが、ラヴィエ家はこれほどに財力もあり、オルテンシアは可愛らしく育っておる。いくらでもいい縁は他にある筈だし、今度こそ我が家が責任をもって申し分のない縁を見つけてやろう。なに、寄り親としての我が家の力を使えば、他にいくらでもいい縁など……」

「お断りする」

ラヴィエ卿は激しい口調でカリアリ卿の言葉を遮った。目の奥が赤く染まるような怒りに、目の前のこの男を殴りつけないように自制するのが精いっぱいだった。

「あれほどの悪縁を持ってこられた貴方に、二度と娘の縁組の仲介を頼みたいとは思わぬ！」

格下の寄り子に歯向かわれ、カリアリ卿はかっとなった。

「こちらが下手《したて》に出てやれば、いい気になりおって……！　良いか！　これ以上寄り親に逆らう気ならお前たち家族を貴族社会で爪はじきにする事もできるのだぞ！」

「……ッ」

力を笠《かさ》に着たあからさまな脅しにラヴィエ卿は息を呑み、その様子を見たカリアリ卿は優位を確信して尊大な笑みを浮かべてきた。

「ラヴィエ卿。確かに違約金を減額されるのは業腹かもしれん。だが、ラヴィエ家は全く金に不自由してはおらぬではないか。今までの総額の一・二倍でも、利益は十分に出るだろう。それで手を打った方が賢いやり方だと私は思うぞ」

金の問題ではないと、ラヴィエ卿は膝の上の拳を握り締めた。

結婚前に持参金を渡していた場合、持参金の二倍返しが貴族社会の一般常識で、婚約の期間が長ければ長いほど違約金は跳ね上がっていく。

シアは十年以上この婚約に縛られ、すでに十九になっているのだ。三倍額の違約金が支払われてもおかしくない状況なのに、たった一・二倍額で手を打たれては、それだけの価値しかない娘だとシアが後ろ指をさされかねない。ただでさえ婚約者の不貞で婚約が不履行となるのに、これ以上の恥を娘にかかせる訳にはいかない。

「……ダキアーノ卿は何故謝罪に来られない。我が家から金を無心し続けた上、不貞を働いて婚約を解消し、更に違約金さえも出し渋ろうとしているのだ。まずは床に手をついて謝るのが筋ではないか！」

「くどいぞ！」

痛いところを突かれたカリアリ卿は、声を荒らげた。

「とにかく、この婚約は解消だ！　すでにこの家と縁の切れたダキアーノ卿が、わざわざ足を運ぶ必要などない！　いいか、ラヴィエ卿。頭を冷やしてよく考える事だ。確か、そちらのジョシュア殿は縁組が調ったばかりの筈だ。そのお相手は、寄り親に逆らうようなラヴィエ家をどう見るだろうな」

思わぬ弱みを突かれて、ラヴィエ卿は奥歯を噛みしめた。

言ってやりたい事は山のようにあったが、これ以上事を荒立てれば、カリアリ卿は本気でラヴィエ家を潰しにかかるだろう。まだ縁談が決まっていない次男や婚約が解消となる末娘、そして近々結婚が決まっている長男の行く末を思えば、これ以上力ある寄り親に逆らう事は避けるべきだった。

子どものために頭を下げるべきか、けれどこの提案を受け入れてはシアに傷がつくと心は乱れ、目も眩《くら》むような怒りの中で逡巡するラヴィエ卿の耳に、思いがけない声が横からかけられた。

「我が家を爪弾きにしたいなら、そうなさればいい」

ラヴィエ卿は弾かれたように顔を上げ、慌てて声の方を見た。そこにはやや顔を青ざめさせたジョシュアが、毅然《きぜん》と顎を上げてカリアリ卿を見つめていた。

「家の面子を捨ててまで、貴方に媚《こ》びようとは思いません。私の結婚相手はきちんと理解してくれる筈ですし、もし破談となってもラヴィエ家はこれからもやっていけます」

「ジョシュア……」

止めるべきかと瞳を揺らがせるラヴィエ卿に、ジョシュアは力づけるように小さく頷いてみせた。

「父上、思い出して下さい。例えば先日の商談相手が、カリアリ卿の力に屈服するとでも？」

さらりと続けられた言葉に、ラヴィエ卿はこんな時であるにも拘わらず、思わず笑い出したくなった。

ジョシュアは賢明に名を出さなかったが、実のところその商談相手とは皇家の事だ。確かに一地方の寄り親に過ぎないカリアリ卿がどう吠《ほ》えたてようと、今更あの契約を反故《ほご》にさせる事は不可能だ。

貴族社会での繋がりを断たれたとしても、ラヴィエ家にはまだ商売が残っている。そう思った瞬間、ラヴィエ卿の中で何かが吹っ切れた。

「商談相手？　家格の低い家が最後に頼るのはつまるところ金か」

小馬鹿にしたようにカリアリ卿の物言いも、もう心に刺さる事はなかった。

「貴方にどう思われようが我が家は一向に差し支えない」

ラヴィエ卿はそう返し、正面からカリアリ卿の顔を見た。

「婚約解消は喜んで受け入れましょう。ただし違約金は、契約に則《のっと》ってきちんと請求させていただく。

……ああ、そうだ。ダキアーノ家に支払う金がないからといって、もう一度婚約を結び直して差し上げる気はこちらには微塵《みじん》もない。ダキアーノ卿にはくれぐれもそうお伝え下さい」


一方、ラヴィエ家の次男、ルースは辺境のマルセイ騎士団で今日も元気に働いていた。

実家のラヴィエ家が思わぬ禍福に見舞われている事など知る由もなく、尊敬するルチャーノ隊長の下で日々理想の筋肉を追求していた訳だが、このルースの許にも変な風が吹いていていた。

突然ルチャーノ隊長から呼び出され、「お前のうちの寄り親、どうも悪い噂があるみたいだからすぐに替えた方がいいんじゃないか？」と、訳の分からない事を言われたのである。

「寄り親、ですか？」

出し抜けにそんな話をされてルースは目をぱちくりさせた。

「ああ。私の知り合いにブロウ卿という貴族がいて、セルシオ地方の西の方で寄り親をやっているんだが、カリアリ卿についてどうも良からぬ噂を聞いたらしくてな。話がどう繋がって、私の部下の家がカリアリ卿の寄り子だと知ったのかはわからんが、今回わざわざ向こうから連絡を取ってきて、困っているなら力になろうと声をかけてくれたんだ」

何と言っても三大騎士団出身であるルチャーノ隊長は顔が広い。いろいろと幅広い人脈を持っている事はルースも知っていたが、突然の話に当然ルースは当惑した。

「はあ」

話の展開が急すぎてついていけないルースだったが、カリアリ卿が嫌な奴だというのは何となく気付いていたので、隊長の話をいとも素直に信じ込んだ。何と言っても僅か九つだったルースの妹に、金目当てのクズ男を婚約者として押し付けてきた人間である。まともな人間である筈がない。

「やっぱりあの寄り親って、どうしようもないカスだったんですね。いやあ、さすがにそんな噂になるほどとは知りませんでした」

大きく頷くルースに、いやあ、わし、そこまでは言ってないんだけどな……とルチャーノ隊長は思ったが、大まかな趣旨に間違いはないので黙っていた。

ついでに言えば、この時点でルースはすでに寄り親を乗り替える事に九割方乗り気になっており、大層単純な男であった。何と言っても、ルースが深い尊敬と信頼を寄せる隊長からの話である。前後の繋がりは全く見えなかったが、箸にも棒にもかからない嫌な寄り親よりも、隊長が勧めてくれる縁の方がいいに決まっていた。

　という訳で、隊長一押しのブロウ卿について詳しい話を聞いたルースはその場で休暇申請を申し出て（即断即決、即実行、筋肉は裏切らないがルースの信条である）、意気揚々と家に帰って行った。

　さてルースが実家に帰るのは凡そ一年ぶりである。可愛いシアが「お帰りなさい、小兄様！」と抱き着いてくるのを想定して、汗臭くはないよなとふんふんと自分の体の臭いを嗅いで確かめ、元気よく実家の門をくぐったルースであったが、久しぶりに帰った我が家はまるで通夜の場のように静まり返っていた。

「えっと、何かあったの？」

　満面の笑みでルースを出迎えてくれるはずの妹は、ルースの帰省を聞いても部屋から出てきてくれないし、使用人を含めた館全体がどんよりとした重苦しい空気になっている。よく見れば母親の目は赤いし、父は半分魂が抜けかけており、兄のジョシュアは眉間に深い縦皺を寄せて何だか人相が悪くなっていた。

「誰か病気？　いや、もしかしてもう死んだのか？」

「……勝手に人を殺すな」

　疲れたようにそう答えてきたジョシュアが重い吐息をつき、父母の方をちらっと見た。

「実はさっきシアの婚約が破談になった」

「破談……？　破談って、はあああああああ？」

　ルースは思わずぽかんと口を開けた。

「何で！」

「アントの浮気だ。うちのシアよりも、最近財力をつけてきたレオン家のリリアーナの方がいいと思ったらしい。今まで散々シアとの婚約を引き延ばしておきながら、条件のいい別の女を見つけた途端、あっさりシアを捨てやがった」

ジョシュアは吐き捨てるように言い、やりきれない表情で首を振った。

「……ついさっきカリアリ卿がそう言ってきて、ショックを受けたシアはあれからずっと部屋に籠もっている」

あっ、それでこんな空気なんだと、ようやくルースは事情を理解した。アントが浮気した挙句にシアを捨てたと聞いた時は思わずかっとなったが、知らされた婚約解消の件についてはルースはこれ以上ないほどに大賛成だった。

「良かったんじゃないか。アントの奴との縁がようやく切れただけで私としては嬉しいけど」

「ここまでシアを馬鹿にされて、お前は平気なのか！」

兄だけでなく、両親からも思いっきりぎっと睨《にら》まれて、ルースはちょっとたじろいだ。

「えっ？　だってアントが不貞をした挙句の婚約解消だろ？　思いっきり違約金を毟《むし》り取ってやればいい。丸裸にしてやったらこっちの気も済むし、それでいいと思うけど」

「……カリアリは違約金について持参金の一・二倍で手を打てと言ってきたんだ。逆らえば貴族社会で爪弾きにしてやると、反対に我が家を脅してきた」

「うわ、すげえ。クソの見本のような男だな」

騎士団に在籍するルースは若干口が悪かった。

「じゃあ、ちょうどいいや。この際だから、寄り親を替えようよ！」

うちの隊長ってすげえ！　とルースはこの時、内心で隊長を称《たた》えまくっていた。妹が婚約解消されたこのタイミングで、ドンピシャと新しい寄り親を紹介してくれるなんて、まるで神である。

「は？　お前、一体何を言って……」

両親や兄が思わず眉宇を顰《ひそ》めるので、ルースはちょっと得意そうに鼻の下を人差し指でこすった。

「と言うか、今回急に帰省したのは、寄り親の件を伝えようと思ったからなんだ。実は私がものすごく尊敬する、ほれぼれするような筋肉の隊長から話があってさ……」

そんな風に両親と兄二人が顔を突き合わせて今後の対応について話し合っていた頃、シアは頭まで布団にもぐり込んで、亀のようにひたすら丸くなっていた。

寄り親のカリアリ卿が我が家にやって来たと聞いた時、延び延びになっていた婚儀の日取りがようやく決まるのだと思った。結婚を心待ちにしていたと言う訳ではない。ただ、このままずるずると中途半端な状態に置かれているのは耐え難く、きちんとけじめをつけて欲しいとシアはずっと思っていた。

アントの事を愛していたかと聞かれたら、多分、自分は頷く事はできなかった。優しい言葉を掛けられた事もないし、折々のプレゼントを贈られた事もない。話し掛けるのはいつもシアで、贈り物をするのもシアだけだった。金しか取り柄のない女だとアントが陰で悪口を言っている事も人伝てに聞いていて、女性としてのプライドはずたずたにされたし、どんなにきれいなドレスを身に着けてもシアはいつの間にかその事を楽しめなくなっていた。

それでもこの婚約はダキアーノ家側からのたっての願いだった。だから結婚自体がなくなるなんて思った事もなく、いずれダキアーノ家の奥方となるのだからと日々努力を重ね、どんなひどい扱いを受けようと堪え忍んできた。

それを今になって、婚約解消を突き付けてくるなんて……。

どうして……！　とシアは思う。家柄が劣るというだけで、どうしてこうも理不尽な扱いを受けなければならないのだろう。

口惜しさと悲しさに次から次へと涙が零れ落ちる。そこら辺の石のように捨てられて、抗議すらも許されない自分が途方もなく惨《みじ》めだった。

シアに婚約解消を告げてきた両親や兄は、「申し訳なかった」と悲壮な顔でシアに謝ってくるから、怒りをぶつける事もできなかった。大好きな家族にそんな顔をさせているのが自分だと思うと余計にやりきれなく、自分の今後について考えると更に絶望が深まった。

もう自分は十九で、貴族の女性としては行き遅れだ。しかもこんな風に捨てられて、名前も地に落ちてしまった。今更いい縁など来よう筈がないし、もし嫁ぎ先が決まったとしても、きっと金目当てに望まれたのだと自分は思ってしまうだろう。

布団にくるまったまま、シアはただ声を押し殺して泣き続けた。考えれば考えるほど、この世界のどこにも自分の居場所がない気がした。

そうして夕食もとらずにひたすらベッドの中で悲しみに浸り、途切れ途切れに浅い眠りに引きずり込まれ、気付けば朝になっていた。

不貞腐《ふてくさ》れたように窓の外を眺めていると不意におなかがぐうっと鳴り、こんなに悲しいのにちゃんとお腹が空くんだと、シアは自分の生命力にびっくりした。

何か食べたいな……と一旦思い始めると、空腹感がさらに増してきて、シアはマリエを呼んで着替えを手伝ってもらう事にした。「お腹が空いちゃった」というシアにマリエはほっとした様子を見せ、マリエにも随分心配をかけてしまったのだなとシアはようやく気が付いた。

先の事を考えると悪い未来しか思い浮かばないが、取り敢えず、食べてからまた悩む事にしようとシアは気持ちを切り替えた。ややバツの悪い思いで家族たちが集う食堂に降りて行くと、姿を認めた兄のルースが「あっ、シア！」と声を掛けてきて、そう言えば、小兄様が騎士団から帰っていらしたのだとシアはようやく思い出す。マリエから報告を受けた時はシアも取り乱していたし、朝目覚めた時は、お腹が空いたとしか思わなかった。……ひどい妹である。

「小兄様、お帰りなさい」

昨日はお迎えに出なくてごめんなさいという謝罪を込めて兄の頬に口づければ、ルースは軽く抱擁した後、いきなり「おめでとう！」とシアに言ってきた。

「は？　おめでとう？」

おい、馬鹿！　と長兄のジョシュアが慌ててルースの口を塞ごうとしているが、ルースはあっけらかんとしたものだ。

「あのクソ野郎がようやく婚約解消してくれたんだってな。いやあ、めでたいじゃないか！」

シアは呆気にとられて兄の顔を見た。……その発想はなかった。と言うか、ここまで前向きってどうなの？　と心の中でそう呟く。これでは悲劇のヒロインみたいな気分で食堂に降りてきた自分が馬鹿みたいである。

「め、めでたいのかしらね」

思わずそう繰り返せば、

「めでたいだろ？　こっちから解消しようと思ってもどうしてもできなかったのが、向こうから言ってくれたんだ。アントは違約金をケチろうとしているみたいだけど、今までの恨みつらみを込めて、思う存分ふんだくってやればいい。なに、寄り親のカリアリは気にするな。昨日、決裂したらしいからさ」

ルースは豪快に笑ったが、それは四面楚歌《しめんそか》という状況ではないだろうかとシアは考えた。

自分の婚約は破棄され、頼みの寄り親とは決別。どう考えてもラヴィエ家に明るい未来はない。

……それにしては、何だか家族の空気がほんわかしている気がするけど。

「実はちょうど、私の尊敬する素晴らしい隊長が我が家に新しい寄り親を紹介してくれたんだ。カリアリよりも家の格が高くて、カリアリより裕福で、何より隊長の知り合いだ。きっと性格もいいだろう！」

「新しい寄り親……？」

シアは目を丸くして兄を見上げた。

兄の上官の紹介ならばおそらく信頼できる貴族なのだろうが、このタイミングでこういう話がもたらされた事がどうにも信じられない。

皇家との商談、婚約解消と寄り親との決裂、そして新しい寄り親の紹介……、一体自分の周囲で何が起こっているというのだろうと、内心シアは首を傾げた。何だかものすごい勢いでいろんな事が同時進行で動き始めた感じだ。

「その寄り親はブロウ卿って言うらしい。何か、シアの知り合いの知り合いの知り合い……？　みたいな感じらしいんだけど」

「わたくしの知り合い？」

シアはいよいよびっくりした。一体誰の事を言っているのかさっぱりわからない。

「心当たりが全くないわ」

困惑を隠せずにそう言えば、「今度直接聞いてみたらいいんじゃないかな」とルースはあっさりとそう答えた。

「こっちさえ良かったら、いつでも会うと言われたそうだ。とにかくそのブロウ卿とよく話をしてみて」

元気に騎士団に戻って行ったルースを見送った後、早速ブロウ家に人を遣わせ、訪問の約束を取り付けたラヴィエ家である。

その返事が返ってくる前に、ジョシュアの婚約者であるグレディアからの手紙がラヴィエ家に届けられた。カリアリ卿と決裂した後、ジョシュアはすぐに事の次第を手紙に書いてガザン家に届けさせていたからである。

地方貴族にとって、社交の中心である寄り親に逆らう事は家の断絶を招きかねない深刻な事案である。寄り親に逆らったラヴィエ家と縁組を結ぶ事でガザン家までが割を食う恐れが多分にあったため、ジョシュアは取り急ぎその事実を書き送ったのだが、それに対するグレディアの返事は非常にあっさりしたものだった。

『両親に勘当されても貴方についていく気持ちでおりましたが、父や母や兄からもジョシュア様以外にわたくしを託したい相手が見つからないと言われました。どうぞ末長くお傍にいさせて下さいませ』

喉元に熱いものが込み上げてきて、ジョシュアは目をしばたたいてそれを飲み下す。ラヴィエ家と命運を共にしようと言ってくれたガザン家への恩義を噛み締め、何があってもグレディアとその生家を守ろうと決意を新たにした。

そうこうする内にブロウ家からの返事があり、訪問の許可を受けたラヴィエ卿夫妻は娘のシアを伴ってブロウ卿の邸宅を訪れる事となった。

さて、その間にも事態は刻々と動いていた。カリアリ家はラヴィエ家が寄り親に逆らおうとしている事を多方面に知らせてラヴィエ家の孤立を図り、更にダキアーノ家とレオン家の両家が内輪を招いた婚約披露の宴を執り行った。

とはいっても、ダキアーノ家の狭い邸宅では婚約披露宴は開けないので、会場となったのはアントの婚約相手、リリアーナ・レオンの邸宅である。リリアーナの伯父に当たるカリアリ卿を始め、知己《ちき》の寄り親らを邸宅に招き、参加者は二百人ほどだった。

カリアリ卿とすれば、アントの新しい婚約を貴族社会に周知させる事でオルテンシアとの縁を徹底的に潰しておき、かつ、急ごしらえでもこれだけの貴族を集められるという力をラヴィエ家に見せつけたいという思いがあったのだろう。

が、そんな挑発行為をされたラヴィエ家の方は、アントの新しい婚約の事などもはやどうでもよく、新しい寄り親の事で頭がいっぱいだった。

そうして迎えた訪問当日、初めて顔を合わす事となったブロウ卿は、やや四角張った顔立ちで目尻に笑い皺のある、いかにも温厚そうな五十手前の貴族だった。ルースの上官であるルチャーノ隊長とは騎士学校の同期であり、今も折があれば酒を酌み交わす仲なのだそうだ。

地方の一寄り親にしか過ぎないカリアリ家と違い、ブロウ家は嫡男を含めた男児をすべて三大騎士団に入団させられるだけの財力を持ち、国の中枢部にも人脈を繋いでいるらしい。末端の寄り親を寄り子に持つような立ち位置にあり、カリアリ家がもし苦情を言ってきたとしても、握り潰せるだけの力も有していた。

「この度は私どもの寄り親になっていただけるとの事、心よりお礼申し上げます。声を掛けていただけなければ、ラヴィエ家は苦境に立たされておりました」

三人が深々と頭を下げると、「どうか頭を上げてくれ」とブロウ卿は鷹揚《おうよう》に笑った。

「意に染まぬ婚約を寄り子に強いておきながら、いざ相手方に金の目途《めど》がつくやあっさり寄り子を切り捨てる非道な寄り親がいると耳にしてな。ちょうどある知人から言伝《ことづて》を頼まれていたので、ルチャーノ卿に頼んで貴家に連絡を取らせてもらった」

簡単にそう説明した後、ブロウ卿は改めてダキアーノ卿との縁組の詳しい経緯についてラヴィエ卿に尋ねてきた。

伝言を頼んできたというその知人が誰なのかラヴィエ卿は少し気にかかったが、ブロウ卿の話を遮ってまで尋ねるような事ではなく、ラヴィエ卿は解消となった婚約の契約内容やこれまでの状況について、知り得る限りを丁寧に説明した。

「こういう状況ならば、三倍額の違約金を請求してもおかしくはない事例だと私は思う」

じっくりと話を聞いた後、ブロウ卿は開口一番そう言った。

「ただ、ラヴィエ家はかなり裕福な家だと周りに知られているし、余りに高額を請求すると金に汚いというイメージがこちらについてしまう。かと言って通常の二倍返しでは受けた侮辱と釣り合わないし、ここは二・五倍額を請求してみては如何かな。これならばラヴィエ家の面子も立つし、ある程度の配慮も感じられるから、相手方が破産したとしてもこちらへの非難には繋がらないだろう」

ラヴィエ卿は頷いた。向こうが金を出し渋っているのは、そこまでの金が本当にないからだろう。ラヴィエ家は金に困窮している訳ではないし、貴族として恥をかかされた分の報復さえ示せればそれで良い。要は面子の問題だった。

今後についてだが、こうした事例では相談を受けた寄り親が仲介に入るのが一般的であるため、ダキアーノ家に対してもブロウ卿が書面を送る事となった。

金の決着が着くまでには今しばらく時間がかかりそうだが、こちらには契約書があるし、何より寄り親のブロウ卿が背後についている。これでラヴィエ家を散々馬鹿にしてきたアントとカリアリ卿に一泡吹かせる事ができるだろう。

細かい事柄についていくつか確認をし、ようやく話がひと段落ついたところで、シアは思い切ってブロウ卿に質問してみる事にした。兄のルースから聞いた自分の知り合いというのが誰であるのか、とても気になっていたからだ。

「卿はある知人から伝言を頼まれたとおっしゃいましたが、その方がわたくしの知り合いという事なのでしょうか。わたくしには全く心当たりがないのです」

当然の質問だったが、問われたブロウ卿の方は、どう答えたものかとちょっと考えた。

実はこの話をブロウ卿に持ってきたのは、とある高位の貴族だった。

彼が頼んできたのは二つである。ラヴィエ家の新たな寄り親となり、オルテンシア嬢の名誉が傷つかない形で婚約解消騒動をおさめる事、そして自分の家名を伏せてオルテンシア嬢に伝言を頼みたいという事だ。

「私は確かに貴女への伝言を預かっておる。……オルテンシア嬢は、ケインという青年を覚えておいでか?」

「ケイン……？」

思いがけない名にシアは瞠目した。こんなところで聞く筈のない名前に、呆然とブロウ卿を見上げるしかない。

「ええ、勿論知っておりますわ。卿はケインの事を何かご存じなのですか？」

「いや」

名を伏せたいと頼まれていたブロウ卿は即座に否定した。

「私が預かったのは伝言だけだ。〝お土産をありがとう。友人がとても喜んでいた〟と。これで意味は通じるかな」

シアは乾パンを分けてくれないかと頼んできたレイを思い出し、「ええ」と我知らず口元を綻ばせた。

シアが考案した乾パンを食べ、『ちゃんと人間の食べ物になっている』と訳のわからない感想を言ってきたレイ。そのくせその乾パンが気に入ったみたいで、他にあったらもらって帰りたいとシアに頼んできた。

レイの事を思い出すと、シアは何だか落ち着かなくなる。くすぐったいような眩しいような笑い出したくなるようなそんな気持があちこちで弾けてきて、居ても立ってもいられなくなるのだ。まるで心の中に別の自分が住んでいて、勝手に心の中を走り回っている感じだ。

柔らかく笑んだシアを見て、父親のラヴィエ卿が不思議そうに尋ねてきた。

「シア。ケインと言うのは一体……？」

「お父様。五、六年前、わたくしが皇都のサロンに行ったと話したのを覚えておられますか？」

「サロン……？　ああ、そう言えば、偶然知り合った男の子たちに連れて行ってもらったと言っていたね」

「つい先日、皇都の窮児院を訪れた時に、そのお二人と偶然再会したんです。二人ともわたくしの事を覚えていらして、窮児院の面談室でしばらくお話しをしましたの。そのうちの一人がケインなのですわ」

シアは自分の出自について語らなかったが、よく考えれば司祭様は自分の事を家名で呼んでいた。それに二人との会話の中で、シアの家がマルセイ騎士団に乾パンを納入している事を話している。そこまでの情報があれば、シアに辿り着く事は比較的簡単であったのだろう。

それにしても……とシアは思う。ケインは誰かに伝言を託し、その貴族はブロウ卿を通じてシアに伝言を渡してくれた。セクルト地方では名のあるブロウ卿を動かせるだけの人物と知り合いであるという事は、ケインはかなり力を持った貴族の令息であるのかもしれない。

シア自身は、もう今度こそ二人と会う事は叶わないだろうと縁を諦めかけていた。けれどあの二人はシアの今後を案じてくれていて、だからこそわざわざ人を介してシアに伝言を残してくれた。そのお陰で事情を知ったブロウ卿が手を差し伸べてくれ、今、こうして自分達は助けられている。いやそれとも、直接シアを助けてくれるよう、一言添えてくれたのだろうか。

シアがそんな思い事に浸っていた時、ブロウ卿はそういう経緯で知り合っていたのかとようやく納得していた。皇都に住まう高位貴族が何故、地方の下級貴族の令嬢を知っていたのか、ずっと不思議に思っていたからだ。

「もう一人の青年がレイと言って、その方にラヴィエの乾パンを差し上げたんです。喜んで下さったなら良かった」

「レイ……？」

それを聞いたブロウ卿はふとその名を聞き咎めた。ケインの知り合いのレイという名に心当たりがあったからだが、まさかな……と心の中ですぐに否定する。それでも気にはかかったので、一応尋ねてみた。

「因みにそのレイと言うのはどちらの方なのかな？」

ブロウ卿の問いに、シアは申し訳なさそうに首を振った。

「わたくしはお二人の家名を知らないのです」

「……では、ご家族については何かご存じか？」

シアはちょっと答えを躊躇ったが、相手が恩のあるブロウ卿であれば、答えないのは失礼だと思い直したらしい。

「あの……、余りいいお話ではないかもしれませんけれど、ご正室様の子どもではないと伺っています。お母様は平民であられたようですが、とても美しいお方で、その……愛人にされてしまったらしくて」

話を聞くうちに、何やら嫌な汗が背中に滲んできたブロウ卿だった。

「では、母親の違うご兄弟がおられるとか？」

重ねてブロウ卿が問い掛ければ、「おっしゃるとおりですわ」とシアは微笑みながら頷いた。

「お父君には他にも愛人の方がいらしたそうで、たくさんご兄弟がいるとお聞きしています」

「なかなか複雑な家庭なんだね」

横に座るラヴィエ卿は思わず苦笑した。シアは「ええ」と答えながら、一方で小首を傾げていた。

シアの返事を聞いたブロウ卿がひくひくと口元を引き攣らせたように見えたからだ。

「で、そのレイ君に乾パンを差し上げたと」

ラヴィエ卿がそう聞いてきたので、シアは「はい」と父の方に向き直った。

「窮児院の司祭様がお茶うけに出して下さって、レイはすっかり気に入ったようでしたの。余分があれば欲しいと言われたので、マリエに持たせていた乾パンをお渡ししました」

「マリエに持たせていたものって、あの失敗作の事かい？」

ちょっと困惑したようにラヴィエ卿が尋ねる。

「端が欠けていたり、焼け焦げたりして、売り物にならなかったやつだろう？」

「ええ。わたくしもそう言ったのですけど、レイは兄とかに食べさせるだけだから構わないって」

ブロウ卿はその言葉に大きく瞠目した。今の言葉に驚くところがあったかしらと、シアは不思議そうにブロウ卿を見た。

「あの、何か……？」

シアの問いに、ブロウ卿は力なく首を振った。

「いや、何でもない。それよりもその乾パンというのは、騎士団の行軍食でもあるあの乾パンの事で間違いはないのかね」

問われたラヴィエ卿は「その乾パンです」と破顔した。

「今までの乾パンは実用重視で余りに質が悪かったので、おやつ代わりにもなるような食べやすい乾パンを我が領で開発したんです。次男の所属するマルセイ騎士団に卸しているのですが、どうやらその事が皇家の上の方々の耳に入ったみたいで、三大騎士団の軍食にもラヴィエの乾パンを使いたいと先日お話を頂きました。味の事を褒めていただいたとお聞きしていますから、おそらく騎士団に卸していた乾パンを口にされたのでしょう」

「……。まあ、気に入っていただけたようで何よりだ」

ブロウ卿は乾いた声でははは……と笑い、それでその話はおしまいとなった。シアとしては何か釈然としない感じは残ったが、違和感をわざわざ口にするのも躊躇われ、そのまま邸宅を辞する事となった。


秋の風がようやく庭園としての佇《たたず》まいを取り戻しかけたダキアーノ家の庭木を静かに揺らしている。

「やはりあの格下のラヴィエ家と縁を切ったのは正解だったな」

二階の書斎から庭園を眺め下ろし、果実酒の杯を片手にそうほくそ笑むのはアントである。

長年に渡るラヴィエ家の援助のお陰で貴族としての体裁も整うようになり、つい先日、レオン家のリリアーナと新たな婚約を結んだアントはまさに得意絶頂の最中にあった。

レオン家は、ここ二、三年の間に急激に財力をつけてきた貴族だが、元々の家柄は悪くなく、更には寄り親をしているカリアリ卿を縁戚に持つ。その分貴族社会に顔が広く、リリアーナと婚約したアントは、それまで付き合いのなかった貴族らからも次々と祝いの品が届けられる事となった。

アントは翌年の社交シーズンが今から楽しみでならない。ラヴィエ家への違約金についてはレオン家がすべて肩代わりしてくれる事になっているし、結婚後はリリアーナの持参金として僅かばかりの領地を持たせるとレオン卿からは言われていた。翌年三月に挙げるリリアーナとの結婚式は、近隣の貴族を招いた盛大なものとなるだろう。

十九まで婚約を引き延ばした挙句に捨てたオルテンシアについては、アントはようやく縁が切れてせいせいしたとしか思っていなかった。元々自分には釣り合わない女であったのに、金のために仕方なく婚約してやっていたからだ。

皇家の血を引くダキアーノ家の奥方におさまろうと、あの女は一生懸命だった。泥臭いマナーを指摘してやれば、ミダスから高名な家庭教師を呼んで勉強し、ドレスが垢抜けないと馬鹿にすれば、最新の流行を取り入れたドレスを身に着けるようになった。女が必死になればなるほどこちらはうんざりしているというのに、手紙を送ってきたり、誕生日の贈り物を託けたりと、哀れなほどにアントにしがみついてくる。

どうせ何をどう努力しても血筋の卑しさは隠せないのだ。手作りの焼き菓子を渡してきた時には、余りの田舎臭さに我慢できず、目の前でその菓子を投げ捨ててやった。

貴族令嬢でありながら厨房に立つなど、身が卑しいにも程がある。この菓子に使った小麦粉はラヴィエ家の領地収入を助けるとても大事なものだとオルテンシアは説明してきたが、格下のラヴィエ家の領地の事を何故こちらが気にかけてやらねばならないのだ。母上はどんなに家に金がなくとも使用人の真似事は絶対にしない。そこまで品位を落とすくらいなら食事を抜いたほうがましだという気位の高さがあり、オルテンシアがすごすごと帰って行った後、母親と二人で散々笑いものにしてやった。

皇家の血を引くダキアーノ家に、あの女は明らかに不釣り合いだった。だから父がちょうど死んで結婚が延期された時、これで時間が稼げるとアントはほっとした。のらりくらりと結婚を引き延ばしながらもっといい相手はいないか見繕っていたのだが、それに焦れたラヴィエ卿は身の程知らずにも婚約解消を望んできて、あの時は怒髪天を衝《つ》いた。仕方がないので形ばかりはオルテンシアを婚約者として遇する事にし、舞踏会の最初の一曲だけを義務のように踊ってやった。

リリアーナと知り合って、アントはようやく妻にふさわしい女を見つけたと安堵した。ダキアーノ家にはかなり劣るが、レオン家の家格ならばまだ許せる。リリアーナと結婚したいが、今までラヴィエ家から受け取った持参金の総額が膨れ上がって困っているとカリアリ卿に相談すれば、カリアリ卿は補償金を減額させればいいと事もなげに言ってきた。それでレオン家を含めた三家で話し合いをして、補償額は持参金の一・二倍にしようと決めたのだ。

婚約の解消を伝えられたラヴィエ家は怒り狂ったらしいが、あそこまで身分の低い女をダキアーノ家の婚約者として遇してやったのだから十分だろうとアントは思う。これでオルテンシアに纏わりつかれたら鬱陶しいので、早々にリリアーナとの婚約披露も済ませ、大々的に周知させた事でようやく肩の荷が下りた。ラヴィエ卿はまだ納得していないようだが、最終的には諦めるだろう。寄り親に逆らえば家ごと潰されるだけで、それがわからぬほど馬鹿でもあるまい。

そんな風にせせら笑っていると、年老いた従僕が部屋にやって来た。

「お館様。お館様に是非お目通りしたいと客人が来ておりますが」

「誰だ」

そう尋ねながら、この従僕はそろそろクビにする頃だなとアントは心に呟いた。代々ダキアーノ家に仕えてきた者で、不遇の時も無給でダキアーノ家に尽くしてくれたが、最近はいかにも老いぼれた風貌が目につくようになった。リリアーナと結婚したら、見目の良い若い男に替えた方がいいだろう。

「ブロウ卿からの書状を持参したと申しております」

「ブロウ卿だと……？」

その名前にアントは首を捻った。確かセクルト地方西部に所領を持つ中流貴族だ。寄り親を束ねる寄り親といった立ち位置で、名だけは聞き知っているが会った事はない。

私がレオン家と縁を繋ぐと知って擦り寄ってきたか……とアントは思った。皇家の血を引く大貴族が財力も安定させたと耳にして、繋ぎを取ろうと思ったのだろう。何ともあさましいが、それほど知己になりたいならなってやらぬでもない。

「書状はどこにある」

「それが、直接お館様にお渡ししたいと申しておりまして……」

アントはちっと舌打ちした。使者ごときに顔を見せてやるのは業腹だが、ブロウ卿は名の知れた貴族だ。余り尊大に構えてこのまま縁を切られては元も子もない。

「仕方がない。通せ」

程なくして現れた使者は、慇懃《いんぎん》だが冷ややかな態度で書状をアントに差し出した。

従僕からそれを受け取り、その場で封を開けたアントだったが、その内容に目を通した瞬間、怒りの余り目の奥が赤く染まった。

「これはどういう事だ！」

書状を握りしめた手がわなわなと震える。

そこにはブロウ卿がラヴィエ家の新たな寄り親となったと書かれていて、ラヴィエ家とダキアーノ家との婚約解消に伴い、契約に基づいて持参金の二・五倍額の違約金を請求すると厳しい語調で書き綴《つづ》られていたからだ。

顔を真っ赤にして睨みつけてくるアントに、使者は冷ややかな目を向けた。

「我が主は、貴家がラヴィエ家と取り交わした契約を確認致しました。婚約期間が十年に及ぶ事や、オルテンシア嬢との婚約中からダキアーノ卿の不貞行為があった事、多額の金銭的援助を行ってきたラヴィエ家に対していきなり婚約解消を突き付けた上に、すぐに別の女性と新たな婚約を結び直したという経緯などを考えあわせますと、持参金の三倍額払いが相当ではないかと判じられています。ただ貴家の金銭的事情を鑑《かんが》みますとそこまでの要求は忍びないとの事で、違約金は二・五倍額でいいと申しておりました。名を惜しむ貴族にふさわしい行動をとっていただきたいと、わが主からの伝言でございます」

慌てふためいたアントはその足でカリアリ卿に苦情を言い立てに行き、事の次第を知ったカリアリ卿は取るものも取り敢えずラヴィエ家へと向かった。

カリアリ卿の頭の中では、この件はすでに片が付いた問題だった。寄り子のラヴィエ卿がいくら騒ぎ立てても相手にする気はなかったし、素直に従うまで寄り親の権力を使って痛めつければいいと思っていたからだ。

身の程を思い知らせてやろうと威勢よくラヴィエ家に乗り込んで行ったカリアリ卿だが、そのラヴィエ邸ではまさかの門前払いを食らわされた。こちらからわざわざ出向いてやったと言うのに、当主夫妻が玄関口で出迎える事もなく、執事からは慇懃に取り次ぎを断られたのだ。

「すでに当家とは縁が切れております。お話があるのでしたら、当家の寄り親のブロウ卿のところをお訪ね下さいとの事です」

カリアリ卿は激昂《げっこう》し、感情のままに拳を振り上げようとしたが、脇に控えていた屈強な使用人が執事の前に立ちはだかり、二十名を超える護衛らまでがわらわらと周囲を取り囲んできたため、その場はやむなく退散する事にした。

そうして捨《す》て台詞《ぜりふ》を撒《ま》き散らしながらカリアリ卿は馬車で帰っていったが、その様子を二階の窓から静かに見つめている男性がいた。従僕からカリアリ卿の訪問を知らされたラヴィエ卿である。

今日はおとなしく帰っていったが、このままでは済まないだろうとラヴィエ卿は心に呟いた。寄り子を踏みつける事に何の躊躇いも覚えぬ男だし、格下だと蔑んでいたラヴィエ家に歯向かわれた事で、相当腹を立てている筈だ。

今後どんな嫌がらせを仕掛けてくるとも限らず、ラヴィエ卿は取り敢えず館の警護を更に強化させる事にした。何と言っても財力には事欠かないラヴィエ家である。金を使うべきところと惜しむところを間違うつもりはなかった。


その後も二度三度と、カリアリ卿はラヴィエ家にやって来たが、邸宅の中に通す事なく追い返した。苦情は当家の寄り親であるブロウ家に言ってくれとその都度伝えさせているが、寄り親同士の話し合いに持ち込むと分が悪いと知るカリアリ卿は、ラヴィエ卿と顔を突き合わせて決着をつけようと必死である。

新しい寄り親となったブロウ卿はカリアリ家がそうした態度に出るだろう事を大方予想しており、ラヴィエ家が困った立場に置かれていないかと度々使者を送って様子を尋ねてくれた。その心遣いが何よりも心強く、そのお陰でラヴィエ家は精神的に余裕のある日々を送れている。

そんなある日、ブロウ卿からオルテンシア嬢を連れて我が家を訪問してもらえないかという使者が来て、ラヴィエ卿はその翌々日にはブロウ家へと赴いた。三大騎士団からの受注を受けたラヴィエの乾パンを食べてみたいと先日言われていたので、その乾パンも持参している。

受け取ったブロウ卿は早速封を開けて口にしたが、一口食べるなり、これがラヴィエの乾パンかと思わず唸《うな》り声を上げた。三大騎士団の現役団員らがこの乾パンの存在を知ったら涙を流して喜ぶかもしれない。ブロウ卿も準騎士の頃に行軍訓練を受けたが、余りのまずさに昇天しそうになった事を覚えていた。

その後はしばらく世間話をしていたが、やがてブロウ卿はここに二人を呼んだ用件を思い出し、従僕に高級そうな二つの紙箱を持ってこさせた。一つは青、もう一つはピンク色の紙箱で、それぞれにリボンがかかっている。

「こちらは一体……」

困惑を隠せずにそう尋ねてくるラヴィエ卿に、ブロウ卿は人好きのする笑みを向けた。

「ラヴィエ卿は、皇都のトリノ座という歌劇場で毎週末、未婚女性が楽しめる仮面舞踏会が開かれている事をご存じですかな」

「トリノ座……ですか」

唐突な質問に、ラヴィエ卿は思わず首を捻った。

「トリノ座かどうかは存じませんが、皇都の歌劇場では審査に通った者とその紹介者だけが参加できる仮面舞踏会があると聞いた事があります」

仮面舞踏会は身分や顔を隠して気軽に参加する事ができるため、いかがわしい行為を目的にやってくる富裕階級の者が後を絶たなかった。

こうした場は貴族たちの気晴らしの場でもあるので、恋の駆け引きやある程度の火遊びは自己責任だと目を瞑《つむ》る舞踏会も多かったのだが、そんな中、未婚の女性たちが安全に参加できる舞踏会場を提供しようと、新たな方式を取り入れた歌劇場がミダスにできたとラヴィエ卿は耳にしていた。

「まさにその歌劇場だ」

ラヴィエ卿の返事に、ブロウ卿はにっこりと頷いた。

「未婚女性が安心して参加できるよう、トリノ座は安全にかなり気を砕いているそうだ。招待状にはすべて番号がふられていて、番号を調べればその者が誰の紹介で来た者かすぐに特定できるようになっている。そして万が一にも間違いが起こらぬよう、男女が二人きりになれる密室型の休息所をそもそも作っていないらしい」

だから、若い貴族女性の間で大層な人気となっているのだそうだと続けられ、ラヴィエ卿はなるほどと頷いた。

「なかなか配慮のきいた歌劇場ですね」

そう応じたが、実のところ、そのくらいしか言う言葉が思い浮かばない。

「さて、本題に入ろう」

ブロウ卿はソファーにどっしりと座ったまま、シアに微笑みかけた。

「オルテンシア嬢は九つの時から今まで意に染まぬ婚約に縛られ、自由に舞踏会を楽しむ事がなかったと聞いておる。身分や立場を忘れ、普通の貴族令嬢が楽しんできたように、舞踏会を楽しんできてはどうかと思ってな」

そう言ってブロウ卿は、薄いピンク色の箱のリボンを解き、蓋を開けてシアの前に差し出した。中には、一面の仮面が丁寧に収められていて、シアは思わず引き寄せられるように中を覗き込んだ。

「何てきれい……」

鼻の上部から額までが隠れるようになっているその仮面は白色がベースとなっており、穴の開いた目のラインや仮面の縁全体に金糸で細やかな刺繍がなされていた。右耳に近い部分には羽飾りのついた大輪の花も飾られていて、気品に満ちた華やかさがある。

初めて仮面を目にするシアはその美しさに目を奪われ、もはや言葉もない。その様子にブロウ卿は満足そうに目を細めた。

「もう一つの箱の方は男性用の仮面だ。どちらにも仮面の下にトリノの舞踏会の招待状が入っておる。……お父上か兄上に連れて行ってもらいなさい。今回の婚約解消にはいろいろ思うところもあるだろうが、アント・ダキアーノのような最低な男はさっさと忘れてしまう事だ。舞踏会を楽しみ、少し気分を変えて来ればいい」

シアは感謝を込めてブロウ卿を見上げたが、父親のラヴィエ卿の方はそこまでしていただいては流石《さすが》に申し訳ないと感じたようだ。

「そのような事までしていただく訳には……」

遠慮の言葉を口にしようとしたが、実のところブロウ卿にとってそれは全く要らぬ気遣いだった。そもそもこの招待状や仮面を用意したのはブロウ卿ではなく、舞踏会にオルテンシア嬢を参加させるようにと強く言い渡されている。

「断るという選択肢はないぞ。これは寄り親からの命令だ」

ただこのオルテンシア嬢には、あんな悪縁は早く忘れて幸せになって欲しいというのがブロウ卿の偽らざる本心であり、茶目っ気たっぷりにそう言えば、ラヴィエ卿はようやく顔を綻ばせ、「ありがとうございます」と頭を下げてきた。

シアも慎み深く瞳を伏せたまま、父の傍で深く一礼する。

実のところシアは、今まで舞踏会を楽しいと思った事は一度もなかった。婚約者のある身では他の男性と親しく踊る事も躊躇われ、アントと出席した舞踏会は特に最悪だったからだ。自分には笑み一つ見せようとしないアントが他の女性たちとは楽しそうにダンスを楽しみ、シアはそれを一方的に見せられる。軽食の用意されている別室へ行く事もあったが、そこに入り浸る訳にもいかず、いつも時間を持て余していた。

美しく瀟洒《しょうしゃ》な仮面を見つめながら、自分はようやくあの婚約者から解放されたのだとシアはぼんやりと心に呟いた。

今思えば、アントは殊更にシアを貶める事で、自分の優位を確信したがっていた。そのような男と縁を切る事ができたのは、むしろ幸運であったのかもしれない。

「この仮面をつけて楽しんで参ります。本当に何とお礼を申し上げていいか……」

我慢を強いられてきたこれまでの日々や、ようやく自由になれた喜び、虚《むな》しさや安堵ともつかぬ感情が一気に喉元に突き上げてきて、シアは一瞬声を詰まらせた。

そしてそんな感傷を払うように、ふわりと笑みを咲かせれば、ブロウ卿は穏やかな眼差しで大きく頷いた。

「オルテンシア嬢はとても魅力的な女性だ。たくさん笑い、いい運を引き寄せなさい」

ブロウ家で涙ぐんだ日の晩から、シアの脳裏に今までアントにされてきた仕打ちが時折思い出されるようになった。

それはとても不思議な感覚だった。人前で辱められた事や心ない言葉をわざとぶつけられた事などがふとした瞬間に思い出され、気付けば知らない内に涙を流していたり、夜中に魘《うな》されて飛び起きたりしたりもした。まるで今まで無理やり心の奥底に閉じ込めていたものが、一気に溢れ出てきたような感じだった。

もう正面から傷に向き合っても大丈夫なのだと、何かがシアにそう告げていた。我慢を強いられた日々は遠く、自分はもう二度とあの場所に連れ戻される事はない。

今思えば、アントから何を言われようとどう扱われようと、シアは心を麻痺《まひ》させる事で自分を守ってきたような気がする。繰り返される言葉の暴力にシアの心はとっくに悲鳴を上げていたが、あの結婚からは逃れられないと知っていたからわざと気付かない振りをしてやり過ごしてきたのだ。

理不尽な仕打ちを思い出しては涙を流し、泣きながら腹を立てた。怒る事に疲れたらしばらくぼうっと天井を見上げ、それからまた思い出したように泣き始める。こんな事を繰り返すうちにだんだんと心も軽くなり、そのうちアントからされた仕打ちを思い出しても涙が出なくなった。

傍《はた》から見れば、シアの立場はこれ以上ない程惨めなものであったが、シア自身はとても自由だった。止まっていた時間が動き出したような感覚で、日が沈んでまた朝が来る事が楽しいと今は素直にそう思える。

注文と採寸を済ませていたコルネッティ商会のドレスも今になって届き、シアはそれを着てトリノ座の仮面舞踏会に出掛ける事にした。

因みに付き添いは長兄のジョシュアである。父に頼んだのだが、この年で仮面舞踏会は恥ずかしいと即行で断られた。

トリノ座の仮面舞踏会は、シアが今まで体験した事がない程、豪華できらびやかなものだった。広々としたダンスホールをシャンデリアが煌々《こうこう》と照らし出し、色鮮やかな衣装に身を包んだ男女が仮面越しに微笑み合い、ダンスに興じている。地方の舞踏会は採光を工夫された日中のダンスホールで行われるため、こうしたシャンデリアの下での舞踏会はシアにとっては初めてだ。女性が身に着けた髪飾りや首元の宝玉が鈍く輝いて、まるで夢の世界を浮遊しているような気分になる。

最初のダンスを兄と踊った後、シアは兄から離れて自由にダンスを楽しむ事にした。元々シアはリズム感が良く、頭で考えるよりも先に体が動くタイプである。指先まで流れるような美しい所作でステップを踏む事ができるし、バランスがしっかりしているから少々リードの下手な男性が相手であっても余裕で合わせられる。

コルネッティ商会のドレスを優美に着こなし、蝶《ちょう》のように軽やかなステップを踏むシアは瞬く間に男性陣の注目を引き、シアはひっきりなしにダンスを求められた。華やかな楽の音や女性たちの笑い声が肌に心地好い。こんな解放された気分で舞踏会に出席するのは初めてだった。

請われるままに手を取り、目を見つめ合って束の間の会話を楽しみ、そうやってどのくらい踊り続けたのだろうか。

流石に疲労を覚えたシアは、少し休憩しようとテラスの方へ移動しかけた。と、その時、聞き覚えのある声が「シア」と小さく名を呼んだ。

シアは驚いて振り向いた。

人々の間から、濃紺の仮面をつけたすらりとした若い貴族が近付いてくる。その姿を認めた瞬間、シアの周囲から音が消えた気がした。瞬く間に世界がシアとその青年だけになっていく。

嘘……とシアは心に呟いた。レイがこんなところにいる筈がない。顔の半分は黒い仮面に覆われているし、顔を縁取る髪の毛は珍しくもない栗色だ。こんな風貌の青年なら掃いて捨てるほどホールにいるというのに、それでもシアにはそれが誰であるかわかってしまうのだ。

仮面の下から覗く形の良い口元がもう一度シアの名前を呼び、シアは弱々しく唇の端を上げた。

突然視界が明るく開けたような、灰色の世界に鮮やかな色彩が加えられたようなこの感覚を、一体何と呼べばいいのだろう。

どうしよう……とシアは心に呟いた。

どきどきと胸が締め付けられる。訳もなく叫び出しそうになる心の揺らぎが何なのか、誰かに教えて欲しかった。

「レイ……！　こんなところで会えるなんて！」

嗄《かす》れた声で、そう返した。落ち着こうと思っても心臓が勝手に飛び跳ねてしまう。震える手を隠そうと、思わずきつく両手を握り合わせた。

……ああ。自分はきっと、ずっとレイに会いたかったのだ。

そんな答えがすとんと心に落ちてきた。黄金色の麦の穂が日差しを浴びてきらきらと輝くように、シアの心も眩しさに包まれていた。意識するよりも先に心はずっとレイだけを求めていて、言葉にされぬ願いが今、叶えられたのだ。

こんな風に格好いいのはずるい……とシアは思わず心に呟いた。顔の上半分は仮面で覆われているけれど、気品あるレイの美しさは隠しきれていない。すらりと引き締まった体躯《たいく》と、滲み出る精悍な男らしさに今にも酩酊《めいてい》してしまいそうだ。

何とか落ち着きを取り戻そうと、シアはレイが今日も被っている栗色のカツラに目を向けた。

自分は窮児院での姿を知っているから違和感をあまり覚えずにレイだと気付けたが、仮面で顔を隠した上に栗色のカツラまでつけられたら、レイをよく知る人間がこの場にいたとしてもおそらくレイだとわからないだろう。それほど印象が変わってしまっていた。

そう言えばまだ円形ハゲが治っていないのかしらとふとその身が案じられたが、ああいう精神的なものは時間がかかると聞いていたから焦る必要はないのだろう。

一方のレイは、シアがまさかそんな事を心配しているとは夢にも思わず、大股でシアとの距離を縮めてきた。

「すごくきれいだ。シアを見つけてすぐに声をかけようとしたんだけど、他の男達に次々とかっさらわれて、ようやく摑まえる事ができた」

手放しの賞賛に、シアの頰が赤く染まる。仮面をしていて良かったと、シアはこの時心から仮面に感謝した。レイのよく知る友人のシアに戻らなければと思うのに、胸の鼓動がどうしても止まらない。

「踊り続けて喉が渇いたんです。今、飲み物を取りに行こうかと」

そう答えれば、レイはにっこりと微笑んでシアに提案してきた。

「じゃあ、テラス席の方に出よう。ゆっくり話もしたいし。構わない？」

シアはええと頷いた。勿論シアに異存のあろう筈がなかった。


テラスに出る前、レイは給仕に飲み物を二つ頼み、まだ明るさの残るテラス席に二人で腰かけた。

音楽は微《かす》かに聞こえるが、会場の喧騒は遠く、風が火照《ほて》った頰に心地好い。

「そう言えば、レイにお礼を申し上げたい事が……」

そう口を開いたシアに、「何かあったかな？」とレイは不思議そうに首を傾げた。

「乾パンのお礼の伝言ですわ。あの伝言のお陰で我が家は救われたんです。ブロウ卿という方が我が家に声をかけて下さり、新しい寄り親にもなって下さいました。ブロウ卿に声を掛けていただけなければ、我が家はどうなっていたかわかりません」

「気にしないでと言いたいところだけど、私は何もしていない。ケインがすべてやってくれたんだ」

「同じ事ですわ。お二人がわたくしを助けて下さったんです。ケインにもお礼を伝えていただけますでしょうか？」

レイは「わかった」と微笑んで、それを見たシアはもう一つ伝えておくべき事を思い出した。

「レイ。ご存じかもしれませんが、わたくし婚約解消されたんです。九つの時から十年間婚約していたのに、他にもっといい縁が見つかったからってあっけなく捨てられましたの」

「……その男にシアはもったいない。婚約解消となって良かったと私は思っているよ」

静かにそう落とされた言葉に、シアは小さく笑った。強がりではなく、今はシアも心からそう思っている。けれどその心境の変化を口にすれば、前の婚約者からされてきた事を説明しなければならなくなるため、シアは別の事を口にした。

「わたくしの二番目の兄と同じ事を言われるのですね。レイ、聞いて下さる？　兄ったら、わたくしがショックを受けて部屋に閉じこもっていたというのに、翌朝、顔を合わせたら、いきなり『おめでとう！』って言ってきたんですのよ」

「婚約解消、おめでとうって？」

レイは小さく吹き出した。

「なかなか豪快な兄上だね」

「余りに前向き過ぎて、呆気にとられましたわ。でもそれを聞いて心が軽くなったのは事実です。傍目から見ると、わたくしは浮気された挙句に捨てられた惨めな貴族令嬢なのでしょうけど、周囲の目よりも大切なのはわたくし自身の気持ちですものね」

「もう大丈夫？　気持ちの整理はついたの？」

柔らかくレイに問いかけられて、シアはええと頷いた。

「縁が切れて良かったんだって、最近は心からそう思えるようになりました。頑張っていい家庭を作ろうと思っていましたけど、きっとわたくしの努力だけでは無理だったと思うんです」

給仕が紅茶を持ってきてくれ、二人はしばらく無言でお茶を楽しんだ。そよりと庭園の木立を揺らす風が肌に心地好い。

「寒くない？」と聞かれて、シアは大丈夫ですと首を振った。ちょうど日は落ちようとしているが、日差しの温もりがまだ空気に残っている。

美しい庭園だわとシアはふと心に呟いた。木立の緑が徐々に暗さを増し、その陰影が静かに夕空に刻まれていく。

西の空は橙《だいだい》色を増してきていて、たなびく雲の影はどこか青みを帯びていた。薄い雲が風に靡《なび》き、刻一刻とその風景を変えている。

流れゆく時を感じさせるこの眺望を一生忘れる事はないだろうとシアは思った。

「シアを初めて見た時、茶トラだと思ったんだ」

不意にぽつんとレイが話しかけてきて、「茶トラ？」とシアは首を傾げた。

「うん。私が小さい頃に飼っていた茶トラ猫。シアの髪と同じような毛色をしていて、目が大きくてものすごく可愛くて、大切で堪らなかった私の友達」

「そうだったんですね」

「私が愛人の子どもだという事は前に話したと思うけれど、私は母のために用意された館で十二までずっと隠れ暮らしていたんだ」

「隠れ暮らしていた？」

　思わぬ言葉に、シアは眉宇を顰めた。

「うん。父の正妻は愛人が男の子を産んだ事をすごく怒っていたんだ。下手に目立てば、殺されていたと思う。だから母も姉も私を守ろうとして館の奥深くに私を閉じ込めたんだ。私を守るために仕方のない事だったのだけど、生まれてからずっと閉じ込められていたらもう嫌になってね。ある時、外に出たい、外の世界が見たいって泣き喚《わめ》いて駄々をこねて、最後にはご飯食べるのも拒否して部屋に閉じこもった」

　シアは呆然とその言葉を聞くしかなかった。

　何て惨《むご》い事を……。シアが最初に思ったのはそれだった。館に何年も閉じ込められて外に出るなと言われたら、誰だって嫌になる。ひと月、ふた月でも重苦しい気分になると言うのに、十二になるまでそんな生活を送っていただなんて、レイはどれほど苦しかっただろうか。

「そんな時、私を慰めるために姉が街で拾ってきたのがその茶トラ猫だったんだ。ようやく目が開いたばかりのちっちゃな子猫で、私はすぐその子に夢中になった。ご飯を食べるのも遊ぶのも寝るのもずっと一緒だった。茶トラがいたから、世界から隔絶されたような孤独の中でも、そんなに寂しさを感じなかったのだと思う」

目元に滲んだ涙を、シアはさりげなく指の先で払った。

「その茶トラにわたくしが似ていたと？」

「似ていた。何かこう、傍にいると寛《くつろ》げるというか、ずっと傍から手放したくない感じ」

「え」

「以前サロンで、シアが『自分には婚約者がいる』って告げてきた時、何だか心がずうんと沈み込む気がしたんだ。婚約者がいる女性なら親しくなる訳にはいかないなって思ったし、ちゃんとその時に気持ちは封印する事にした。でも数年ぶりに再会したシアはあの時よりも更にきれいになっていて、しかも未だに婚約者は態度をはっきりさせていないと言う。……だから、シアの周辺を調べさせた。ケインに頼んでブロウ卿を紹介させたのは、そういう経緯があったからだ」

シアは目を大きく見開いた。ブロウ卿はケインからの伝言を人伝てに預かっただけだと説明したが、もしかするともっと直接にラヴィエ家を助けるよう頼まれていたのではないかと疑ってはいた。

そして事実、その推量は正しかったのだ。ブロウ卿が新しい寄り親となれるよう陰で手を回してくれたのはレイで、そのお陰でラヴィエ家は今こうして救われている。

「勝手にこんな事をして、いい気はしないだろうとわかっている。シアがこんな私を受け入れられないと言うなら、二度とシアに付き纏う事はしない。この先会う事はないし、お互いにそれぞれの人生を歩んでいくだけだ。……だからと言ってブロウ卿がシアの家の寄り親を降りるという心配はしないで。この婚約の決着をきちんとつければシアの名誉は回復するし、この先いくらでも、望む縁談はシアの許に訪れるだろう」

レイは言葉を切り、真っ直ぐにシアの目を見つめた。

「シア。私はある事情があって今は家名を告げられない。この先の生活についても不確定のところが多く、シアにも苦労をさせるだろう。だけど、何があっても私は君の味方でいる。生涯君を愛し、君と君の子どもを命がけで守ると約束する」

テーブルに置かれたシアの手をレイはそっと取り、ゆっくりとその甲に口づけた。

「シア、愛している。どうか私の妻になってくれないか」


シアは呆然とレイを見た。余りに急な展開で、頭がついていかなかったのだ。

けれど一つだけわかった事があった。この先二度と付き纏わない、会う事もないと言われた瞬間、心が切り裂かれたように悲鳴を上げた。

「レイと会えなくなるのは嫌……」

気づけば言葉が自然に零れていた。

「レイから離れていったら、わたくしはもう二度とレイを見つけられなくなるわ。二度と会わないなんて、そんな悲しい事は言わないで」

シアは微笑みながら言おうとしたが、そうした未来が訪れると考えただけで、熱い塊が喉元に込み上げてきた。元々自分はレイの家名を知らされていない。今回会えたのだってシアにとっては奇跡のようなものだった。

十二の終わりにレイと会って以来、レイの事を忘れた事はなかった。あの一日の思い出はシアの心に深く刻みつけられて、笑い合った日の事やレイの言葉を事ある毎に思い出した。

あれ以来、ミダスはシアにとって特別な街となった。あれから街を歩く度に、シアは無意識に二人の姿を探していた。名前だけを知っているシアの大事なお友達。レイとお姉さまとの再会を祈って掌広場で硬貨を投げ、あの両替商の前を通る度にレイの得意げな顔を思い出して、帽子をプレゼントされたあの帽子屋に度々足を運んだ。

ケインも大事な友達だったが、レイの方が印象は強かった。だって出会いから物語のようだった。地面に倒れ込むところを颯爽《さっそう》と駆け付けて、お姫様のように腕に抱き止めてくれた。それに当時のレイはお姉さまとの別離を悲しんでいて、その寂しそうな横顔を知ってしまったから、余計にレイの事が気にかかったのかもしれない。

勿論シアには婚約者がいたから、男性としてレイを意識していた訳ではなかった。ただ何か辛い事がある度にレイの言葉を思い出し、勇気と慰めを覚えていた。心から大事に思える友達で、ただ純粋に幸せになって欲しいと願っていた。

あのまま会わなければ、レイとの事は美しい思い出としてシアの心の奥底に留められたままだっただろう。

けれどシアは再びレイと会ってしまった。シアの苦境を知ったレイは手を差し伸べてくれ、だからこそシアはあの途方もない悪意に押し潰される事もなく、家族共々平穏に暮らせている。

実のところ、シアはもう結婚に対する夢は微塵も持っていなかった。お金以外に自分の価値はないのだと前の婚約者から散々思い知らされ、女性としての自信もなくしていた。いつか結婚話が持ち上がるとしても、結局は自分の持参金が目当てなのかもしれない。そう悲観してしまうほど、アントのつけた傷は深かった。

でもレイだけは、シア自身を求めてくれているのだと素直に信じる事ができた。シアが持参金付きだろうとそうでなかろうと、レイならばきっと気にしない。そしてレイの傍でなら、シアは自分に卑屈さを覚える事なく、晴れやかに笑える気がした。

「わたくしもレイの傍にいたい……」

そう答えた途端、堪えていた涙が頬を伝い落ちた。

レイがどこの誰であろうと構わない。おそらくは家格の高い貴族の庶子なのだろう。ブロウ卿に干渉できるほどの力を持つ家の息子で、けれど家は兄君が継ぐ筈だから、本来ならばレイは貴族位を持つ女性の家に婿入りしなければならない筈だった。

「わたくしはレイにあげられる称号を持っていません。それでもいいのですか？」

だから返事を口にする前に、シアは一つだけ尋ねかけた。ラヴィエ家を継ぐのはシアの兄だ。シアと結婚してもレイは何も得るものがない。

「シア以外には何も望まない」

レイは真っ直ぐにシアを見つめて微笑んだ。

「私の家はとても複雑で、シアにも苦労を掛けるかもしれない。だけど、傍にいて欲しい。この先、何があってもシアの事だけは守るから」

「可愛がっていた茶トラのように、わたくしを一生、大切にして下さる？」

零れ落ちる涙を指の先で払い、微笑みながらそう言えば、「勿論だ」とレイは笑った。

その言葉だけで、シアには十分だった。

「求婚をお受けします。貴族でなくなってもわたくしは平気。レイさえいて下さるなら、わたくしはそれでいいんです。……お金の事は心配しないで。贅沢をしたいと思った事はありませんし、本当に生活に事欠くようなら、生計を立てられるように父が手を貸してくれると思うのです。それにもし苦労するとしても、二人でならきっと乗り越えていけると思いませんか」

「シア……」

レイは言葉を詰まらせ、シアの手を強く握りしめた。そしてその手をそっと引き寄せ、シアの指先に啄《ついば》むような口づけを一つ落とす。

「シア。家の事を何も告げられなくて済まない。けれど家族を説得して必ず君を迎えに行く」

シアは小さく頷いた。今は家名を告げられないとレイが言うのであれば、シアはそれを信じてただ待つだけだ。レイは約束を違《たが》えるような人間ではない。障害となる問題が解決すれば、必ずシアを迎えに来てくれるだろう。

確かな信頼を宿して自分を見つめてくるシアに、レイは懐から黒い天鵞絨の箱を取り出した。

「母の形見なんだ。いずれサイズは合わせないといけないと思うけど」

レイが箱から取り出したのは、蜜《みつ》がとろりと溶けたような独特の表情を見せる、透き通った琥珀の指輪だった。石の中に取り込まれた空気が丸い放射状のひび割れを内部に作っていて、石自体の美しさを際立たせている。

「シアの傍にいられない私の代わりにこれを持っていて。近いうちに正式に君の家に結婚の申し込みに行く」

渡された指輪を、シアはそっと光に翳した。細やかなひびが石に幻想的な表情を与えている。これほど美しい琥珀をシアは今まで見た事がなかった。

「とてもきれい……。レイの瞳の色ですね」

指に嵌めると、サイズは一回り大きかった。なくしてしまうのを恐れたシアは指から外し、指輪を丁寧に箱の中に戻した。

「この指輪と一緒にお待ちしています。わたくしをどうか迎えに来て下さいね」

「ああ」

レイが立ち上がり、シアの手を取ってそっと立ち上がらせた。レイの指がシアの前髪を梳《す》いてこめかみを撫で、頬から耳にかけて愛撫する。レイに触れられた肌が熱く、それ以上に熱のこもった眼差しに体が砕け散りそうな気がした。

口づけられるのかと思ったが、下りてきたレイの唇はシアの額に触れ、そのまま離れていった。微かな失望を覚えてしまったシアは恥じ入るように僅かに顔を伏せたが、その体を不意に強く抱きしめられた。

「君に口づけたいけれど、名も告げない今の私にその資格はないから」

吐息のような言葉がシアの頭に柔らかく落とされる。

自分の気持ちよりもシアの名誉を重んじてくれたのだと気付き、シアの心に温かいものが広がった。

想う男性から大切にされるという行為は、何と心を満たしてくれるものだろうか。

頬に押し付けられた胸からはレイの力強い心臓の鼓動が響いてきて、その広い胸に体を預けたまま、シアは仄かに立ち上る高貴な香りに酔いしれる。

「シア、愛している」

夢を漂うような至福の中でシアは静かにその言葉を受け取った。

最後の陽光が地平線に落ちて、朱を孕んだ橙色が残滓《ざんし》とは思えぬ鮮やかさを西の空に残している。

バルコニーを包み込む夕闇は刻一刻と濃くなっていき、抱き合う恋人たちを静かにその帳《とばり》の中に包み込んだ。


あの後レイは舞踏ホールまでシアを送ってくれ、シアが兄のところに戻るのを見届けてそのままどこかに去って行った。

「疲れたので帰りたい」とジョシュアに告げれば、ジョシュアはすぐに頷いてくれ、シアはクロークで荷物を受け取る時にレイからもらった指輪をそっとクラッチバッグにしまった。

レイの事を両親や兄に話すべきなのか、シアにはわからなかった。プロポーズはされたものの、相手は家名も知らぬ相手である。しかも貴族位を持たない次男坊で今後の生活は未確定とまで言われていたから、さすがに家族にも言いづらかった。何を聞かれてもシアにはどう答えようもないし、取り敢えずレイから正式な使者が来るのを待とうとシアは決めた。

そうしてシアはどきどきと落ち着かない日々を過ごす事となった訳だが、その数日後、ここ一番の激震がラヴィエ家を襲う事となった。ブロウ卿から使者が来て、国の中枢にいる高位の貴族がラヴィエ家を訪れると知らされたのだ。訪問理由についてはブロウ卿も知らされておらず、伝えられたのは相手がカルセウス家の嫡男であるという事くらいだ。

さて、なにぶん田舎者であるラヴィエ卿は高位の貴族の名など数えるほどしか知らなかった。皇帝の側近と言われているラダス卿やモルガン卿とかいう名前も、つい最近知ったくらいである。取り敢えずどのくらいの家格の家か知っておこうと、慌てて貴族年鑑なるものを書庫から引っ張り出して調べてみたところ、ものすごい名門貴族である事を確認して、何だかお腹が痛くなった。

ブロウ卿との縁もさることながら、ここ最近続けざまに高位の方々と関わる事が多くなったような気がする。一体自分たちの身に何が起こっているというのだろう。

高位貴族に目を付けられるような事柄は思いつかず、思い当たる節と言えば乾パンくらいしかない。まさか乾パンを売って欲しいとか……？

脳みそが煮詰まるくらい考えたが、ラヴィエ卿には結局わからなかった。

一方のシアはもしかするとレイの件かしらと思ったが、カルセウス家が名門中の名門だと聞かされて、さすがにそれはないだろうと結論付けた。それでもやはり一言伝えておくべきだろうかと悩みながらうろうろと部屋の中を歩き回り、結局伝えられないままその高位貴族の到着の時間を迎えてしまった。

そんな中、カルセウス家の家紋入りの馬車がラヴィエ家に到着した。

エントランスに迎えに出たのはラヴィエ卿と妻のセーヌ夫人で、嫡男のジョシュアは何かあればすぐに話し合いに加われるようにと別室に待機していた。シアも同じく自室待機組である。一応、きれいに着飾っていたが、まず呼ばれる事はないだろうと言われ、落ち着きなく自室に籠もっていた。

やがて優美な物腰で馬車から降り立ったのは、二十前後のすらりとした青年だった。質のいい衣装に身を包み、立ち居振舞いからはいかにも大貴族の嫡男といった鷹揚さと気品が感じられる。髪は少しくすんだアッシュブロンドで、ヘーゼル色の瞳は明るく澄んで、どこか人好きのする面立ちをしていた。

広々とした応接の間に迎え入れられ、一通り時候の挨拶を済ませたところで、その青年は徐に今回の用件を切り出した。

「こちらのオルテンシア嬢の事ですが……」

いきなり娘の名を出されたラヴィエ卿夫妻は困惑も露《あらわ》に青年の顔を見た。

「あの子が何か……？」

おそるおそるといった口調で問い掛けるラヴィエ卿に、青年はいきなり爆弾発言を放ってきた。

「あー……、レイという男性の求婚を受けられた事はご存じ、ですよね？」

二人にとってはまさに青天の霹靂《へきれき》だった。ラヴィエ卿は度肝を抜かれ、セーヌの方は淑女の嗜《たしな》みも忘れてあんぐりと口を大きく開ける。

「な、な、な……」

ラヴィエ卿は言葉もまともに出ず、しばらくソファーの肘を両手で握りしめていたが、やにわに立ち上がると戸口へと駆けていき、「シア、来なさい！」と大声で名前を呼んだ。本来ならそんなところで大声は上げず、戸口に控えている従僕に娘を呼びに行かせれば済む話だったが、頭が沸騰して何も考えられなくなったようだ。

一方、侍女に先導されて階下に降りてきたシアは、応接の間に入るなり、「ケイン？」と仰天したように声を上げた。名門中の名門と父が評していたカルセウス卿と、皇都での散策を一緒に楽しんだケインとが頭の中で繋がらなかったからだ。

「どうしてケインがこちらに……？」

そんなシアにケインは軽く微笑んだ。

「今まで家名を名乗らなくて済まない。ケイン・リュセ・カルセウスだ。この度は、レイの家からの使いで来た。そう言えば、わかってもらえるかな？」

ラヴィエ卿は『レイの家からの使い』という言葉にものすごく引っかかるところを覚えたが、それよりもまず、娘に確かめておかなければならない事があった。

「シア。レイという男からの求婚を受け入れたのは本当なのか？」

セーヌも食い入るように娘を凝視していて、両親から穴が空く程に見つめられたシアは狼狽えるように視線を逸らせ、か細い声で両親に謝った。

「黙っていて本当にごめんなさい。レイから妻になって欲しいと言われて……、そのお話をお受けしました」

「え……」

セーヌは娘の言葉に衝撃を受け、ふらりとソファーに座り込んだ。一方のラヴィエ卿は信じ難いというように呟いた。

「一体いつそんな話になったんだ……？　ダキアーノに婚約解消されてから、私はお前を社交界には出していない筈だ。……まさか婚約時代からその男と付き合っていたのか」

思わぬ言葉に、シアは息を呑んだ。詳しい事情が話せないから、仮面舞踏会でレイと再会した事を両親に黙っていたのだが、そんな誤解を受けるとは夢にも思っていなかった。シアは泣きそうな顔で首を振り、そんなシアに助け舟を出したのは、ケインだった。

「シア嬢が求婚を受けたのは先日のトリノ座の仮面舞踏会です」

ケインは静かに声を割り込ませた。

「レイとシア嬢の名誉のために申し上げますと、それまでお二人には男女としての付き合いは一切ありませんでした。シア嬢は婚約者を裏切るような事は一度もしておりませんし、舞踏会でレイに声をかけられた時も本当に驚いていました」

そう言ってシアの方を見てきたので、涙を滲ませていたシアは慌てて頷いた。疚《やま》しい事は一切なかったと断言できるし、その事は両親にも信じてもらいたかった。

「シア嬢とレイが会ったのはそれが三回目です。……数年前にレイと私はミダスでシア嬢と出会い、先日、六年ぶりに窮児院で再会しました。その時にシア嬢がまだ結婚されてないと知り、事の経緯を確かめるよう私に頼んできたのはレイです。ミダスで別れた時は互いに名前しか知りませんでしたが、窮児院でたまたまシア嬢の家名を知り、ラヴィエ家が乾パンをマルセイ騎士団に納入しているという事実も知りました。そのため、セルシオ地方のラヴィエ家に辿り着くのは比較的容易だったのです」

ケインは一旦言葉を切り、シアの方をちらりと見た。

「シア嬢について書かれた報告書を受け取って、私達は言葉を失いました。シア嬢の婚約は寄り親に強要されたもので、婚約者のアント・ダキアーノはラヴィエ家の援助を感謝するどころか、その婚約を不服として長年シア嬢を蔑ろにしてきた事、金欲しさにシア嬢との婚儀を引き延ばした挙句、もっといい条件の女性を見つけて一方的にシア嬢を切り捨てようとしている事を知り、レイは激怒しました。このままではラヴィエ家が追い詰められると、貴家にすぐさま新しい寄り親を紹介するよう命じたのもレイです」

ラヴィエ卿夫妻はもはや声もない。ラヴィエ家が窮地に追い込まれたタイミングで新しい寄り親の話が持ち込まれた事をどこかで不思議に思っていたけれど、あれは偶然ではなく、明確な意思を以《もっ》て助けられていたのだと知り、呆然とケインの顔を見つめるばかりだ。

「レイは元々シア嬢に惹《ひ》かれていましたが、アント・ダキアーノがシア嬢に婚約解消を突き付けた事を知って、行動を起こし始めました。トリノ座の招待状は、レイがシア嬢と会いたいと言ったため、私が用意してブロウ卿に届けさせたものです。そうして意中の女性を舞踏会場で見つけたレイはテラス席に誘い、それで口説いた訳です。何だったかな……。『自分は愛人の子どもでこの先の生活については不確定の事も多い。でも、何があっても養うから妻になって欲しい』。確かそんな風にシア嬢に求婚していたと覚えていますが」

やや俯いて話を聞いていたシアは、「え？」と顔を上げた。何だか今、とんでもない台詞をケインが口にした気がする。

「覚えていますって……。え……？　それって、それってまさか……」

「申し訳ない」

ケインは潔く事実を認めた。

「テラスの傍の茂みに隠れて一部始終を聞いていた。ついでに言うと、レイの護衛騎士も二人私の傍にいたから、三人でしゃがみこんで聞いていた訳だけど」

済まなそうに肯定され、シアは思わず仰《の》け反《ぞ》った。二人だけのあの甘酸っぱいシーンをずっと人に見られていたなんて……！　確か抱き寄せられて額に口づけもされたし、二人でしばらく抱き合っていた気がする。それをケインたちに見られていた……？

驚愕《きょうがく》するシアにケインは一応弁明した。

「いや、ホールの隅っことかで告白してくれるんならまだしも、よりにもよってレイは庭園に面したテラス席なんかに行っただろう？　雰囲気としては最高だろうけど、庭園の暗がりに不審な者でも潜んでいたら、何かの時に対応できない。つまり、レイの安全は何にも増して優先されなければならなかったから」

今、なんか恐ろしい言葉が出てきたぞ……とラヴィエ卿は心の中で呟いた。

この続きを聞くのがはっきり言って怖い。名門カルセウス家の御曹司《おんぞうし》を使い走りさせられる家ってどこだろう？　それに、その安全が何にも増して優先されなければならないって、一体どんな相手だ？

「レ、レイって、あのレイよね」

慌てて娘にそう確認してきたのは、ソファーで魂を飛ばしかけていたセーヌだった。どうやら一周回ってようやく現実に戻って来たらしい。

「お母上が、その……愛人をされていて、貴族位を持てない次男坊だと言っていた……」

「母親が愛人……？　次男……、レイ……？」

ラヴィエ卿は眉間に深い皺を寄せた。

どこかで聞いた名前だった。カルセウス家よりも家格が高い家の人間で、愛人の息子でありながらその安全が何にも増して優先されなければならないような相手。

そうやって思い当たったのは、一人の皇族だった。

ざーっと音を立てて血の気が引くのがラヴィエ卿にはわかった。

そう言えば、シアはレイについて何と言っていたか……。父君には愛人の方が多くいて、兄弟もたくさんいると……。

「う、嘘……」

ラヴィエ卿は、どひゃぁと大声で叫びたい気分だった。

「あなた……？」

訝し気に声をかける妻に返事をする余裕もなく、ラヴィエ卿はだらだらと汗を流した。

「ま、まさか、セルティス・レイ皇弟殿下からのお使いで来られたのですか……？」

シアとセーヌがぎょっとしたようにケインを振り向き、かっと目を見開いた三人から凝視されたケインはちょっと困ったように微笑んだ。

「あ、違います」

その返事に部屋の空気が一気に緩む。あ、違うんだ、良かった……。ほっと胸を撫で下ろす三人に、ケインがそれ以上に衝撃的な発言を落とした。

「こちらへは皇后陛下の使いで参りました」


三人は見事に石化した。場はしわぶき一つなく静まり返り、その中でケインが、この空気どうしようかな……という顔で小さく身動《みじろ》いだ。

「つまりですね」とケインは一つ咳払いした。

「ラヴィエ卿がお気付きになったように、レイが皇弟殿下である事は事実です。前パレシス帝の第二皇子で母君は故ツィティー側妃殿下、父親違いの姉君がおられ、それが現皇后陛下、ヴィアトリス様でいらっしゃいます。兄君はアレク皇帝陛下で、他にも庶出のご兄弟が数人おられる。……殿下は基本的に真実だけをシア嬢に告げられています。シア嬢が大事でしたから、なるべく嘘を言いたくなかったのでしょう」

ちょっと言葉を切って、ケインは静かに先を続けた。

「この先の生活については不確定な事も多いと言われたのは、臣籍降下も視野に入れられてのご発言かと思います」

ラヴィエ卿は飛び上がった。

「し、臣籍降下？　な、何故……？」

「つまりこの恋を成就させるためならば、皇族の地位を手放す事もやぶさかでないという意思の表れでしょう」

「え」とシアは絶句した。そんな深い意味で不確定な事も多いと言われたとは夢にも思わなかった。

「殿下はおそらく、シア嬢のためならば今の地位を失っても構わないと思っておいでです。生半可なお気持ちでシア嬢に近付かれた訳ではありません」

ケインはそう続け、改めてシアに向き直った。

「あの日、舞踏会のテラスで殿下がシアにした話を覚えているだろうか。十二になるまで自分はずっと館に閉じ込められていたと。殿下はあの容姿で聡明《そうめい》であられ、健康面でも問題がなかった。もし公に姿を現していたら、アレク皇子殿下の対抗馬とみなされ、おそらくは今頃は殺されていただろう。だからツィティー妃は殿下を紫玉宮の奥深くに閉じ込めて誰にも会わすまいとされた。それはお命を守る上で仕方のない選択だったけれど、殿下がお辛くなかった筈はない」

その言葉にシアはそっと瞳を伏せた。

「……あのお話を忘れた事はありませんわ。外に出たい、外の世界が見たいと泣き喚いて駄々をこねたと言われていました」

「その殿下の心をお慰めしたのが小さな茶トラ猫だ。とても人懐こい猫だったようで、殿下はその猫を片時も離さず傍に置いて可愛がっておられたと聞いた。死んでもう随分経つようだが、殿下は今もその茶トラ猫を忘れ難く思い、折に触れて思い出されているようだ」

ケインはそう言って、一つ小さな吐息をついた。

「女性を猫に喩《たと》える殿下の感性はどうかと思うけど、殿下はシアの事をあの茶トラのようだと言っていたね。傍にいると寛げるというか、ずっと傍に置いて手放したくない感じだって。あれがまぎれもない殿下のご本心だ。シアにはそれをわかってもらいたいと思う。殿下のお立場や身分に居すくまる気持ちは理解できるけど、どうかそこに惑わされる事なく、殿下個人を見てやってもらえないだろうか」

言われたシアは、どうしていいかわからぬまま床に落とした視線をあてどなく彷徨《さまよ》わせた。

レイが自分の身分を言えなかったのは事情が許されなかったせいで、シアを騙《だま》す気など毛頭なかったとちゃんとわかっていた。それにレイは、できる限りシアに対し誠実であろうとしてくれた。おそらく嘘は一つもつかれていない。大切に思われている事も、疑うつもりはなかった。

けれど……とシアは思ってしまう。

「わたくしと殿下とでは身分が違いすぎます。殿下が身分をお捨てになるなど畏れ多い事ですし、かといってわたくしが殿下の妻になるなど、とても許されないでしょう」

「……皇帝陛下はこの話を進めるようおっしゃったそうです」

思わぬ言葉に、シアを含めた三人は弾かれたように顔を上げた。

「これは私が皇后陛下から直接お聞きした言葉です。セルティスを皇家から出すつもりはない。セルティスが望むのであればオルテンシア嬢を妃に迎え入れるように、そう皇帝陛下ははっきりと口にされたそうです」

「恐れながら……」と、ラヴィエ卿が意を決したように口を挟んだ。

「我が家では到底釣り合いが取れません。身分の低い者が皇家に上がっても、周囲から馬鹿にされ、苛《いじ》められるだけでしょう。カルセウス卿。私はこの娘が可愛い。結婚生活が針の筵《むしろ》になるとわかっているところに、みすみす娘をやる気にはなれません」

父親としては尤もな言葉であり、傍にいるセーヌも同意するように瞳を伏せた。

想定内の返事であったのだろう。ケインは穏やかに笑んで、「ラヴィエ卿のお気持ちはよくわかります」と頷いた。

「おっしゃる通り、ただ迎え入れただけでは風当たりはかなりきついでしょう。そうさせないためには、ある程度の根回しが必要かと思います。……そこで、皇后陛下からご提案がございました。シア嬢を皇后付きの侍女として、皇宮に迎え入れたいとの事です」

ラヴィエ卿はぽかんと口を開けた。

「侍女、ですか？」

「はい」とケインは頷いた。

「シア嬢を守るにあたり、皇后陛下のお傍以上に安全な場所はありません。現在、ラヴィエの乾パンを軍部に周知させている段階ですが、軍食の改善に力を尽くした功績でシア嬢をご自分の侍女に迎え入れたいと皇后はおっしゃっておいでです」

　そしてケインは面白がるように口の端を上げた。

「実を言いますと、この侍女の職は未婚の貴族女性に大層人気がありましてね」

「そ、そうなのですか？」

「ええ。と言いますのも、皇后陛下の侍女をしていた貴族女性は、皆が皆、玉《たま》の輿《こし》と呼ばれるような良縁を結んでいるのです。そのせいで希望者が殺到している訳ですが、現在は皇后陛下のご希望で既婚女性しか傍に置いておられません。もしシア嬢が皇后陛下の侍女として皇宮に上がれば、それだけで注目を集める事になるでしょう。何と言っても良縁が約束されたようなものですから」

「はあ」

　としか、ラヴィエ卿には答えられない。シアが皇弟殿下に望まれているという話だけでもいっぱいいっぱいなのに、それを皇帝陛下がお認めになり、皇后陛下が侍女に迎え入れたいとおっしゃられているというのだ。一体もう、何をどこから考えていいのかわからない状態である。

　一方のケインはやや表情を改めてラヴィエ卿を見た。

「ご心配をされているお血筋についてですが、この事に表立って難癖をつけてくるような輩はいないと思われます。皇后陛下の養父は前皇帝陛下ですが、母君のツィティー側妃は平民出身ですし、実のお父君も同じでした。血筋の事をあからさまに責め立てれば、皇后陛下への侮辱にも繋がりかねず、そのような恐ろしい事をする者がいるとは思えません」

　そしてラヴィエ家の三人に小さく微笑んだ。

「それにシア嬢のマナーも教養も貴族令嬢としては申し分ない。皇弟妃となるのであれば、相応の教育を更に受けていただくようになりますが、それについては皇后陛下が責任を以てご指導なさる事でしょう。まずは侍女として皇宮に上がり、宮廷の雰囲気に慣れていただくのが肝要かと思います。その上で、どうしても皇弟妃になる覚悟がつかないと言うのであれば、皇后陛下はシア嬢の気持ちを尊重して下さるでしょう。シア嬢のご結婚についても、責任を以て良縁を探して下さる筈です」

　その言葉が三人の頭に染み込むのを待って、ケインは再び口を開いた。

「そしてもし、シア嬢が殿下と共に歩む覚悟が定まった場合ですが、その時はラヴィエの名前は捨てていただくようになります。相応の家の養女となり、その家の後ろ盾を得て立妃されるという流れになる」

　その言葉にシアが小さく息を呑んだ。

「それはもう、父や母ともう二度と会えなくなるという事ですか？」

　自分の言葉が誤解を与えたと知り、ケインは慌てて首を振った。

「名義上の後見人を作るという意味で、ラヴィエ家と一切縁を切るという事ではない。家族と会えなくなる寂しさを殿下は誰よりもわかっていらっしゃる。会いたい時にご両親に来ていただければいいと思う」

　と、ラヴィエ卿が静かな眼差しで娘を見た。

「シア。貴族の女性は、嫁げばそう簡単には親と会えなくなるものだ。どこに嫁いだとしてもお前は私達の大切な娘だし、私達は死ぬまでお前の幸せを願っているだろう」

それよりも……とラヴィエ卿はシアに向き直った。

「お前はこの話についてどう思っている？　余りにも思いがけない話で私も未だ混乱しているが、もしお前が殿下との縁を切りたくないのなら、カルセウス卿のお話を受けるのが一番いいだろう。……あるいはきちんとこの話をお断りし、殿下と完全に縁を断つか、だ」

シアは狼狽えたように視線を揺らがせた。

レイと会えなくなるのは嫌だと強く思った。けれどレイと生きていくという事は、自分が皇族の一員となるというのと同義だった。どちらを選んでいいのかがわからない。というより、今のシアにはどちらも選べなかった。

共に生きる以上、レイの足手まといにはなりたくない。けれど、皇弟妃になると考えただけで今は身が竦んでしまう。こんな自分が嫁いだとして、果たしてレイを幸せにできるものだろうか。

どちらの答えも口にできぬまま、ただ両の手を握り合わせて俯く娘に、ラヴィエ卿が声をかけようとした時だった。何やら玄関口の辺りが騒がしくなり、居丈高な男の怒鳴り声とそれを押しとどめようとする者たちの声が入り混じって聞こえてきた。どうやら招かれざる客がやって来たものらしい。

「性懲りもなく、また押し掛けてきたのか……」

ラヴィエ卿が苦い顔で呟いた。

ラヴィエ家がブロウ家と絆《きずな》を深めていく事に焦りを感じたか、このところ三日とあげず、カリアリ卿が家を訪れては怒鳴り散らすという事を繰り返していた。時にアントまでが一緒になって玄関先で喚き立て、今ではその怒声に妻や娘が怯えるようになっている。ブロウ卿から苦情を言ってもらったが相手は一向に聞き入れようとせず、終わりの見えない嫌がらせに妻と娘は疲弊し始めていた。

とその時、扉が慌ただしくノックされて使用人の一人が姿を現した。

「お館様、申し訳ございません。ダキアーノ卿とカリアリ卿がかなりの数の護衛を連れて怒鳴り込んで来られました。ジョシュア様が対応しておいでですが、このままでは護衛同士の乱闘となりかねません」

「かなりの数とは？」

「ざっと見た限りでは五、六十人は揃えているようです」

ラヴィエ卿は唇を噛み締めた。それではまるで襲撃だ。人数で玄関を突破しようとでもいうつもりなのだろうか。

ふと横を見ると、シアが怯えたように妻のドレスの袖辺りを握り締めるのが見えた。乱闘を起こさせる前に、自分が出ていった方がいいのかと思ったが、今は客人が来られている。家格の高さを思えば、待たせるべきはあの二人の方だろう。

と、それを見ていたケインが静かに声を割り込ませた。

「お相手をして差し上げたらいかがです。どちらにせよ、こうも騒がしくされてはゆっくり話もできませんから」

「しかし……」

カルセウス家への非礼にならないかとラヴィエ卿は躊躇ったが、ケインは「二人を通して下さい」と幾分強い語調で言葉を重ねた。

「決着をつけてしまいましょう。この件を長引かせれば、ラヴィエ家がなめられるだけだ。私もちょうどあの二人の顔を見てみたいと思っていたところです。場に同席しますので、この際ラヴィエ卿もあの二人に言いたい事をすべて言ってしまわれるといい。どう話がこじれようと、私が事を収めますから」

その言葉に、ラヴィエ卿は覚悟を決めた。顔を合わせてもいい事にはならないといつも追い返させていたが、いつまでもこのままの状況を続けていていい筈がない。

「確かにあの二人に言ってやりたい事は山のようにあります。お言葉に甘え、カルセウス卿のお力をお借りする事に致しましょう」

やがて使用人に案内されたアントとカリアリ卿が応接の間に姿を見せた。遅れて入室したジョシュアが厳しい顔で部屋の片隅に控える。何か事があれば、剣を抜く覚悟でいるのだろう。

因みに、セーヌとシアは館の奥深くに遠ざけてあった。招かれざる二人がどんな暴言を吐いてくるかわからなかったからだが、案の定、顔を見るなりカリアリ卿はラヴィエ卿に食って掛かってきた。

「この私に何度も無駄足を運ばせて、一体どういうつもりだ！」

身勝手な言い分にラヴィエ卿はうんざりしたが、一応、儀礼的に二人に椅子を勧めた。

「無駄足を運ばせたも何も、私は来ていただきたいとは一言も言ってはおりません」

訪問自体が迷惑だと言外に匂わせたが、その程度の言葉では二人は痛くも痒《かゆ》くもないらしい。難癖をつける気満々のアントは、ラヴィエ卿の横に座る見知らぬ男を早速標的と見定めたか、「貴公は誰だ？」と尊大な口を利いてきた。

高位貴族であるカルセウス卿に対し、余りに無礼な物言いで、ラヴィエ卿は慌てて口を挟もうとしたが、ケインに軽く手で制された。関係がない者は出ていけと言わんばかりのアントの物言いが面白かったのか、ケインは薄い笑いを浮かべている。

「こちらにはお構いなく」

ケインはあっさりとした口調でそう答え、どうぞと椅子を手で指し示した。

「ラヴィエ卿の知り合いの遠縁です。卿と話をしていたところに、ちょうど貴方がたが来られましてね。話があるのでしたらどうぞ先に済ませて下さい。お譲りしましょう」

人を食ったような態度にアントは思わずかっとなったようだが、このような男に時間を割くのももったいないと思い直したらしい。ラヴィエ卿に向き直り、これまでの鬱憤をぶつけるように喚き散らしてきた。

「一体何度、私達に足を運ばせるつもりだ！　こんな田舎まで足を運ばせて、申し訳ないと頭を下げるのが筋ではないか！　今日こそは話をつけてもらうぞ！」

そちらこそ何様のつもりだとラヴィエ卿は心に呟き、煩わしげに肩を竦めた。

「話をつけるも何も、すでにこの件はブロウ家の預かりとなっています。話があるのでしたら、ブロウ家をお訪ね下さい。我が家に来られても迷惑なだけです」

「ブロウ家は関係ないだろうが！」

横からカリアリ卿が唾を飛び散らせた。

「そもそもダキアーノ家との婚約は、私が取り持ってやったんだ。この三家で話をつけるべきことだろう！　それを金欲しさに、他所の寄り親まで引っ張り出しおって！　大体あの金額はどういうつもりだ。持参金の二・五倍を払えだと？　ラヴィエ程度の家格のくせに、我がカリアリ家に歯向う気か！」

「歯向かうも何も……」

ラヴィエ卿は不愉快そうにカリアリ卿を見た。

「我々が交わした契約書には、最低でも二倍の違約金が支払われると明記されています。まして様々な事情を鑑みれば、三倍でもおかしくないと寄り親のブロウ卿も言われました。それを二・五倍に下げて差し上げているのです。感謝されこそすれ、文句を言われる筋合いではありませんが」

「寄り親を勝手に替えるなど、この私は了承しておらん！　この家の寄り親はまだ私の筈だ！」

顔を真っ赤にして言い募ってきたカリアリ卿に、ラヴィエ卿は、「はて」と首を傾げた。

「寄り親とは寄り子を守ってくれる家の事です。貴方は当家に何をして下さいましたかな。理由にもならない理由で婚約を解消し、違約金まで勝手に減額してくる家に、文句の一つも言おうとなさらない。貴方が当家の寄り親というのでしたら、そこの男からきちんと金を取り立てて下さるべきでしたな」

「オルテンシアには新しい縁をいくらでも用意してやると言っただろうが！」

カリアリ卿がそう反論してくるので、ラヴィエ卿は話にならないとばかりに首を振った。

「これ以上ない悪縁を持ってきた貴方に二度と関わって欲しくないと私は申し上げた筈だ」

「悪縁だと？」

プライドだけは山のように高いアントが、その言葉に食いついてきた。

「下級貴族の分際で、皇家の血を引く我が家を馬鹿にする気か！」

「では、どう言えばよろしいのです」

ラヴィエ卿は怖《お》じる事なく応じた。

「九つの時から十年以上も婚約者としてシアを縛り付けておきながら、他にもっと条件のいい娘が見つかったからと、何の説明も謝罪もなく婚約を解消してくる。これを悪縁と言わず何と言うのですかな」

「そもそもが家格の違う縁組だろうが！」

アントはどんとテーブルを叩いた。

「こんな田舎貴族の、とりえ一つない娘と婚約してやっていたんだ。名門の我が家と縁を結べただけでも娘の箔になった筈だぞ！」

「その田舎貴族との縁組を喉から手が出るほどに欲しがって、無理やり婚約を結んだ方の言う事ではありませんな」

ラヴィエ卿の返事は素っ気なかった。

「ただ一つ有り難い事は、このように我が家を見下すような家に娘を嫁がせずに済んだ事です。できれば縁を繋ぐ前に戻りたいが、それができないのならば仕方ない。契約に基づいて相応の違約金をお支払い下さい。我が家が望むのはただそれだけです」

「ふざけるな……！」

アントはぎりぎりと奥歯を嚙みしめた。二・五倍もの金なんてある筈がない。

そもそもアントが新たに婚約を結んだレオン家は、最近収益を伸ばしてきた貴族で、まだそれほどの財を蓄えているという訳ではない。持参金という名目のダキアーノ家の借財の額を聞き、二倍額はとても払えないというレオン家に、一・五倍にしたらどうだと話を持ち掛けたのが義兄のカリアリ卿だった。違約金の金額など寄り親の力で何とでもなるし、寄り親に逆らうような寄り子はまずいない。そう言われたレオン家は金が惜しくなり、ならば一・二倍に減額できないかとカリアリ卿に相談してきた。

払う額が少なければ少ないほど、その分を娘の持参金に足してやれる。実際にアントに対しては、僅かながらも領地を持参金につけるとレオン卿は約束してくれた。踏みつけにする貴族の家の事情などレオン卿にはどうでも良く、義理の兄であるカリアリ卿もそれはいい案だと笑っていた。ラヴィエ家は文句を言ってくるだろうが、そんなものは力でねじ伏せればいい。新しい縁組でも見繕ってやれば向こうの気も済むだろうと、そんな風に三家で話し合っていたのだ。

「一・二倍でも、ラヴィエ家は十分に利益が出るではないか」

アントは訳の分からぬ理屈を持ち出し、その後、妙案を思いついたようにそうだ！　と手を打った。

「で、では一・五倍額を支払おう。それで手を打とう。それがいい！」

カリアリ卿もいい案だと言わんばかりに話に乗ってくる。

「確かに、一・五倍額なら文句はあるまい！　元々ラヴィエ家は裕福な家だ。それで十分だな」

何がそれで十分だ。余りに人を馬鹿にした言葉に、ラヴィエ卿は腸《はらわた》が煮えくり返る思いだった。

「寝言を言ってもらっては困ります。当家が裕福であるかどうかなどこの場では関係ない。これほどの侮辱を当家に与えたのだ。違約金はきちんと支払っていただく。邸宅を売るなり貴族位を売るなり、取るべき方法はいくらでもあるでしょう！」

「な……！」

アントが顔を真っ赤にして言い返そうとした時、楽しそうな声がそれを遮った。

「これは大変ですな。違約金を出し渋るとは、どこの平民の話かと思いましたよ。滑稽過ぎて話にならない。名を惜しむ貴族なら、家同士で交わした契約はきちんと守ったら如何ですか」

侮蔑を孕んだ言葉にアントはブチ切れた。

「関係ない者は黙っていろ！」

カリアリ卿も射殺しそうな目でケインを睨んだが、ケインは言葉をおさめるつもりはないようだった。

「残念ながら、関係はあるのですよ」

ケインはそれまでの笑みを消して二人に向き直った。

「この度私がこちらにまいりましたのは、畏れ多くも皇后陛下からあるご提案を承ったからです。ダキアーノ卿。貴方が婚約を解消したオルテンシア嬢についてです」

部屋はしんと静まり返った。

「こ、皇后陛下からのご提案……？」

しわがれた声でそう聞いてきたのはカリアリ卿だった。

「し、失礼ですが、貴公のお名前は……」

皇后陛下の使いを賜れるほどの貴族だ。礼を尽くさなければならない相手だと、ようやく気付いたものらしい。

ケインは静かに二人を見た。

「ケイン・リュセ・カルセウスです。こちらの寄り親であるブロウ卿とは遠い親戚となります」

カルセウスという名に、カリアリ卿とアントは息を呑んだ。その顔が見る間に青ざめていく。

田舎貴族のラヴィエ卿と違い、上昇志向の強い二人は、国内の有力貴族の名前くらいは当然頭に入れている。カルセウス家と言えば、その家格の高さから過去には皇弟妃も輩出している家だ。名門中の名門といっていいだろう。

「カルセウス卿が何でこちらに……、い、いや、皇后陛下からのご提案とは一体……」

恐る恐ると言った口調でカリアリ卿が尋ねてくる。

一方のアントは顔を強張らせたままだ。高位貴族であるカルセウス卿を怒鳴りつけてしまった事にようやく気付いたのだろう。

ケインはアントを気にした様子もなく言葉を返した。

「実はこちらのオルテンシア嬢を、皇后陛下が侍女の一人に望まれましてね。その旨を伝えるべくこちらに顔を出した次第です」

「こ、皇后陛下の侍女……」

二人にとってはまさに青天の霹靂だった。

「な、なんでオルテンシアなんかを……」

そう言いかけたカリアリ卿は、ケインからひどく不快そうな視線を向けられて慌てて言い直した。

「どうしてオルテンシア嬢にそのような話が……」

「こちらのラヴィエ家がマルセイ騎士団に卸している軍食が、三大騎士団で採用される事になったのです。その軍食の考案者がオルテンシア嬢だとお知りになった皇后陛下が、是非オルテンシア嬢を侍女に迎えたいと、私を使者に遣わされました」

「軍食を考案した？　そんな話は一度も私は聞いていないぞ！」

聞き捨てならないとばかりに声を荒らげるアントをラヴィエ卿は睨みつけた。

「シアがラヴィエ家特産の小麦粉を使って菓子を作っていた事は、貴方は当然ご存じの筈だ。シアが手作りして持って行った焼き菓子を、貴方は田舎臭いと言って目の前で捨てたのですからな。そんな貴方に軍食の乾パンを試作しているとシアが言える筈がない」

アントはぐうの音も出ず、一方のラヴィエ卿は感情を抑えようとするように一つ大きく息をついた。

「知る機会があったのに、貴方は何一つシアの事を知ろうとしなかった。菓子作りの事だけではない。シアがどんな事に興味を持ち、何が得意で、好きな色は何か、貴方は一体どこまでご存じなのですかな？」

「そんな事、今はどうだっていいだろうが！」

逆切れしてくるアントに対し、ラヴィエ卿は苦々しげに唇を歪めた。

「どうだっていい……ですか。貴方はとことんシアに興味がありませんでしたからな。最低限の社交にしかシアを誘おうともせず、一緒に参加しても最初の一曲だけを義務のように踊り、シアの事はそのまま壁の花にしておいた。話し掛けても低俗な話をしてくるなと言い、折に触れて家柄の低さを貶めてくるので、自分の話など何もできないとシアは一度妻に零した事がありました」

妻からその話を聞かされた時の口惜しさを思い出し、ラヴィエ卿は膝の上の拳を握り締めた。

「所詮、貴方にとってシアは体のいい金蔓《かねづる》でしかなかった。十年間……！　十年間もシアは貴方に縛り付けられたのですぞ！　九つから十九までの、恋に憧れて友と語り合う一番楽しい時をシアから奪い、行き遅れと陰口を叩かれる年齢まで婚約を引き延ばして、挙句に虫けらのようにシアを捨てた！

……家格の劣る卑しい娘と結婚しなければならないと貴方は散々身の不幸を嘆いておられたようだが、この際、その言葉はそっくり貴方に返させていただく。当家はダキアーノ家との縁を望んだ事は一度もありません。散々嫌がったのに、そこのクズ親に無理やり押し付けられたのだ。よろしいか！　嫌がっても嫌がっても押し付けられたのだ！　我が家の援助のお陰で何とか貴族の体面が保てているというのに、当の相手はそれを感謝するどころか、我が家の家格の低さをあげつらい、娘までを蔑ろにする。下種《げす》の極みとも言える家にここまで付き合って差し上げたのだ。せめて違約金くらいはまともに払ってはいかがですかな」

罵られたアントは頭から湯気を出す勢いで怒り出し、クズ親と言われたカリアリ卿も口から唾を飛ばして参戦してくる。後は怒鳴り合いとなったが、ラヴィエ卿は一歩も引かなかった。娘の人生を踏みにじられた怒りをここぞとばかりにぶつけ、言う事は全て言い尽くしたと思われる頃、わざとらしい咳払いが三人の応酬を遮った。静観を貫いていたケインである。

誰の前で怒鳴り合っていたかを思い出した二人がはっとしたように口を閉ざし、慌ててケインの顔を窺った。皇后の使者の前で怒鳴り合うなど、貴族としてはあってはならない失態だった。

「貴族としての誠意を見せればそれで済む話なのに、お二人はどうやらその決心がつかぬようですな」

ケインは苦笑混じりにそう呟き、「ラヴィエ卿」と、静かに名を呼んだ。

「この一件を長引かせないためにも、オルテンシア嬢を皇后陛下の侍女とされる事を改めてお勧めします。このまま醜聞の中にシア嬢を置かれていては、名誉が傷付くだけだ。皇后付きの侍女ともなれば箔もつきますし、悪い話ではないと思いますよ」

話し掛けられたラヴィエ卿の方は、ここでこの話を蒸し返すか！　と思わず心の中で突っ込んだ。何だか前門の虎、後門の狼という気分である。

確かにこのまま金を払う払わないで揉め続けると、風評被害を一番受けるのは可愛いシアである。

だが、一生を決める大事をこんな席でこんな簡単に決めていいものだろうか。

と、躊躇うラヴィエ卿に対し、ケインは更に言葉を続けてきた。

「侍女ともなれば、皇后陛下の庇護下《ひごか》に入ります。こちらでは、何か良からぬ考えを持つ男がシア嬢に近付いたとしても守り切れるとはとても思えません。まずは、シア嬢の安全を一番に考えられるべきではありませんか」

ラヴィエ卿は惑うような視線を床に這《は》わせた。

「……おっしゃる通りかもしれませんな」

人を踏みつけにした上に、嫌がらせ紛いの訪問を平気で繰り返してくるような二人だ。ラヴィエ家が屈しないと知れば、今度はシアにその矛先が向いてくるかもしれない。

ここらあたりが潮時だと、ラヴィエ卿は覚悟を決めた。

「謹んでこの話をお受け致します。どうぞ皇后陛下に良しなにお伝えいただきたい」

ひっと声を漏らしたのは、二人のどちらであったのか。

ラヴィエ卿の返事にケインは満足そうに頷き、今や言葉もなく座り込んでいるアントとカリアリ卿の二人にゆっくりと視線を向けた。

「さて今回の一件ですが、皇后陛下はすでに、レオン家を含めた三家の名前をご存じです」

「え」

「ご自分の侍女として召し抱えられるのです。陛下がお調べにならない筈がないでしょう」

「な、何をご存じだと……」

震える声でアントが尋ねてくるのへ、ケインはにっこりと微笑んだ。

「そうですね。借金で首の回らなくなったダキアーノ家が援助金欲しさにラヴィエ家との縁組を望み、寄り親であるカリアリ卿が嫌がるラヴィエ家に無理やり婚約を受け入れさせた辺りからでしょうか。ラヴィエ家の援助によって貴族としての面子を取り戻したにも拘わらず、ダキアーノ卿がオルテンシア嬢をずっと貶めてきた事や、婚約中にレオン家のリリアーナ嬢と恋仲になり、一方的に婚約解消を突き付けて違約金も未だ支払っていない事も陛下は勿論ご存じです」

事実を淡々と列挙されてアントは今度こそ色を失った。

「耳にされた陛下は、本当にこのような貴族がいるのかと驚かれておりました。こういう時、寄り子に不利益が生じないように庇ってやるのが寄り親の務めであるのに、その寄り親は庇うどころか一緒になって寄り子を追い詰めている」

ちらりと視線を向けられて、カリアリ卿はその場に竦み上がった。

「さて、話を戻しますが、オルテンシア嬢は皇后陛下の侍女となる方です。陛下はなるべく早く参上するよう仰せですので、来月には皇宮に来ていただく事になるでしょう。侍女として上がられる前にその名誉は回復されていなければなりません」

ケインはそこで言葉を切り、やや厳しい目で二人を見た。

「この件につきましては、ダキアーノ家、レオン家、カリアリ家の三家に等分の責任があると陛下はお考えです。ラヴィエ家の寄り親であるブロウ卿は、持参金の二・五倍額をラヴィエ家に支払うよう求めておりますので、三家でよく話し合い、速やかに全額をお支払い下さい」

「し、しかし……」

「よろしいですか。オルテンシア嬢が皇后陛下の侍女となり、陛下が公に三家への不快を示された後では取り返しがつかない。そうなる前に、金をかき集めてでも清算を済まされておく事をお勧めします」

二人は茫然《ぼうぜん》と互いの顔を見合わせた。

一・五倍ならレオン家は悠々支払えた。二倍ならば、借財はしても今までとほぼ同じ生活が可能であっただろう。だが、二・五倍額となると、話はまるで違ってくる。レオン家が収益を生む鉱山を含む領地すべてを売り払ったとしても、支払いきれるかどうか。

アントは唯一の財産であった家を手放すようになるだろうし、カリアリ家もまた、相応の代償を求められる。おそらく家名だけは残せるが、落ち目となったカリアリ家から寄り子たちは離れていくだろう。寄り子からの収入は途絶え、僅かばかりの領地を残すために多額の借財をし、これからは爪に火を点《とも》す様な生活が延々と続く事となる。

ようやく現実が見え始めた二人はがたがたと震え始め、そんな二人を見てケインは小さな吐息をついた。

「ラヴィエ卿。他に言いたい事は？」

ラヴィエ卿はゆっくりと首を振った。

「十分です。貴族としての誠意を見せていただけるなら、私としてはこれ以上何も言う事はありません」

結局謝罪はもらえなかったが、今更謝ってもらっても何がどう変わる訳でもない。シアはアントの顔を見るのも苦痛のようだったから、これ以上彼らが関わってこないならばそれで良かった。

ラヴィエ卿は従僕に命じ、腰が抜けたように座り込んでいる二人を両脇から立たせて戸口へと向かわせた。

「ああそうだ」

脇を抱えられた二人が傍らを通り過ぎようとした時、ケインが思い出したように声を掛けた。

「お二方に今一度申し上げておこう。ラヴィエ家への返済は寄り親であるブロウ卿を通して行い、今後一切、ラヴィエ家とは関わらぬように」

物言いこそ静かだが、そこにはとぐろを巻くような重く濃密な威圧があった。思わず歩を止めた二人に、ケインは口元に優美な笑みを湛《たた》えたまま傲慢に言い捨てた。

「もしこれが破られた場合は、我がカルセウス家から相応の報復をさせていただく」

二人が帰った後、再びシアとセーヌが応接の間に呼ばれ、今回の婚約解消騒動に一応の決着がついた事が改めて説明された。

因みにこの場には嫡男のジョシュアも残っている。ラヴィエ家の今後に大きく関わる問題なので、ラヴィエ卿が同席させたのだ。

自分が皇宮に上がる事が決定したと聞かされたシアは幾分呆然としていたが、反面、どこかほっとしている自分に気付いていた。この話を断れば二度とレイに会う事は叶わなくなるし、それはシアにとって何より耐えがたいものだった。

「あの、一つお伺いしたいのですが……」

自らの口で皇宮に赴く事を了承した後、シアは意を決してケインに尋ねてみた。

「ケイン様は、わたくしが殿下の傍に上がる事をどのように思っていらっしゃいますか？」

今まではケインと呼び捨てにしていたが、さすがにカルセウス家の嫡男とわかって呼び捨てにはしづらい。『様』付けに気づいたのかケインは苦笑したが、様をつけたシアの気持ちもわかったのか、それについては何も触れなかった。

「私は歓迎するよ」

ケインはミダスの街や窮児院で会った頃と変わらぬ笑みで、穏やかにそう答えてきた。

「シアと居る時の殿下はとても楽しそうだ。明るくて前向きで、殿下の知らない世界もたくさん知っている。殿下は元々、アンシェーゼの皇弟としてではなく自分自身を見てくれる女性を望んでいて、今の地位や恩恵をなくしても共に生きたいと言ってくれる女性がいたら最高だと言っていたんだ。そんな女性がいる筈がないと思っていたのだけど、シアはあの日、家名も教えない殿下のプロポーズを受け入れてくれたね。殿下のお立場ではあの時身分を明かす事は許されていなくて、シアも多分不安だったと思うけれど、この先苦労する事になっても二人で乗り越えればいいと反対に殿下を励ましてくれた」

殿下にとってはまさに理想の女性なんじゃないかなと、ケインは笑った。

「それに乾パンの件もある。あれは十分誇っていい功績だ。戦時に携帯する軍食が美味《うま》いかまずいかは、軍の士気にも関わるから」

乾パンの事をそこまで重大に考えてなかったシアは驚いてジョシュアの顔を見た。元々兄から作って欲しいと言われて始めた事で、兄はその重要性を薄々感じていたという事だろうか。

「あと、今の政治情勢も殿下に味方している。周辺諸国との関係が緊張状態にあれば、同盟を強固にするために殿下の結婚がカードに使われるだろうが、今はそこまでの必然性がないんだ」

政治的には問題ない事まではわかったが、それ以外にもシアには気にかかる事があった。しばらく躊躇った後、シアは「あの……」と口を開いた。

「わたくしはもう十九です。貴族の娘としてはかなり年がいっておりますし、そこは問題にならないのでしょうか」

「さっき、皇后陛下の侍女をしていた女性は皆、玉の輿と呼ばれるような良縁を結んでいると話したと思うけど、その最たる例がエイミ・ララナーダ嬢という女性でね。エイミ嬢が高位貴族に見初められたのは二十一歳の時なんだ」

「そ、そうなのですね」

ならば、十九でも大丈夫なのかもしれないとシアはちょっとほっとした。

「殿下が十二になるまで宮殿に閉じ込められて育った事はさっきも言ったけれど、姉君である皇后陛下は今でもその事を不憫に思われている。殿下の身分に惑わされる事なく、殿下個人を見てくれる女性と結ばれて欲しいと願われていて、シアの事を知った皇后陛下は大層お喜びになっておられた。皇后陛下はご聡明で人望もおありになり、各方面に影響力を持っておられる方だ。味方になって下さるならこれほど心強い存在はない」

レイがどれだけ姉君を慕っていたかを知るシアは、思わず口許を綻ばせた。

「レイの、いえ……殿下の言葉を今も覚えておりますわ。優しくてきれいで頭の回転が速くって、あと何だったでしょうか、見かけは楚々として儚げな美人なのに、男顔負けの度胸があるとか……」

「そう！　まさにそのような方だ」

ケインはくっくっと笑い出した。

「そう言えば、殿下があれだけ姉愛を語ったのに、シアは全く殿下に引かなかったよね。あれはすごいと思った。私でさえあれを初めて聞かされた時には度肝を抜かれたものだけど」

その言葉からは二人の親密さが透けて見え、シアは思わず微笑んだ。

「初めてお会いした時もお二人一緒でしたけど、ケイン様は殿下と随分親しいのですね」

「そうだね。騎士学校の宿舎で、殿下とは五年間、同室だったんだ。腐れ縁とも言えるかな」

「だからあの日も二人でお忍びに出られていた訳ですね」

二人はどういう立ち位置の貴族なのだろうと、シアはずっと不思議に思っていた。ミダスの街には不案内なのに、庶民が遊ぶような硬貨投げの事は知っていて、有名な歌劇場のサロンの席を押さえる事もできる。最初は金に困っている貴族かと思ったが、両替商で多額のお金を手にしても全く動じないから、裕福な貴族なのだろうなとぼんやりと認識していた。まさかアンシェーゼの皇弟殿下と高位の貴族の跡取りだとは思わなかったけれど。

それにしても、レイは皇族なのにどうしてああも両替商での値段交渉が上手だったのだろう。シアが首を傾げていると、ケインが何かを思い出したようにあっと声を上げた。

「そう言えば一つ言っておきたい事が」

シアを含めた家族全員の顔を見渡してきたので、何事だろうと家族全員が姿勢を正した。

「シア嬢が初めて殿下と会ったのは数年前のミダスの街中ですけど、殿下がお忍びで出かけられていた時の話なので、あれはなかった事にして下さい」

「な、なかった事、ですか？」

ラヴィエ卿が目をぱちくりさせるのへ、

「はい。お忍びに出かけられた事は国家機密なので、くれぐれも他言無用でお願い致します」

「国家機密……」

言われた四人の顔から見る間に血の気が引いた。国家機密を漏らしたらどうなるのだろうか。お家断絶、処刑……などの言葉がぐるぐると頭を巡り、「あ、あの……」とラヴィエ卿は上ずった声を上げた。

「シアがミダスで二人の友人に会った事は、もう一人の息子のルースや他の知り合いなどにすでに話しているのですが」

「それは別に話してもらって構いません」

ケインは笑った。

「あれはレイとケインという名前のどこかの貴族の子弟の話ですから。そのレイが皇弟殿下であるという事実だけ伏せておいていただければいいのです。シア嬢が皇后陛下の侍女となるのは軍食の改善という功績によるもので、皇弟殿下とは全く関係のない事ですから。お二人は皇宮で初めて出会うようになりますが、どういう風に知り合うようになるかについては……」

ケインはちょっと首を傾げた。

「まあ、どうとでもなるでしょう」

「そ、そうですか」

ラヴィエ卿は頷いた。どんなストーリーを仕上げるのだろうかと若干気にはなったが、まあそっちの方は考えても仕方がない。なのでさくっとスルーする事にした。

「ではそのように努めて参ります」

「それと今回の件についてですが、自分の口からはっきりとシア嬢に事情を説明したいとセルティス殿下がおっしゃっておられます」

「はあ。それはご丁寧に……」

ラヴィエ卿は恐縮した。そんな事まで心を砕いていただかなくてもと内心思ったが、わざわざ辞退するのもおかしいだろう。

「なので、シア。うちに泊まりに来てくれるかな。近いうちに迎えの馬車を寄越すから、その心積もりでいて欲しい」

「え？　え……あ、はい？」

「シアの訪問に合わせて、殿下をうちに呼ぶからね。あっ、うちなら警護はばっちりだから、今度こそ覗き見はしないからそこは安心して」

そう言えば求婚を受け入れたあのシーンを見られていたのだと思い出し、シアは途端に真っ赤になった。

涙ぐんで「会えなくなるのは嫌……」と言ったりだとか、二人で盛り上がって抱き合ったりだとか、とんでもないシーンをケインと見知らぬ男性二人にばっちり見られていたのだ。それを思うだけで恥ずかしさに体が熱くなる。何だかとってもいたたまれない。

……これは少しだけ、レイに文句を言っても許されるだろうか。


それから十日後、シアは両親と一緒にミダスを訪れる事となった。ケインはラヴィエ家の本邸まで馬車を寄越すと言ってくれたのだが、そこまで手を煩わせるのも申し訳なかったので、ミダスにあるラヴィエ家の別邸でケインからの迎えの馬車を待つ事にした。

その日、別邸に横付けされたのはとても豪奢《ごうしゃ》な四頭立ての馬車で、シアはそのままミダスの一等地にある庭園付きの大きな邸宅に迎え入れられた。ケインは所用で不在にしていたため、母に当たるアンナ夫人と末妹のセイラがシアを出迎え、三人でお茶を楽しむ事となった。

ケインには妹が三人と弟が一人いるらしい。すぐ下とその一つ下の妹はすでに嫁いでいて、弟はロフマン騎士団に在学中との事だった。アンナ夫人は優しげな目元がどこかケインに似たおっとりとした貴婦人で、セイラははきはきとした愛くるしい美少女だ。こんな大貴族様とお茶をする日が来るとは思わなかったと思いつつ、シアは目いっぱいその時間を楽しませてもらった。

夕刻にはカルセウス卿も帰宅して、挨拶をしているところにケインも帰って来た。シアを見るや、「よく来たね」と破顔し、不自由はないか細やかに気遣ってくれる。すべてが順調に進んでいる事を伝えると、それなら良かったと穏やかに頷いた。

シアとの話にひと段落着くと、ケインは幾分真面目な顔で両親に向き直った。

「明日の午前中に殿下が我が家に来られる事になりました」

いかにも急に決まったという物言いだが、勿論これは茶番である。表情こそ取り繕っているものの、堪えきれずに口角が上がっていた。一方のカルセウス卿夫妻も、「これはまた突然だな」「お迎えする準備をしないと」などと大仰に驚いているが、シアに言わせると演技が非常にくさかった。末妹のセイラだけは何も知らされていなかったようで、「殿下が来られるなら、わたくしもお迎えしたかったわ」と口を尖《とが》らせている。

後でケインに聞くと、協力を仰ぐために両親には大まかな事情を話していたらしい。好奇心旺盛なセイラが館にいると殿下の逢瀬を邪魔しかねないと思ったケインは裏から手を回し、セルティス殿下の妹姫に当たるマイラ皇妹殿下にセイラを皇宮に呼んでもらったそうである。

さて翌日、セイラが皇宮に出掛けるのと入れ違いにセルティス皇弟殿下がカルセウス家を訪れた。シアはこの日のために柔らかなアイスグリーンのドレスを新調していて、殿下の訪れをいよいよ知らされた時には嬉しさと恋しさに居ても立ってもいられず、震えそうになる両手を必死に握り合わせ、カルセウス卿夫妻の後ろに控え立った。

馬車から降り立ったセルティス殿下は、まさに物語に出てくる皇子様そのものだった。輝くような鮮やかな金髪をゆるやかに背に流し、大勢の出迎えに臆する事なく、軽く笑んで当主夫妻に挨拶をしている。皇族らしい華やかな衣装に身を包んだレイからは威風と優美さが溢れていて、まるでレイの周囲だけ光が乱反射しているようだ。

どうしようとシアは思った。緊張と興奮に喉がからからになる。この方からプロポーズされたのだと思うと俄かに恥ずかしさが込み上げてきて、嬉しいのか苦しいのか自分でも訳が分からなくなった。

レイの前に進み出て何とか挨拶はこなしたが、何を口にしたのか全く覚えていない。気付けば応接の間に案内されていて、「ここはもういいから」とケインが使用人たちを遠ざけていた。レイに促されるままに腰を下ろし、向かいに座るレイの姿をぼんやりと追う。

「シア、久しぶり」

どこかはにかむようにレイがそう言ってきて、シアはようやく「はい」と言葉を絞り出した。愛《いと》おしくて堪らないという目でレイに見つめられて、胸はうるさいほどに高鳴り、思うように息も吸い込めない。ふわふわと夢の中を漂っているような心地でレイの顔だけをぼうっと見つめていれば、「もう一人ここに人がいるんだが、一人とも忘れていないか」とケインがぼそりと呟いてきた。

シアは羞恥《しゅうち》に耳まで赤くしたが、レイは平然としたものだ。

「あっまだ、そこにいたんだ」

ケインはがっくりと肩を落とした。

「いるに決まっているでしょう。使用人の手前、殿下とシア嬢を二人きりにする訳にはいかないんですから」

「え。ずっとここにいる気なの？」

嫌そうにレイに言われて、ケインは溜息をついた。

「いません。隠し通路から出ようと思っていたんですが、いきなり二人きりの世界に入られたのでどうしようかと思いました」

ここまで存在を空気にされたのは初めてですと続けるケインに、それは悪かったなとレイは言葉を返したが、全く心がこもっていない。早く二人きりになりたいというオーラを出されて、ケインは軽く肩を竦めた。

「じゃあ、私は部屋に戻っていますから二人でゆっくりお話し下さい。帰る時間が来たら呼びに来ます」

北側にある書棚の上部を押すと、書棚が反転して通路が現れ、そこからあっさりとケインは出て行ってしまう。図らずも追い出す形となってしまったシアはわたわたとレイを見上げたが、レイの方は「読みたい本もあると言っていたからのんびり過ごすんじゃないかな」と笑っている。そして改めてシアの方に向き直った。

「シア。プロポーズの時、身分が明かせなくてごめん。ケインは有能だし、事情も知っているから、きっとシアを説得してくれると信じていたけど、シアに拒絶されたらどうしようと本当はすごく不安だった」

ああ、そこから始まるんだと、シアはちょっぴりおかしくなった。

「……皇弟殿下だったんですね」

知らされた時は度肝を抜かれたし、今も半分信じられない気分だけれど、よくよく考えれば、身から漂う気品だとか立ち居振舞いは皇族にふさわしい凛《りん》としたものだった。自分と同い年で日に輝くような金髪と琥珀の瞳をした美しい殿下だと何度も耳にしていたのに、それがレイだとは全く思いも至らなかった。

「お気になさらないで。レイの……、いえ殿下のお立場はわかっているつもりです。殿下の傍らに立つ自信はまだ持てないのですけど、このまま縁が切れてしまう事だけは耐え難くて、だからお話をお受けしたんです」

惑う心をそんな風に表せば、

「シアの不安が解消できるよう、全力で努力するよ」

レイはシアを真っ直ぐに見つめてそう答えた。

「だからシアも焦らないで。何があっても私はシアの味方でいるから」

それからちょっと躊躇った末、

「あと、二人きりの時、殿下と呼ぶのはやめてもらっていいかな？　すごく距離を感じてしまうんだ。

シアには今までのようにレイと呼んで欲しい」

　昨日ケインに言われた言葉を、シアは今更のように思い出した。殿下は明るくて前向きなお方だけれども、一面ひどく寂しがり屋な面もある。騎士の叙任を受けた後、自分はけじめとして殿下を名前呼びする事を止《や》めたが、殿下は内心不満そうだった。私はこの立ち位置を自分で選んだが、もし殿下がシアに名前で呼ぶ事を求めたならば、不敬だとか難しい事は考えずにそれを受け入れてやってもらえないか、と。

　だからシアはすんなりとその言葉を受け入れる事ができた。

「レイはセカンドネームですけど、それでよろしいのですか？」

　そう尋ねると、

「うん。シアにはずっとそう呼ばれてきたし、その方がしっくりくる。それにシアにだけ特別な名前で呼ばれていると思うと悪くない」

　言われたシアは耳まで顔を赤くした。言葉一つで舞い上がってしまう自分がちょっと恥ずかしかったけれど、胸が勝手にどきどきしちゃうのだから仕方がない。

「シアには来月の半ばくらいに皇宮に来てもらう事になる。今は軍部にラヴィエの乾パンを周知させている状態で、来週にはシアが皇后の侍女として皇宮に上がる事が発表されるだろう。ラヴィエ家の周囲はかなり騒がしくなっていくと思う」

「ええ」

　公に発表されてしまえば、もう元には戻れない。桟橋から纜《ともづな》を外された小舟のように、後は大海に向かってただ流されていくだけだ。

　怖くない、と言えば嘘になる。思わぬ急流もあれば、川底から突き出た岩もあるだろう。渦を巻く流れに舵《かじ》を取られ、行き先を制御できなくなってしまうかもしれない。

　それでもこれは、シアが選んだ道だった。どうしても嫌であればはっきりと断る事はできたけれど、シアはレイとの絆を断ちたくなかった。

　もし苦労するとしても、二人でならきっと乗り越えていける。あの日レイに告げた言葉は、今こそ自分に言い聞かせなければならない言葉だった。レイが誰であってもついていくと、あの日自分は心に決めたのだ。闇雲に未来を恐れるのではなく、自分を守るといったレイの言葉だけを自分は一心に信じていこう。

　レイが自分の傍らにシアを招き、二人でソファーに寄り添ってとりとめもなく話をした。レイはシアの話を聞きたがり、二人の兄の話やお菓子作りの事を話せば、レイは瞳を輝かせて聞き入ってくれた。どうやら皇后陛下は皇女時代にレイによくお菓子を焼いてくれていたらしく、シアが少し込み入ったお菓子の話をしてもレイは余裕で話についてきた。

　レイによると、皇后陛下は別に病弱でも何でもなく、皇女時代はよくお忍びで外に出掛けられていたらしい。箱入り息子のレイに掌広場の硬貨投げを教えたのも勿論姉君で、それを聞いていたレイは初めてのお忍びは掌広場に行こうと決めていたのだそうだ。ついでに言うと、両替商で宝玉を換金するやり方を教えてくれたのも皇后陛下で、皇帝陛下とご結婚しなかったら姉上は市井で暮らすつもりだったんだとレイにこっそり教えられ、これにはシアも仰天した。

皇后宮には皇后専用の厨房が作られていて、今も時間があれば陛下はお菓子を焼かれる事もあるらしい。貴族の娘でありながら軍食の乾パンを開発したシアがすんなり皇宮に迎えられたのは、皇后陛下自らが厨房に立っておられるという下地があったからかもしれなかった。

耳をくすぐるレイの声が心地好い。肩を寄せ合い、夢中で話すうちに、膝に置いた手にレイの手が伸ばされて、いつの間にか手を握られていた。

最初は指を絡められるだけだったのが、だんだんと愛撫するような指の動きに変わり、不埒《ふらち》な動きに翻弄されて何も考えられなくなる。まるで体中のすべての神経がレイに触れられた肌に集中してしまったかのようだ。混乱するままに瞳を上げると、いつになく熱を帯びた琥珀の瞳に見つめ返された。仄かなゆかしい香りを不意に強く意識した。いつの間にか頬に手が伸ばされていて、シアの逃げ道を塞ぐように首の後ろに回されている。彫像のように美しいレイの顔がゆっくりと近付いてきて、シアは静かに瞳を伏せていった。

時が止まったような気がした。

柔らかな温もりが唇から離れていき、シアはまるで夢を漂うような危うさを覚えながらレイの体に縋《すが》りついた。か細い吐息を一つ零し、愛おしさのすべてを込めてゆっくりとレイを見上げれば、見つめられたレイが一瞬息を呑んだ。

「そんな目で見られたら止まらなくなるよ」

苦笑混じりに囁かれ、何を言われているのかわからなかった。思わず問いかけようと開きかけたシアの唇に再びレイの唇が重ねられる。二度、三度……。口づけを重ねる度にそれは深く激しくなり、シアは息も絶え絶えに体を仰け反らせた。項《うなじ》を弄《まさぐ》るレイの手の熱さと激しい息遣いに体がおかしくなってしまいそうだ。

ようやく口づけから解放された時、シアは激しい運動をした後のように大きく息をついていた。ぐったりともたれかかるシアを胸に抱きとめて、レイが満足そうにシアの髪を指で梳いている。

「シア……」

柔らかな薄闇を漂うシアに、そっと言葉が落とされた。身動ぎしようとするシアを腕の中に閉じ込めたまま、レイは静かに言葉を続けた。

「君がいれば私の世界は完結する。どうかずっと私の傍にいてくれ」

耳に押し当てられた胸から響くレイの鼓動が愛おしい。シアはまだ力の入らない手をゆっくりと伸ばし、レイの首元に指を這わせた。シアを抱くレイの腕が緩み、自分を覗き込んでくるレイにシアは目を合わせた。

「お慕いしております」

それがレイにあげられるシアのすべてだった。ふわりと微笑むシアの瞳から、一筋の涙が零れ落ちた。

その後シアは皇后陛下の侍女としての内示を受け取り、半月後には準備を整えて皇宮に伺候した。

シアと皇弟との出会いをどのようなものにするか、皇后陛下は楽しみながら計画を立てておられたが、その計画は他ならぬ弟君によって頓挫《とんざ》させられる事となった。シアが皇宮に来る日を指折り数えて楽しみにしていたレイが、待ちきれずに皇后宮に遊びに来て、勝手に出会いを作ってしまったからである。

それからの日々は飛ぶように過ぎていった。二月に兄のジョシュアとグレディアとの結婚式があったが、皇后の侍女となったシアが出席すると、縁を繋ごうとする下級貴族が群がって式を台無しにしてしまう可能性が高かったため、こちらは欠席した。その代わり皇后の名前で祝いの品が届けられたため、祝賀の宴は大いに盛り上がったと聞いた。

レイとの逢瀬を重ねる一方で、皇弟妃教育は着々と進んでいき、いよいよ六月にはシアがラヴィエ家の籍を抜け、後見となる大貴族の養女となると伝えられた。因みにシアの後ろ盾となるのは、ケインの父であるカルセウス卿である。

養女となる前、シアは十日ほど暇をいただいてラヴィエ家に帰った。これがラヴィエ家の娘として過ごす最後の時となるだろう。次兄のルースもマルセイ騎士団から戻ってきてくれて、シアは両親と長兄夫婦、次兄のルースと穏やかな時間を過ごした。グレディアとルースには詳しい事情を話せなかったが、二人はシアとの別離を薄々嗅ぎ取ったようだった。

一年前にはこのような未来が自分に訪れるなど、シアは夢にも思っていなかった。シアの事を卑しい生まれだと貶める婚約者にずるずると婚約を引き延ばされ、幸せな結婚は望めないかもしれないと半ば覚悟していた。先が見えず、それでも上を向いて生きなければと気を張っていたシアの前に期せずしてレイとの再会が用意され、そして何もかもが変わっていった。

没落したカリアリ家に代わって、今はラヴィエ家がこの辺りでの寄り親の役割を果たすようになっている。グレディアのお腹には新しい命が宿り、ルースにはつい先日、申し分のない縁談が持ち込まれ、そのうちその家の入婿におさまるかもしれないとジョシュアが笑って言っていた。

ラヴィエ家を発《た》つ日、空は吸い込まれるように青く澄み渡っていた。これからシアはこの家を離れ、シアだけの道を歩いていく。

見送りに出てくれた両親らに、シアは深々と頭を下げた。

「今まで育てていただき、ありがとうございました」

シアを守ろうと両親や兄達は手を尽くしてくれた。シアのために最高の教育が用意され、皇都にも度々行かせてもらえて、だからこそ今のシアがある。寄り親の権力を使って不当に婚約解消されそうになった時も、家が潰されるのを覚悟でシアのために立ち上がってくれた。

「幸せになりなさい。それだけが私たちの願いだ」

父の言葉にシアは、はいと頷く。最後に家族全員の顔をゆっくりと見渡して、シアは静かに馬車に乗り込んだ。

警護のために皇都から配された騎士たちが、シアの馬車を守るように隊列を組んでいく。

馬車の窓を開けて、シアは遠ざかる家族の姿を一瞬でも見逃すまいと目を凝らした。その頰を幾筋もの涙が伝って落ちる。

家族の姿は見る間に小さくなっていき、やがて館すらも見えなくなり、目に映るのは一面に広がる麦畑だけになった。六月に入り、緑色だった麦はやや色づき始め、穂から出ているひげのような芒《のぎ》が風に揺れて、きらきらと日に輝いて見えた。この豊かな小麦畑を目にするのもこれが最後となる。

今まで与えられた愛情と山のように深い恩は、返そうと思っても返しきれるものではないけれど、唯一恩に報いられるとすればそれはシアが幸せになる事だった。

カルセウス家の養女となる準備は着々と進んでいて、シアは明日にも皇后陛下の侍女の任を解かれて、カルセウス家へ向かう事となる。養女としてお披露目されて数日後には、皇弟セルティス殿下との婚約が発表されるだろう。

皇弟妃オルテンシアは後の史書に軍食の女神として名を遺す。オルテンシア妃が開発したと言われるラヴィエの乾パンはマルセイ騎士団から始まって、三大騎士団の軍食に採用され、数年の年月をかけてアンシェーゼ全土の騎士団に配される事となった。

代々の皇族妃の中でもオルテンシア妃の人気は際立っている。軍食への貢献のみならず、下級貴族の出でありながら皇后の侍女に抜擢《ばってき》され、更には皇弟殿下に見初められて正妃に上り詰めたという玉の輿物語が世の女性たちの共感を呼んだのであろう。

夫君であった皇弟殿下に深く愛され、幸せな生涯を送ったと史書には書き記されている。

側近の物語

一章

アンシェーゼの三大騎士団の一つ、アントーレ騎士団に準騎士として入隊して一か月が経《た》とうというある日、十二歳のケイン・カルセウスは突然、騎士団長から呼び出しを食らう事となった。

「ケイン・カルセウス、騎士団長がお呼びだ。すぐに団長室へ行け」

いきなり、雲の上の存在ともいうべき団長から呼び出しを食らったら、人は普通どんな事を考えるだろうか。

ケインの場合、身内の不幸をまず疑った。

カルセウス家はそこそこ家格の高い家だったから、その当主が身罷《みまか》ったともなれば、当然、騎士団のトップである団長から伝えられるべきものであるからだ。

「まさか、あの父上に限って」と慄《おのの》くケインは、この時点ですでに父親を鬼籍《きせき》に入れており、大層失礼な息子《むすこ》であった。

こんな事なら、起居室に飾ってあった父の肖像画に勝手にチョビヒゲなんか描き加えなければよかったと、ケインは入団直前にやらかした己の行いを反省し、次に自分が幼い頃からいろいろとやってきた多様々ないたずらを思い出し、心中で深く父に謝った。

……父上の自慢の愛馬のタテガミを、散髪と称してハゲチョロにしてしまってごめんなさい。今、ものすごく後悔しています。

「あの……」

意を決して、ケインは教官に声を掛けた。父が本当に死んだのなら、カルセウス家の嫡男として心の準備というものが自分には必要だ（ケインは少々気が早かった）。

「何だ」

「我が家の身内に何か不幸でもあったのでしょうか」

沈痛な面持ちでそう尋ねかければ、教官は驚いたように瞠目《どうもく》し、「そんなんじゃない。安心しなさい」とすぐに言ってくれた。

父が元気なのはこれで分かった。とても喜ばしい事である。が、ちっとも安心はできなかった。自分が別件で呼びだされた事がこれではっきりしたからだ。

何かやらかしただろうか……とケインは己の行いについて忙《せわ》しく頭を巡らせ、団長に呼びつけられる程の重大な規則違反は今のところ犯していないと取《と》り敢《あ》えず結論付けた。……してない筈《はず》である。きっと、多分。

今のところ思い当たるのは、従兄弟《いとこ》から餞別《せんべつ》に渡された『桃色本《ももいろぼん》、基本編』を宿舎に持ち込み（中級編、上級編と応用編はまだ早いと言われた）、同室者らに回した件である。ものすごく好評で他の部屋からも予約が殺到し、現在は予約受付を行っている状態だが、それがどこからかバレたのだろうか。

これが親にでも報告されたら最悪だなとケインは心の中で密《ひそ》かに溜息《ためいき》をついた。

父上なら笑いとばしてくれそうだが（ケインの気質は、基本父親似である）、母上は気絶するかもしれない。

何せ母はケインを自慢の息子だと思っている。面倒見のいい性格で弟妹をちゃんと可愛がってやり、社交も上手で友人も多い。教養も武術一般も幼年期から家庭教師に徹底的に教え込まれたお陰できちんと身についており、騎士団の同期の中でも頭角を現し始めているとどこからか聞きつけて、先日母からお褒めの手紙を頂いたばかりだ。

これが表沙汰になったら、母上は何だか変な方向に思い詰めそうだし、何より妹達の反応が怖い。兄さま、兄さまと慕ってくれている妹達から軽蔑の目を向けられて不潔！　なんぞと言われた日には、地味にダメージを受けそうだ。


……などと思い悩むうちにいつの間にか団長室まで来てしまっていた。

ケインは内心、まだ心の準備が……と往生際悪く呟《つぶや》いていたが、中からの応《いら》えに応じる形で仕方なく入室した。

付き添ってくれていた教官はここで下がり、室内には騎士団長とアモン副官、そしてケインの三人だけが残された。

「お呼びと伺い参りました！」

アントーレ家特有の鷲鼻《わしばな》をした、どこか似通った顔立ちの二人に眼光鋭く見つめられ、ケインは身を奮い立たせるようにびしっと敬礼した。

因《ちな》みにこの二人は正真正銘の親子である。アンシェーゼの三大騎士団はどこも世襲制で、現在、団を指揮するアントーレ卿は五十代半ば、副官の方はアンシェーゼの第一皇子であるアレク殿下と同い年だから、確か二十一歳であった筈だ。

長年、軍閥の長としてアントーレを率いてきた団長は威圧感が半端なく、褐色の髪に黒い瞳という容姿も相まって非常に厳《いか》めしい印象を受ける。眉は黒々として唇はやや薄く、いかにも冗談が通じなさそうな顔つきをしているが、実際冗談は通じないらしい。

高位貴族の出とはいえ、今は一介の準騎士でしかないケインは騎士団トップにいるこの二人と話をした事はなかったが、いろいろ集めた噂《うわさ》によるとかなり堅物で融通がきかない性格だという事だった。

まあ、それはともかくとして、自分が何のために呼び出されたのかがわからないという状況下にあるケインの心臓はばっくばくである。が、今は弱みを見せるべきではないと必死で自分を叱咤《しった》した。

だってここで疚《やま》しそうな態度をとったら最後、何かあるなと思われて変な余罪を引き出される可能性がある。

ここは騎士の卵としての踏ん張りどころだ。何と言ってもこの騎士団長、家柄の高さで罪を見逃してくれるような人間ではないからだ。

それを端的に示したのが、今も伝説として言い伝えられている、『皇族を反省房にぶち込みました事件』である。

何でも当時、騎士団に準騎士として在籍していたアレク皇子が宿舎で大喧嘩《おおげんか》をやらかして、駆け付けた教官らは有無を言わせずその集団にバケツの水をぶっかけ、そのまま反省房にぶち込んだのだ。

……いずれ皇帝になるのではないかと言われている、自国の第一皇子相手にである。現皇帝には皇子が二人おられるが、皇后腹の皇子はこのアレク殿下だけだ。そんな相手に容赦なくバケツの水をぶっかけた上に反省房に放り込むとは、一介の騎士になかなかできる事ではない。「すげえ、神かよ！」と、騎士団の中ではその漢気《おとこぎ》に称賛の声が相次いで、「教官、半端ねえよな」というのが、見習達が共有するぶれない認識となった。

さて、そのアレク皇子と一緒に水をぶっかけられ、仲良く反省房入りした伝説の一人も今、この部屋に立っていた。殿下と同室であったアモン副官である。

因みにこの副官は、騎士学校卒業と同時に皇子殿下の執務補佐官の職も拝任していた。アレク殿下の側近中の側近として知られていて、この任をいただいた者はあと二人いる。同じ水ぶっかけられ仲間のラダス卿とモルガン卿だ。

まあ、それはさておいて、そのアモン副官はまるで値踏みするかのような眼差《まなざ》しでケインをじっと見つめていた。非常に居心地が悪い。冷や汗をかきながらケインが平静な表情を取り繕っていると、ようやくアモン副官が口を開いてくれた。

「突然だが、この度アントーレにセルティス皇子殿下が入隊される事となった」

ケインはぽかんと口を開けた。一瞬、誰それ？　と思ったからだ。

「時期外れの入隊であり、あまり宮から出られた事のない皇子殿下なので、ある程度の配慮が必要だと考えている。騎士団での生活一般について指導できるよう監督生二名を配したが、もう一名は同学年生にして欲しいとアレク皇子殿下より直々のご要望があった。私はお前がその任に一番適しているのではないかと思っている」

ケインは恐る恐る片手を上げた。

「……あの、質問をよろしいでしょうか」

アモン副官が促すように頷《うなず》いたので、ケインは一番の疑問をぶつけてみた。

「あの皇子殿下に、そもそも宿舎生活なんてできるんですか？」

ケインがそう尋ねるのも無理はない。

セルティス・レイ皇子殿下。非常に病弱で、お住まいの紫玉宮からほとんど出られた事のない第二皇子殿下である。母親は長い間、皇帝の寵愛《ちょうあい》を独占されていたツィティー妃で、皇后を母親に持つアレク殿下と比べればかなり立場は弱いが、同等の皇位継承権を持たれている。

なので本来であれば、セルティス殿下を次期皇帝にと担ぎ出そうとする一派ができていてもおかしくはなかった。おかしくはなかったのだが、ことセルティス皇子に限っては全くそういう勢力が存在しなかった。体が弱過ぎたからである。

冷たい風にちょっと当たったとか、外に出ている時間が長かったとか、そういう些細《ささい》な理由でセルティス皇子はよく寝込まれた。むしろ元気でおられる日を数え上げた方が早いほどで、おそらく父皇帝ともほとんどお会いできていないのではないだろうか。

とにかく宮に籠もりきりなので、邪《よこしま》な考えを持つ貴族が接触しようと思っても、接触する機会すらないというのが実情である。お陰でケインなどは、第二皇子の存在すら忘れかけていた。

そう言えばセルティス皇子とは同学年だったんだっけ……と今になってケインは思い出した。皇族ならば、アンシェーゼの騎士団の最高峰に位置する三大騎士団のどれかに今年入団していなければならなかった筈だが、レイアトーやロフマンに入団したという話も耳にしていなかった。

今になって入団しそこねた事に気付いたとか？　まさかな……と思う内、ケインはふとアレク殿下が一昨日、けた外れの美人を伴ってアントーレ騎士団の訓練場を訪れていた事を思い出した。何やらものすごく親密そうだったと噂に聞いたが、確かその女性はセルティス殿下の異父姉ではなかったっけか……。もしかすると、弟が入団する事が決まり、それで見学に来られていたのかもしれない。

などと、要《い》らぬ事を考えていれば、いきなりぬっと騎士団長の顔が近付いてきた。

「最近は体調もよろしいようだ。騎士生活に入るのに何の支障もない、……筈だ」

「はい」

筈なの？　とケインは思ったが、口に出しては言わなかった。

「無理強いするつもりはないが、できれば引き受けて欲しい。お前は剣の腕も立つし、皇子殿下のご学友として申し分ない家柄だ。友人も多く、人望もあるようだから、集団生活に慣れない皇子殿下を庇《かば》い、お支えする事もできるだろう」

尊敬する騎士団長にここまで持ち上げられて、「いやです」なんて言える見習い騎士がいる筈がない。ケインも例に漏れず、「光栄です」と敬礼した。

「是非、お引き受けさせていただきます」

後にセルティス皇弟殿下の悪友で唯一無二の側近と言われるケイン・リュセ・カルセウスの人生は、

こうして始まった。

五日後、ケインはアントーレ騎士団を下見に来られたセルティス皇子殿下と初めてお会いした。

初めて皇子と会った時のケインの印象は、うわっ人形みたいだというものだった。

透き通るような白い肌に、二重《ふたえ》の大きな瞳。睫毛《まつげ》は濃く長く、唇は淡い紅色をしていて、これほど美しい少年をケインは見た事がなかった。男の事を美しいなんていう言い方はおかしいけれど、それ以外に形容のしようがない、まさに絶世の美少年だった。

こんな愛らしく儚《はかな》げな方がむさくるしい騎士団の生活に耐えられるのだろうかと、ケインは本気で心配になった。まるで掃き溜めに鶴である。

そんなケインの気も知らず、皇子は少しはにかんで、「セルティス・レイです。よろしく」と手を差し出してきた。

うちの妹達より可愛いわ……とケインは正直そう思った。見た目がぶっちぎりで可憐だし、この方が汗臭い筋肉だるまたちの間に混ざる姿なんてとても想像できない。すぐに寝込まれると聞いているが、本当に訓練についていけるのか。そもそも午前中の講義に、毎日出席する事はできるのだろうか。

……などと無駄な心配をしていた時期もありました。

皇子は元気だった。病弱と聞いていたのに、普通に飯も食い（結構、大飯食《おおめしぐ》らいだった）、講義もきちんと受け、訓練の方は今は少しずつ体を慣らしている状態だ。

恥ずかしそうに大人しくしていたのはたった三日で、あっという間に宿舎生活にも馴染《なじ》み、自分からよく喋《しゃべ》るようになった。

病弱な事を心配して声をかけてくる同期達に、「いやあ、騎士団の水がすごく合ったみたいで」などとほざいておられたが、口から出任せなのは明白である。

今や、アントーレのすべての団員が確信している。セルティス殿下は元々病弱などではない。殺されるから病弱を装っていただけだろうというのが大方の見解だが、誰に殺されるか……という部分を掘り起こせば非常にマズイ事になるため、それについては皆、賢明に口を噤《つぐ》んでいた。

普通であればアレク殿下の政敵となる立場のところ、セルティス皇子の異父姉であるヴィア皇女（亡きツィティー妃の連れ子で、現皇帝の養女となっている）がアレク殿下の側妃におさまったため、兄弟仲は一気に縮まったらしい。

アレク殿下もセルティス殿下を気にかけるようになり、時折アレク殿下が姿を見せると、セルティスは嬉《うれ》しそうに「兄上！」と呼んで駆け寄って行くようになった。

因みに、そのセルティス殿下が世界で一番お好きなのは異父姉であるヴィア皇女殿下である。

大層美しく儚げな容姿をなさっておられ、このヴィア皇女もまたついふた月ほど前までは、病弱を理由に弟と一緒に仲良く引きこもり生活をなさっておられた。病弱過ぎて一日のほとんどを寝付いておられるというお噂で、誰もそのお姿を見た事がなかったのだが、アレク殿下に見初《みそ》められてその側妃となられるや、精力的に公の場にも顔を出されるようになられ始めた。

もしかすると皇女殿下も健康優良者だったんじゃね？　と団員達は思ったが、こちらについてもわざわざ口にするような者はいない。


さて、自称病弱なこの第二皇子、騎士団の生活にもすっかり順応し、日々の生活を満喫されている。一応皇子殿下なので、ケインも時々思い出したように敬語は使っているが、平気で頭を小突《こづ》けるくらいにはセルティスの存在に慣れてきた。

ある時セルティスの体をしみじみと見ながら、「筋肉がついてきましたねえ」と感心すれば、「だろ？」と嬉しそうに自分で小さな力こぶを作っていた。

「今までだって体を鍛えたかったけど、病弱設定だったからあんまりできなかったんだよね」

やっぱりそうだよなと納得していると、「だって、そういう設定にしとかなきゃ殺されるじゃん」とセルティスは鼻歌混じりに続け、言っちゃったよ、おい……と内心でケインは呟いた。暗黙の了解で、みんなスルーしていたのに。

因みに同室の監督生二人は、聞かなかった振りをしていた。賢明な対応だ。

セルティスと呼び捨てにしろって言ったのはセルティスだし、最初は畏れ多いなんて考えていたケインだが、本性を知った今となっては殿下と持ち上げる気にもなれない。

口を開けばまあ喋る喋る。最初はにかんでいたのは、ちょっと人見知りがあるかららしい。

「私は後ろ盾を全く持たないけど、その方が操りやすいって思う奴《やつ》は絶対いるだろ？　皇后腹で優秀で人望もあって側近にも恵まれている第一皇子がいるんだから、平民の血を引く第二皇子なんかに目をつけるなよと私なんかは思うんだけど馬鹿な奴はきっといるし。だから、宮から出るなってずっと母上に言われていたんだ。宮に閉じこもりのせいで同性の友達はいないし、本当につまんなかった。まあ、毎日姉上と一緒だったからそれは良かったんだけどね。姉上の事は大好きだから。あ、姉上も私と同じで健康そのものなんだ。もう気付いているかもしれないけどさ。ほら、姉上はすごくきれいじゃないか。下手《へた》に姿を見せていたら誰に見初められるかわかんないし、変な奴に目をつけられたら面倒だからって、一緒に宮に閉じこもっていたんだ。姉上はまあまあ生活を楽しまれていたけどね。私はとにかく宮殿の生活が窮屈だった。騎士団に入りたかったけど、ロフマンとかレイアトーを選んだらアレク兄上至上主義者に暗殺されそうだし、かといってアントーレに入団もできないしさ。このままどこの騎士団にも入団できずにいたら、穀潰《ごくつぶ》しまっしぐらだろ？　それだけは嫌だって焦っていたら、姉上が兄上の側妃になる事が決まったんだ。優しい姉上は私の事をアレク兄上に頼んでくれて、だからようやくアントーレに入れたって訳。ねえ、それはそうと、姉上が兄上に嫁ぐって、こんな経験する奴ってあまりいないと思わない？」

「それ以上に、こんなによく喋る人間に会った事に驚いています」

セルティス殿下は世間知らずだった。

入団した翌日、初めて天文学の講義があった日にセルティスは何故《なぜ》か無口になっていた。あの頃はまだ、セルティスの事を見た目通りの大人しい少年だと思っていたから、急に元気がなくなってケインは心配した。何か悩み事だろうかと声を掛けるタイミングを計っていたら、部屋に戻るなり、向こうから質問された。

「天文学の教官は何かのご病気だろうか」

「は？　病気？」

ケインは首を傾《かし》げた。

「自分には、ごくお元気そうに見えましたけどね」

「つまり……」

セルティスはひどく言いにくそうに目を逸《そ》らせた。

「つまり？」

「……髪がなかった」

ふごっと変な声がしたので振り返ると、部屋の隅で監督生二人が必死で笑いを堪《こら》えていた。

「ええと、単なるハゲですけど」

「ハゲとは何だ」

「見た事ないんですか⁉」

ケインは目を丸くした。

「ここに来るまで引きこもっていたから、余り人を見た事がないんだ。紫玉宮の侍従長は普通に毛が生えていたし、教育係や庭師達もそうだった。こっちでも団長とか昨日の教官とかには髪があったし、準騎士であんな頭をしている人間はいないだろ」

準騎士は十二歳から十七歳なので、流石《さすが》に薄くなっている奴はいないだろう。

そういや、昨日の講義の教官はそれなりに毛がふさふさしていたなとケインは思い出した。でも、修辞学の教官はてっぺんの薄さを横髪でごまかしている気はするけど。

「男には、年を取ると髪の毛がだんだん抜けていく人間が、結構な確率でいるんです」

殿下は驚愕《きょうがく》した。ここまで驚くとは、ケインの方が驚きである。

「ええと、何をしたらそうなるんだ」

「詳しい事は知りませんけど、父親や祖父が毛が抜けるタイプだと、そうなる確率が高いですね」

「……父上には髪があった」

真剣な顔でセルティスは呟いた。どうやら自分の髪の行く末が気になり始めたらしい。

「ところで前皇帝に髪はあっただろうか？」

「さあ」

ケインはお会いした事がないのでわからないし、髪があったかどうかなんて別に興味もない。

セルティスが縋《すが》るように監督生を見つめると、二人は重々しく頷いた。

「ございました」

セルティスはほっとしたようだ。

他に何か言い忘れている事はなかったっけ？　とケインは頭を捻《ひね》り、ある事を思い出した。

「こういう状態を禿《は》げると言うんですが、実はこのハゲには二通り種類があるんです」

また変なところで驚かないためにも、きちんと伝えておくべきだろう。

「二通り？　あれ以外の禿げ方があると言うのか？」

「天文学のクタン教授は正面から順調に禿げあがっていますけど、正面や横を残しててっぺんだけが薄くなるタイプもあるんです」

「嘘《うそ》だろう……⁉」

セルティスは信じ難いという風に首を振った。

「てっぺんだけがなくなるなど……。そんな事が本当に起こり得るものなのか」

監督生二人が必死で笑いを噛《か》み殺している横で、ケインはあっさり頷いてやった。

「皇宮の晩餐会《ばんさんかい》とかに出席されたら、あっちにもこっちにもてっぺんハゲがいますから、そのうち慣れるんじゃないですかね」

「……勉強になった」

セルティスは重々しく頷いた。知識欲が満たされて、どこか満足そうだ。

そんなこんなで、セルティスは本当に箱入り息子だった。教育係はいずれも真面目《まじめ》を絵に描いたような学者タイプで近しい身内と言えば、母親と姉だけ。だから男女の営みについても全く知らずに育っていた。

監督生の目を盗んで、こっそり『桃色本、基本編』を見せてやった日には、「新しい世界だ」とセルティスはものすごく感動していた。閨事《ねやごと》についての知識がないばかりか、こういう本がある事も知らなかったらしい。

こんなんで大丈夫かとケインは思った。こう言っちゃなんだが、子作りだって、皇族の大切なお仕事である。

ここはひとつ国のために一肌脱ぐかとケインは思った。

「中級編、上級編、応用編もあるにはあるんですけどね」

お年頃のセルティスは俄然《がぜん》興味を示した。

「見せろ」

「でもさすがにそれは宿舎に持ち込みにくいし」

初級編なら見逃してもらえるかもしれないが、中級編以上ともなれば完全にアウトだろう。

「うちに遊びに来ます？」

「行く」

即答だった。

さて、セルティス皇子殿下と順調に友情を育《はぐく》み、切磋琢磨《せっさたくま》しながら勉学や鍛錬に勤《いそ》しんできたケインであるが、その年の終わりにアンシェーゼの政治が大きく動いた。

始まりはロマリス第三皇子の誕生である。母君はここ数年で急激に力をつけてきたセゾン卿の養女で、セゾン卿は次代の皇帝の外戚となる事を視野に入れて露骨な動きを見せ始めていた。アレク殿下を擁立する皇后派は当然その事に強い危機感を覚え、両者は一触即発の緊張状態にあったのだが、その最中に権力の頂点におられたパレシス帝が急死されたのだ。

夜の闇に包まれていたアントーレ騎士団内は瞬く間に騒然となった。

建物中に響くような大きな銅鑼《どら》が鳴らされて、騎士らの怒号が飛び交う中、半武装で就寝していた百人弱の一個小隊が直ちにアントーレの城塞から出動していく。

他の小隊も準備が整い次第、皇宮へと向かうらしく、明々と松明《たいまつ》が灯《とも》された広い訓練場には身支度を整えた正騎士らが次々と整列していった。

余談ではあるが、こういう大事にケイン達見習いは全くお呼びではなかった。

国同士の戦などで消耗戦になれば、ひよっこ達だって出動の機会が与えられるのかもしれなかったが、今のところ頭数にも入っていない。

なので、寝間着姿のまま廊下に飛び出して、これからどうなるんだろうと顔を突き合わせて、かしましく騒ぎ立てるばかりである。

漏れ聞こえる怒号を繋《つな》ぎ合わせれば、皇帝陛下が急死され、アントーレ騎士団が擁立しているアレク皇子殿下の命が危険に晒《さら》されているという事だけは何となくわかった。

もしアントーレが、ロマリス殿下を旗印とするレイアトー騎士団に遅れをとる事があれば、アレク殿下は殺され、アントーレ騎士団の上層部も揃《そろ》って失脚する事態になるだろう。

ひよっこ達にとっても、非常に気になる今後だった。

向かい部屋の同期らとひとしきり喋り、ケインが部屋に戻ってみると、セルティスが服を着替え始めていた。

因みに今は二人部屋である。お目付け役でもあった最高学年生の二人がこの春に卒業したので、今は四人部屋を二人で使わせてもらっている状態だ。

そう言えば、亡くなったのはセルティスの父親だったとようやく気付き、「あー……この度は……」と、ケインがもごもごとお悔やみの言葉をひねり出そうとすると、「別に悲しくもないし、いいよ」とあっさりセルティスに返された。

「それより兄上の事が心配。父上も今日死ぬんなら死ぬで、予《あらかじ》め教えてくれていれば良かったのに」などと無茶な事を言っている。

「皇帝陛下に会いに行かれるつもりですか?」

一応聞いてみると、セルティスはちょっと考え、「行く意味がないし、多分このままアントーレに匿《かくま》われるんだと思う」と答えた。

「でも、今後の事について騎士団長と話をしておかないとならないし、寝間着だと格好がつかないからね」

実の父親が死んだと聞いたばかりなのに、セルティスは一切取り乱す事なく、自分がどう行動をとるべきかを冷静に判じている。ああ、この皇子は生まれながらの皇族なのだとこの時ケインは改めて思い知った。

アレク皇子は皇位を掴《つか》むために皇帝の寝所へと真《ま》っ直《す》ぐに向かわれた。では第二皇子であるセルティスの役割は何か。……おそらくそれは命を繋ぐ事だった。万が一アレク皇子に何かあった時、いただく旗印を持たなければ、皇后派は大義を見失ってしまう。

セルティスの言葉通り、すぐに正騎士がセルティスを宿舎に迎えに来て、セルティスはその二人に護衛される形で出かけて行った。

平時ならば、団内を移動するのに護衛騎士がつくなど考えられないが、今はそれほど身辺が危ぶまれるという事なのだろう。

その後は目をしょぼしょぼさせながら今後の成り行きを見守っていたケインらであったが、やがて東の空が白々と明るくなり始めた頃、アレク皇子殿下が皇帝宮を制したという知らせがアントーレにもたらされた。

団内は沸き立ち、ひよっこ達ももう大喜びである。歓声を上げ、互いの肩を叩《たた》き合って、殿下の無事を喜び合った。

これで騎士団長の首も繋がった。

皇族を平気で反省房にぶち込める漢気のある幹部連中もそのまま残留という事だ。

その後、紆余曲折《うよきょくせつ》があってアレク新皇帝の治世が始まり、ケイン達も日常に戻って再び勉学や鍛錬に明け暮れるようになっていく訳だが、そんな時、セルティスに大打撃を与える大きな事件が起こった。

異父姉であり、皇帝の側妃でもあるヴィア殿下がガラシアの地に静養に出されたのだ。

その前日、セルティスはセクルト連邦の公子方との会食が入り、自分の宮殿である紫玉宮に泊まっていた。

普段なら翌日の講義に間に合うように朝早くに戻ってくる筈なのに、その日の夜になっても、翌日の朝になっても何故かセルティスは帰ってこない。

どうやら体調を崩されたようだと教官から聞いたケインは、紫玉宮にセルティスを見舞いに行く事にした。

紫玉宮ではすぐに居室に通されたが、二日ぶりに会ったセルティスは何だかものすごく暗かった。寝付いてこそいなかったが、どんよりとして覇気がなく、心なしか目元も赤い。

ここまでしょげきったセルティスを見るのは初めてで、「大丈夫なの?」と聞いてみれば、「さぼりだから気にするな」と力ない声で返された。

よくよく理由を聞いてみれば、セルティスの大好きなヴィア姉上が皇宮を出られたのだという。

「ガラシアならそう遠くないし、会いに行けばいいじゃないですか」と言ってみたら、そんなケインをちらっと見て、「もう会えない」とセルティスは小さく呟いた。

それで初めて、事態が思うよりも深刻である事をケインは知った。

つまりヴィア側妃殿下は二度と皇宮に戻って来られないし、セルティスがガラシアを訪れるのも許されないという事なのだろう。

そうした政治的背景は、カルセウス家の嫡男であるケインにはおぼろげに理解できた。

前皇帝が亡くなるや国を二分する皇位継承争いが勃発し、ようやく新皇帝が即位されたばかりのアンシェーゼである。

まだ二十歳代の若い皇帝は国を完全に掌握できておらず、その政権を陰になり日向《ひなた》になり支えてこられたのが母君であるトーラ皇太后であったのだが、この皇太后陛下がつい先日、急死されてしまった。

揺らぎ始めた政治基盤を強固とするために、皇帝陛下には一刻も早く皇后を迎え入れる事が求められたが、皇后を迎えるにあたり、一番の障害となるのがヴィア側妃殿下の存在だった。

後ろ盾となる臣下は持たれぬものの、皇位継承者の異父姉という無視できない立ち位置にあり、現皇帝も憎からず思っておられる。

そしてその美しさは衆目の認めるところで、臣下からも賢明な人柄を愛されており、そのような側妃が皇帝の傍らにあれば、必ずや皇后と対立する事は目に見えていた。

だからこそヴィア側妃殿下は遠ざけられた。

今回の静養を主導されたのが皇帝自身なのか、政権運営を案じた臣下らの進言であったのかはわからないが、ヴィア側妃は存在そのものを抹殺されなければならず、そのためセルティス殿下は会う事も禁止されたという事ではないだろうか。

取り敢えずこのまま引きこもっていても気が滅入るばかりなので、ケインはセルティスを説得して無理やりアントーレに連れ帰った。

が、講義に出るようになっても、セルティスはそれまでの朗らかさが嘘のように沈み込んでいて、ケインは困り切ってしまった。

気分を引き立てるようにあれこれ遊びに誘ってみたり、こっそり酒をくすねてきて飲ませたりしてみたのだが（セルティスは酔うとやたら陽気になるタイプで、その時は超《ちょう》ご機嫌で馬鹿笑いしていたが、翌日はその反動で地面にめり込むように落ち込んでいた）、どれも思うような手応えがない。

で、ケインは思い付いた。そういや以前から、セルティスはお忍びなるものをやりたがっていたなと。

下級騎士が身に着けるようないで立ちで皇都ミダスの街を自由に歩いてみたいというのがセルティスの昔からの夢で、皇子殿下がそんなん無理だろ？　とケインは思っていたが、もうそのくらいしかセルティスの気分を浮上させる事が思いつかない。

で、試しに「やってみます？」と話を振ってみたところ、セルティスは一気に乗り気になった。

心なしか血色も良くなり、「掌《てのひら》広場に行きたい！」といきなり言ってきて、「どこそれ？」と思うケインである。

さて、仮にも皇位継承権第一位の皇弟殿下を外に連れ出す訳だから、いくらケインでも『こっそりやっちゃえ！』という気にはなれなかった。

やんちゃ上等！　がケインの信条（？）だが、そこら辺のバランス感覚はしっかりしているのである。

なので、ひよっこ騎士らにとっては雲の上の存在であるアモン副官に、直接許可をもらいに行く事にした。

「何の用だ」

のっけに厳しい顔でアモン副官にそう質《ただ》されたケインは、実のところちょっとびびったが、ここが騎士の踏ん張りどころだとお腹《なか》にふんと力を入れた。

「セルティス殿下が市中に出掛けたいと言われているので、許可をいただきたいのですが」

「……何故、私のところへ？」

ごく当然の疑問である。外出許可なら、舎監を兼ねた教官に話を通すべきだろう。見習い騎士風情がいきなり騎士団ナンバーツーのところに乗り込んできて外出許可を求めるなど、常識では考えられない。

けれどケインには、ケインなりの言い分があった。教官に申し出ればセルティスのお出かけは公的な市中見学となってしまうだろう。

物々しい警護を引き連れてのお出かけなんて、セルティスが望むものとは程遠い。けれどその辺りの事をいくら説明したところで、規則と規律を重んじる教官がお忍びの許可を出してくれるとはとても思えなかった。

だからケインは、こうした常識を吹っ飛ばせるくらい強い権限を持った人間と直接交渉しようと思いついたのである。

となれば、その相手はアモン副官しかいなかった。眉間に皺《しわ》がトレードマークのいかにも気難しそうな御仁だが、そればかりではない事をケインは間接的に聞いていた。それに皇帝陛下の幼馴染みだから、友人の弟であるセルティスに対しても何らかの思い入れがあるに違いない。

本来ならば取り次いでもらえるような立ち位置にいないケインではあるが、何と言っても同室者はこの国の皇弟殿下だ。

「殿下の事で、副官に内々でご相談したい事ができたのですが」と深刻そうな顔つきで言ってみたところ、意外とすんなり許可がもらえた。

禁じ手ではあるが、取り敢えず会えたのだから良しとしよう。

「下級貴族の格好をして市中を自由に歩き回ってみたいそうです。セルティスが、いえ、殿下がおっしゃるにはアモン副官はお忍びの経験者だからわかって下さる筈だと……」

ここら辺の情報は事前にセルティスから仕入れていた。アレク陛下はアントーレ騎士団の準騎士時代、現在の執務補佐官である三人の側近と同室だったらしいが、この四人はとにかく仲が良くて、かなりのやんちゃもしていたらしい。

まさか皇帝候補筆頭の皇子殿下がお忍びで出掛けられていたなんて思いもしなかったが、こういう情報を知った以上、これを利用しない手はない。

「アレク兄上も行っていたんだから自分も行くって聞く耳持ちませんけど、まさか皇帝陛下もされていたんですか？」

しれっと名前を出してみると、アモン副官は苦い顔をした。

「国家機密だ。聞かなかった事にしろ」

えっ、国家機密だったのか。

まさかの言葉にケインは一瞬固まった。

人に言わなくて良かったと、内心で胸を撫《な》で下《お》ろすケインである。

一方のアモン副官は腕を組んでしばらく何事か考え込んでいたが、ややあって、「あー……、仕方ないな」と吐息をついた。

「私の一存では決められないから、陛下にもお伝えする事になる。だが、多分許して下さるだろう」

「ありがとうございます！」

ケインはびしっと敬礼して礼を述べた。アモン副官は反対ではないようだし、おそらく許可は下りるだろう。

後、これだけは言っておかなければと思い出し、ケインは口を開いた。

「殿下は私と二人で歩きたいって言っていますので、気付かれないように護衛をつけていただけますか？」

現皇帝に男児がいない今、セルティス殿下に何かあれば国が揺らぐ。

だからごく当然の事を口にしたまでなのだが、それを聞いたアモン副官は何故かまじまじとケインを見た。

「……。わかった」

実はこの時、アモン・アントーレは密かに自分たちのお忍びの事を思い出していた。

当時アモンは血気盛んなお年頃で、アレク殿下を市中に連れ出す時は命に代えても殿下だけはお守りする！　などと自分に酔いしれ、四人だけで出かけたつもりでいた。

だが、騎士の叙勲を受けて初めて知った。四人で出かける時は、大勢の護衛が密かについていたという事を。

冷静に考えれば、ごく当然の事である。アレク殿下は皇位に一番近いと言われていた皇子殿下であり、アントーレ騎士団や皇后派の貴族らにとっての唯一の希望の星だった。

その殿下に何かあれば、アントーレ卿を含めた騎士団の現幹部は全員更迭、下手をすれば処刑だし、片棒を担いだ殿下の侍従長も同じだろう。

責任を取れない騎士のひよっこ風情が、命をかけますなどといきがっても何の意味もなかったのだ。

因みに、父がそれをアモンに教えてくれた時、「お前たちの中で、護衛をつけてくれるよう頭を下げてきたのはルイタス・ラダスだけだった」と言われた。

「命に代えても守るくらいの事は言えぬのか」と覚悟を試すような言葉をわざとルイタスに言ってやったところ、「勿論、この命に代えてお守り致しますが、何かあった時、私の処刑とラダス家の断絶くらいでは贖《あがな》えませんから」と平然と言い切ったと言う。

それを聞いた時、アモンは自分の青臭さをつくづく思い知らされた。アモンにはそこまでの悲壮感はなく、俯瞰的《ふかんてき》に物事を見つめる事もできていなかった。

それに比べると、こいつの方が余程客観的に周囲を見渡せているなと、アモンは改めてケインの顔を眺め下ろした。

殿下の同室者なので、時折教官にその様子を伝えさせているが、成績が優秀なだけでなく、人間力も高く、家柄を笠《かさ》に着て傲慢《ごうまん》に振舞う事もないと聞いている。

面倒見のいい性格のようなので、今回の直訴もセルティス殿下の元気がない事を案じての行動だろう。

殿下の側近候補として申し分ないなとアモン副官は胸の内で呟いた。

「出かける際には諜報《ちょうほう》部隊を護衛につけてやろう。殿下には気付かれないよう行動するから心配しなくていい。お前も気付かないふりをしていろ」

「わかりました」

ほっとして顔を綻ばせたケインだったが、もう一つ、ある事を思い出して、「あのう……」と口を開いた。

聞いても聞かなくてもいい事なのだが、せっかくの機会だし、ちょっと尋ねておこうと思ったのだ。

「殿下が紫玉宮の自分の宝玉を持ち出して、換金して小遣いにするって張り切っているんですけど、両替商って何なんですか。皇帝陛下もアモン副官もご存じだって言っていたんですけど」

アモン副官が天を仰いで何かぶつぶつと言った。ヴィア側妃が何ちゃらかんちゃら。

「……宝玉を持っていくと、価値を確かめて商人が引き換えに金をくれるところがあるんだ」

「そんなところがあるんですね」

ふうむとケインは納得した。金ならケインが用立てるつもりでいたが、セルティスは自分の金で遊びたいのかもしれない。

しかし、手持ちの宝玉を売るなんてすごい発想だなとケインは感心した。皇帝陛下を含めた皇族がたがそのような事をご存じであったとは、その方がケインにとっては驚きである。

「慣れない者が行くと買い叩かれるぞ。まあ、いい経験になるだろう」

重々しくアモン副官が言い、つい頷きかけたケインだが、次の瞬間、ふと首を傾げた。

「この経験が役立つ時はあるんでしょうか」

「ん？」

ケインとアモン副官は無言のまま顔を見合わせた。

アンシェーゼの皇族と高位の貴族があり金すべてを失い、両替商に金を用立ててもらうシチュエーション。

あったら、怖い。

さてお忍び当日、ちょっと安っぽい衣装と偽の許可証を偽造してもらい、地方から出てきた小貴族の子弟風に化けたセルティスはそりゃあもうご機嫌だった。

何でもセルティスの大好きなヴィア殿下が、皇女時代お忍びで皇都ミダスを歩いていたらしく（きっとこれも国家機密に違いないとケインは思った）、その姉上と同じ経験ができるという事が嬉しくて堪《たま》らないようだ。

「今日はセルティスじゃなくて、レイと呼んでくれ」とセルティスが言うので、ケインは「そうします」と素直に頷いた。

確かにセルティスという名前はちょっと特殊だし、民の間にも名が知れている。セカンドネームを使った方が無難だろう。

「お前はどうする？」と聞かれたが、ケインという名はアンシェーゼではごくありふれた名前だし、リュセと呼ばれた方が目立ちそうなのでそのまま呼んでもらう事にした。


そうやってちょっと古びた二頭立ての馬車を用意してもらい、アントーレの城門から外に出た二人である。

ケインは幼い頃からミダスの中心街によく連れ出されていたのでこうしたお出かけは珍しくも何ともなかったが（でも、こんなにボロい馬車に乗るのは初めてだった）、セルティスは城外に出るというだけで大興奮だった。物珍しそうに、ずっと馬車の外の景色を目で追っている。

因みに城外が初めてという訳ではない。初めてのお出かけはケインの家で、その時も興奮していたが、生憎《あいにく》あの日は雨で窓ガラスが濡《ぬ》れ、かなり視界が悪かった。

ガラス越しの街の様子を一心不乱に見つめているセルティスを見ながら、取り敢えず元気になってくれて良かったとケインは胸を撫で下ろす。

お忍びが決まってからはようやく笑顔を見せてくれるようになり、姉君と会えなくなった哀《かな》しみも少しずつ薄らいでいるように見えるセルティスである。

乗り越えるまでにはまだ時間もかかるだろうが、笑えるようになっただけで今は十分だとケインは思った。

「あっ猫だ」

かじりつくように外を見ていたセルティスが嬉しそうに声を上げ、ケインがその方を見れば、小さな黒猫が通りの向こう側へとすばしっこく駆けて行くところだった。

「本当だ……って言うか、猫わかるんですね」

思わずそう言ってしまったのは、セルティスが思う以上に世間知らずである事をケインは知っていたからだ。

頭もよく、知識欲の旺盛なセルティスは引きこもり時代に様々な本を読破していて、その莫大な知識量はケインも舌を巻くほどだったが、逆に子どもでも知っているような常識的な事がぽっかりと抜けていた（何と言ってもハゲも知らなかった）。

馬もアントーレに来て初めて目にしたようだし、狩りのために飼われている猟犬を初めて見た時も、これが犬かと目を丸くしていた。

動物について自分が無知だと知ったセルティスは、半年くらい前に動物図鑑なるものを取り寄せて熱心に見入っていたが、その図鑑に猫が載っていたのだろうか？

「私だって猫くらい知っている」

自慢そうなセルティスの言葉にケインはちょっと首を傾げた。

「アントーレに猫なんていましたっけ？」

「アントーレでは見た事がない。そうじゃなくて、昔、私が飼っていたんだ」

「飼っていた？　えっ？　まさか紫玉宮でですか？」

「うん」とセルティスは頷いた。

「ほら、私は生まれてからずっと宮殿の一角に閉じ込められていただろ？　姉上や侍女頭の子ども達がいたから遊び相手には困らなかったけど、閉じ込められっぱなしでいい加減うんざりしていてさ。外に出してもらえるまでご飯を食べない！　ってごねまくっていたら、姉上が市中で茶トラ猫を拾ってこっそり連れ帰ってくれたんだ」

「ああ……、なるほど」

ヴィア殿下が市中で猫を拾ってきたという件《くだり》にはいろいろと物申したい気分になったが、それはともかくとして、そりゃあずっと閉じ込められっぱなしだったら誰でも嫌になるよなとケインは素直にそう思った。

紫玉宮での生活をそれとなく聞いた事はあるが、セルティスは内庭に面した広々とした一角を居住空間として与えられ、自由に出入りできたのは、ツィティー妃とヴィア皇女、そしてツィティー妃が心を許していた数人の使用人達だけだったという。

庭師やら下級侍女らが居住空間に入ってくる時はひたすら寝込んだ振りをしてやり過ごし、教育係が来る時間帯は、染め粉で唇や爪の色を悪くして体調不良を装っていたというから、その努力はなかなか涙ぐましいものがある。

そんな事をケインがつらつらと考えていれば、セルティスの方は幼い頃の事を思い出したか、「茶トラが紫玉宮に来て、世界がぱあっと明るくなった気がしたなあ」と懐かしそうに呟いていた。

「そんなに可愛かったんですか？」

「うん。毛色は明るいオレンジブラウンで、それより濃い色の縞模様が入っていた。琥珀《こはく》っぽい薄茶色の目はぱっちりと大きくて、そりゃあもう、最高に可愛かった。私の茶トラだから、小さい間は私が毎日ミルクを飲ませてやって、大きくなってからも茶トラの餌やり係はずっと私だった。基本的に人懐っこい性格だから、誰にでもすぐお腹を見せていたけど、茶トラが一番懐いていたのは私でさ。私が本を読んでいると肘に顔をすり寄せてきたり、私が歩くと後をついてきたりするんだ。おやつの時間になったらちゃっかり膝の上に乗って来るんだけど、あいつは爪を持っているから、そのまま乗っかられると爪が食い込んで痛いんだよね。だから夏場でもひざ掛けが手放せなかった。で、一番困ったのが夜だったんだ。私がぐっすり寝入っていると胸の上に乗っかってくるから、息苦しくて目が覚めてしまうんだ。まったくなんでわざわざ胸の上に乗ってくるかなあ。夜はゆっくり眠りたいし、扉の外に追っ払ったら、今度は中に入れてもらおうと、カリカリカリカリ爪で扉を引っ掻《か》くんだ。おまけに甘えるように扉の向こうから鳴いてくるから、気になって眠れやしない。結局、中に入れてやって一緒に寝ていたんだけど」

ちょっと迷惑げに言っているが、言葉の端々から猫愛が滲《にじ》み出ている。とにかくその茶トラ猫をセルティスがものすごく可愛がっていた事だけはわかった。

「随分甘えん坊の茶トラ猫だったんですね。で、何て名前だったんです？」

「だから〝茶トラ〟」

「……」

まんまかよ、とケインは心の中で突っ込んだ。猫愛に対して命名が雑過ぎ……と思ったが、まあ、本人の嗜好《しこう》の問題だ。〝ネコ〟と名付けるより幾分ましだろう。

そうこうお喋りしている内に、やがて馬車はとあるところで止まった。

セルティスが行きたがっていた掌広場（正式名称はセス・モンテニ広場）である。

始祖帝が死闘を繰り広げた地名がつけられた由緒ある広場の筈が、ここまでチープな名前に変わり果てていたなど、幼い頃から自国の歴史に親しんできたケインには思いもつかぬ事だった。

因みに隣にいる子孫の方は、「おおっ。ここが掌広場か！」と純粋に感動している。正式名称で呼んでやれよと思わぬでもないケインである。

さて、広場の一角の馬車止めで下ろしてもらった二人は、物珍しげに辺りを見渡した。

広々とした広場中央には、人々に時間を知らせる高い鐘楼が建てられていて、その横の大きな噴水
中央には始祖帝の銅像がでーんと置かれている。
広場には様々な露店が所狭しと並んでいて、行き交う人々が引きも切らず、大層賑《にぎ》わっていた。
「すごい活気だな」とセルティスは興奮ぎみに辺りを眺め渡し、一方のケインは護衛騎士達はどこら
辺にいるのだろうとさりげなく辺りを窺《うかが》った。
旅人の格好をしたやけにガタイのいいあの二人組とか、広場のベンチに暇そうに腰かけている傭《よう》
兵《へい》っぽい男達とかが、どうやらそれらしい気がする。
杖《つえ》をつき、ぼさぼさの白髪頭で顔を隠している老人風のあの男も、剣をとらせたら意外と俊敏そう
だ。
とはいえ、普通に二人で街を散策するだけだから、彼らの手を煩《わずら》わせる事はないだろうとケイン自
身は踏んでいる。
取り敢えず手練《てだれ》の騎士が傍《そば》にいてくれれば、何かあった時に安心だというだけだ。
「ケイン、あそこを見てみろよ。例の硬貨投げをやっているぞ」
セルティスがわくわくと肩を小突いてきて、ケインは慌ててその方を振り向いた。見れば一人の男
が後ろ向きになり、噴水に向かって硬貨を投げている。
セルティスが言うには、後ろ向きに硬貨を投げ、その硬貨が始祖帝の掌にうまく載っかれば願い事
が叶《かな》うのだそうだ。
居合わせた男達が、「お兄ちゃん、もっと右に投げろ」だの、「もうちょっと距離がいるぞ」だのと

声をかけてやっていて、大層楽しそうである。

「レイもやりたいんですか？」と聞いてみると、

「勿論やりたいに決まっている！」とセルティスは即答した。

「ケインもするだろ？」と言ってきたので、ケインはうーんと考え込んだ。

畏れ多くも始祖帝の銅像に尻を向けて小銭を投げるなんて、不敬罪に当たらないだろうか。

でもまあ、皇族のセルティスが気にしないなら、やっちゃって構わないのかもしれない。

「それより先に換金かな。せっかくなら自分のお金でやりたいし」

そう言ってセルティスは辺りを見回した。両替商の看板を探しているのだろう。

「ところで、何を持ってきたんです？」

出掛ける前、セルティスが胸の隠しに何やらごそごそと突っ込んでいたのを、ケインは目の端に捉えていた。

「母上が持っておられたブローチだ。翠玉《エメラルド》が嵌《は》め込まれていて、多分、三百カペーくらいで売れると思う」

「えっ？　相場まで知っているんですか？」

さすがにケインはびっくりした。

それに対しセルティスは、「姉上から基本的な知識は仕入れている」と何でもない事のように答え、ヴィア殿下って一体何者⁉　という素朴な疑問がケインの頭をよぎった。

でも、言葉に出して聞く事はしない。そこを突き詰めると、国家機密に行き着くような気がしたからだ。

「最低で二百八十、うまくぼったくれば三百十くらいかな」

ぼったくる……。日常会話でこの言葉を使う人間を初めて見たぞとケインは思わず遠い目をした。

少なくとも、今までケインの周囲にはいなかった。

それにしても、知れば知るほどこの皇弟殿下は奥が深い。

皇宮の外の世界を全く知らないセルティスを自分が庇うつもりで街に出て来たが、度胸はあるし、頭の回転は速いし、庶民っぽさが妙に板についているし、意外とセルティスの方が自分よりしっかりしているのかもしれない。

これでいくと、初めての換金も難なくこなしてくれそうだ。

……などとそんな他所事《よそごと》に浸っていたのが悪かったのかもしれない。

急にどんっと小さな子どもにぶつかられて、ケインは二、三歩たたらを踏んだ。

よろけそうになったケインの腕を、「大丈夫か」と摑んできたセルティスは、そのまま謝りもせずに駆け去って行く子どもの姿にふと眉根を寄せた。

「財布は盗《と》られてないよな?」とケインに確認してきて、ケインが慌てて隠しを探ると、先ほどまであった財布がない。

そこから先の展開は想定外だった。ケインの顔色を見たセルティスが、「おい、待て!」と身を翻して子どもを追いかけていったからだ。

ケインは、お前こそ待て! と心の中で叫んだ。財布が盗られてもカルセウス家は潰れないが、皇位継承者に怪我《けが》を負わせたら責任問題だ。

「セル……じゃないッ、レイ、止まれッ！」

通りの向こう側でも、護衛の騎士らしき男たちが慌てふためいて全力疾走を始めていた。ちらりと横目で見た限りでは、ガタイのいい二人組の旅人も、広場のベンチに腰かけていた傭兵風の男達も、白髪に杖をついていた老人風の男も形振《なりふ》り構わず追っかけっこに参加していた。

因みに、捕獲対象は財布を盗んだ子どもではない。土地勘もないくせに闇雲に走り出した自国の皇弟殿下である。


財布を盗んだ子どもの方は、すぐに自分が追いかけられていると気付いたらしい。体の小さささを活かしてちょこまかと通行人らの間をすり抜けていったが、それを言えばセルティスの方も負けていなかった。

しなやかな身のこなしで人の間を駆けて行き、後を追うケインはついていくので精いっぱいだ。埒《らち》が明かないと思ったのだろう。子どもは狭く薄暗い路地へと逃げ入り、セルティスもまた迷わずその後を追っていく。

うわぁ、止《よ》せ……！　と、追っかけていたケインは心の中で悲鳴を上げた。この先はきっと迷路のようになっている。こんなところでセルティスの姿を見失ったら、もう取り返しがつかない。

日の当たらない狭い路地は先日の雨が完全に乾き切っておらず、ぬかるんだ土に時々足をとられそうになった。

所々に水溜まりも残っていて、走りにくいことこの上ない。

それでも、護衛騎士たちの力強い足音が後ろからだんだん近づいてくるのがわかり、これで一緒に追ってもらえるとケインは安堵《あんど》した。

が、ほっとしたのも束の間だった。

ぬおお？　という間抜けな声がして思わず後ろを振り返れば、先頭を走っていた屈強な騎士が足を滑らせて大きくつんのめり、仲間を道連れに盛大にすっ転ぶところだった。

巻き込まれた騎士の方は受け身も取れずに顔からぬかるみに突っ込んで、ケインは顔をひきつらせたが、悲劇はそれだけでは終わらない。

後続の騎士達がその二人に躓《つまず》いて次々と折り重なり、避けようとした最後の男が飛び越えようとして誰かの頭に足を引っかけ（ちょうど頭をもたげたその騎士は、蹴飛ばされて再び水溜まりに沈んだ）、そのせいでバランスを崩して水溜まりに大きくダイブした。

すっぽーんと何かが飛んでいったが、それが何かを目で追う余裕はケインにはない。

後続部隊全滅……。あり得ないだろ！　とケインはやけくそになってセルティスを追っかけた。

ここまで追い詰められたのは、人生初めてである。

セルティスの走りは快調だった。

毎日の鍛錬で鍛えているだけあって、距離を走ってもセルティスの速度は全く落ちず、いっそ転んでくれ！　と皇族の不幸を心から望んでしまったケインであった。

が、願いに反してセルティスは軽やかに走り続け、子どもとの距離は徐々に狭まりつつあった。

子どもは焦ったように何度も後ろを振り返っては路地を右へ左へと曲がり、何とか追手を振り切ろうとしたが、逃げ切れずに再び大通りへと出てしまった。

そうなれば、歩幅の長いセルティスの方に利がある。

あと数歩で手が届く距離となり、セルティスが最後の追い込みをかけた時だった。

前方に侍女と護衛らしき男を従えた身なりのいい少女が歩いているのを見て取った子どもはそちらの方へ向きを変え、追い越しざま、その少女を思いっきり突き飛ばしたのである。

「きゃあっ」

バランスを崩した少女が、受け身もとれずに石畳に叩きつけられそうになるのを、間一髪、セルティスが膝を落としてその腕に掬《すく》い上げる。

走ってきた勢いを止めきれず、舗道に片膝をつく形とはなったが、無様に転ぶ事はせず、腕の中の少女を守り切った。

「お嬢様ッ！」

「おい、レイッ！」

真っ青になって少女に駆け寄る護衛の声と、ようやく追いついたケインがセルティスの名を呼ぶのが同時だった。

セルティスは荒い息のまま、片膝をついて少女を抱きかかえていた。

突き飛ばされた衝撃で、花飾りのついた少女の白い帽子は路肩に飛ばされ、少女は怯《おび》えたようにセルティスの腕の中に顔を埋めていた。

肩で喘《あえ》ぐように大きな息をついているが、どうやら怪我はないようだ。

「君……、大丈夫？」

ややあってセルティスがそう声をかけると、腕の中でぎゅうっと身を縮めていた少女はゆっくりと体の力を抜き、自分を覗《のぞ》き込《こ》むセルティスの顔を見上げ……、彫像のようにぴきんと凍り付いた。

あっ石化した……と、隣で見ていたケインは思った。

何と言ってもセルティスは人並み外れた美形である。何の心の準備もなく、いきなり間近で見たらそりゃあ思考も停止するだろう。

一方のセルティスはと言えば、こぼれんばかりに大きく目を見開いて自分を見ている少女が何かに似ていると気付き、何だっただろうと考え込んでいた。

確かちょっと前に見た動物図鑑の……。

何だっけ？

……？

…………。

…………っ！

あっタヌキだ！

……失礼極まりない男である。

でもまあ、よくよく見れば、タヌキというより猫かもしれないとセルティスは思い直した。

というか、この目の色、飼っていた茶トラとまるっきり同じだった。琥珀に近いような薄茶色の瞳で、よくよく見れば毛色（注：髪の毛）も同じだ。

茶トラもオレンジがかったきれいなブラウンの毛色をしていた。目が大きくて鼻と口がちっちゃくて、どこか構いたくなるような愛らしさがあって、まさに茶トラである。

「あの……」

腕の中の少女がもぞもぞと動いたので、セルティスは仕方なしに腕の中から出してやる事にした。

柔らかな温《ぬく》もりが腕の中から消えて、残念感が半端ない。

「助けていただいてありがとうございました」

身を起こした少女が改めて礼を口にすると、少女の傍らに控えていた護衛も土下座せんばかりの勢いでセルティスに何度も礼を言ってきた。

それに対してセルティスは首を振り、

「そもそも私があの子どもを追いかけていたせいで、そちらを巻き込んでしまったんだ。礼を言われるような事じゃない」

少女は居住まいを正し、改めてセルティスを仰いだ。

守ってやりたくなるような小動物系の容姿をしているのに、物腰やしぐさの一つ一つが美しく、どこの令嬢だ？　とセルティスは内心首を傾げた。

その身なりから裕福な家の娘だとは知れるが、大貴族の娘でないことは確かだった。大きい通りとはいえ、侍女と護衛一人だけで通りを歩かせるなど考えられない。

「そう言えば、何故追いかけていらしたのですか？」

そう問われて、セルティスは「ちょっとしたトラブルに見舞われてね」と苦笑した。

そしてケインの肩を小突いてきたので、後ろに視線を向けていたケインは慌てて少女の方に向き直った。

「えっと、私が財布をすられたんだ。それで友人が追いかけてくれて」

「では、わたくしのせいで逃げられてしまったのですね」

頭を下げてくる少女に、

「いや、金の方は何とかなるし、油断していた私が悪かったんだ」

それよりも……とケインは困ったように辺りを見渡した。

全く見覚えのない風景が辺りに広がっている。これはあれだ。巷《ちまた》で言う、迷子というやつだろう。

セルティスも同じように思ったのか、「どこだ、ここ……」と今更のように呟いている。

「ったく、場所も知らないのに勝手に走るなよ。危うく見失うかと思ったぞ」

取り敢えず、無茶をやらかした皇弟殿下にタメ口で苦言を呈しておいた。地方貴族の息子同士という設定なので、ここで敬語は使えない。

それにしてもひどい目に遭ったとケインは心に呟いた。

もっとも、一番の被害者はケインではなく護衛騎士らであろう。勢いよく走っていただけに、一人が転ぶと団子状になってみんな転がっていた。

あれから無事後を追ってこられただろうかと心配になり、セルティスと少女が見つめ合っている間にさりげなく後ろを振り返ったら、泥にまみれ、ぜいぜいと息を切らした厳《いか》つい男達が路地から縦に三つ顔を並べていて、そのシュールな光景にケインは正直、度肝を抜かれた。

声を出さなかった自分を褒めてやりたい。

余りに怪しさ全開なので、セルティス達から見えないように、ケインはそっと体をずらした。

そんな二人の会話を聞いていた少女が、ちょっと躊躇《ためら》った末に口を開いた。

「あの、お金をすられてお困りなら、少しは用立てる事もできますわ」

少女の言葉にセルティスはちょっと考え込んだ。

「お金より、ここがどこなのか教えてもらっていい？　行きたいところがあるんだけど、完全に道に迷ってしまって」

「勿論ですわ」

少女はにっこりと微笑《ほほえ》み、

「で、どちらへお行きになりたいのですか？」

「両替商」

「……」

少女の笑顔が引きつった。

「……えっとつまり、何かを売ってお金に換えたいという事でよろしいのですね」

「そうなんだ。どこかいいところを知っているかなあ」

よほど金に困っていると今、誤解されたぞ……とケインは心の中で溜息をついた。

片方は現金を持たずに両替商頼み、片方は有り金すべてをすられて無一文。この二人が皇族と高位の貴族だなんて、この少女はきっと思いもつかないだろう。

「中心街にあるお店なら信用が置けると思いますわ。わたくしは入った事はないのですけれど、よろしければご案内しましょうか」

思わぬ言葉に、「えっ、いいの？」とセルティスは顔を輝かせた。

「でも、何か用があったんじゃないの？」

「中心街にあるコルネッティ商会をちょっと覗いて、あともう一か所、行く予定のところはあるのですが。でもどちらも約束している訳ではありませんし、時間ならいくらでもありますわ」

それを聞いたケインは、コルネッティ商会ねえ……と心に呟いた。

セルティスはぴんと来ていないようだが、ケインの母が「あそこのマダム・パーネの新作が一着欲しいわ」とよく言っていたから、名前だけは知っている。

オーダーメイドの個性的なドレスを専門に扱っている店で、特に看板デザイナーのマダム・パーネが仕立てるドレスは目が飛び出るほどに高かった。

金に飽かせて流行のドレスを漁《あさ》るようなタイプに見えないのに意外だなと、内心首を捻っているケインには気付かず、セルティスの方は「じゃあ、お言葉に甘えてしまって構わないかな」と口元を綻ばせている。

「他にも行きたいところがあれば、ご案内しますけれど」

「本当に？」

どうやらセルティスは、この少女がすっかり気に入ったようだった。初対面の人間には少し構えるセルティスが、この少女に対しては自然体で話をしている。

「私はレイだ。家名はちょっと言えないんだけど、こっちは友人のケイン」

それに対して、少女もにっこりと微笑んだ。

「わたくしはオルテンシアですわ。どうぞシアと呼んで下さい」


それから三人は、話をしながら仲良く大通りを歩いて行ったが、ケインはセルティスの護衛がどうなっているかが気になっていた。

泥にまみれていた筈だが、きちんと警護してくれているのだろうか。

そうして何気なく通りの向こう側に視線を走らせれば、まだ若い黒々とした髪の男が杖をついて歩いているのがふと目に入った。

若いのに足が悪いんだとそのまま視線を外そうとして、右半身が広範囲に泥で汚れているのに気付き、もしかして……と思い至った。

そう言えばあの風体には見覚えがある。ぼさぼさの白髪頭で顔を隠していた例の杖男だ。

きれいな放物線を描いて飛んでいった物体、あー、あれって変装用のカツラだったんだ。なるほどね！　とケインは心に呟いた。

謎が解けてすっきりである。

そうこうするうちにシアお勧めの両替商に着き、いよいよセルティスの本領発揮である。

セルティスが例のブローチを見せると、三人はすぐに奥の小部屋に通されて値段交渉が始まった。

シアが物珍しそうにその光景を眺める中、セルティスは物怖《ものお》じする事なく、両替商の主人と渡り合っていく。

結局、三百十カペーで折り合いがつき、予定通りの軍資金を手に入れたセルティスはほくほくだった。

「すごい交渉力ね」とシアにも感心され、セルティスはどうだ！　という顔でケインを見てくる。

皇族にこの能力は必要だろうかという問題はさておき、こういうセルティスの姿を見ても全く引かないシアの姿に、ケインはむしろ感心した。

ケインが知る貴族令嬢なら、百人が百人ともドン引きしているだろう。

「次はどこに行きましょうか？」と朗らかに尋ねてくるシアに、セルティスがちょっと眩《まぶ》しそうに戸外に目をやった。

「まずは帽子屋かな。思ったより日差しが強いから、つばが広いやつを買いたいんだ。後、掌広場にも行ってみたい」

「じゃあ、お勧めの帽子屋に案内しますね」

気の合う連れを見つけて、セルティスはとても楽しそうだ。

護衛達にとってはとんだ災難だったが、こういう街歩きも悪くないよなと、笑みを弾ませるセルティスを見ながら、ケインはそう心に呟いた。

帽子屋に着くと、セルティスは早速、シアの帽子を見繕ってくれるよう店員に頼み、それから自分の帽子を選び始めた。

探すのは、顔が半分くらい隠れるツバ広の帽子だ。引きこもりだったセルティスは民に全く顔が知られておらず、そのまま出歩いても大丈夫だろうと軽く考えていたのだが、顔立ちが秀麗すぎるセルティスは思ったより人の注目を集めていた。さすがにこれはまずいとセルティスも気付いたようで、金を手にするなり、帽子を見繕う事にしたらしい。

ついでにケインにも買ってくれるというので、陽射しが眩しかったケインはその言葉に甘える事にした。何と言ってもケインは今、無一文だ。付けがきくところならいいが、馴染みのないこうした店では手も足も出ない。

そこそこ顔が隠れるつば広のものを互いに選び、一方のシアは花飾りのついたピギーピンクのクロッシェが気に入ったようだ。顔の小さい、愛くるしい顔立ちのシアに、それは大層似合っていた。

いよいよ清算となると、セルティスは精一杯慣れた風を装って、財布から紙幣を取り出していた。どうやら初めてのお買い物が嬉しくて堪らないらしく、隠しきれない笑みが口元に浮かんでいる。

そんなセルティスを横目で見ながら、それにしてもこういう買い物の仕方をよく知っていたなとケインは思う。これもきっとヴィア側妃の教育の賜物《たまもの》というやつに違いない。皇族にこんな無駄な事を教える人間が他にいるとは思えないからだ。

そうして買い物を済ませた三人は真新しい帽子で市中散策を楽しみ、掌広場で念願の硬貨投げをした。硬貨投げは楽しかったが初夏の日差しは思ったよりもきつく、喉が渇いた三人は飲食のできるサロンに移動する事にした。街中で小休憩をしたくなった時のために、ケインが手配をしていたところである。

因みにここで言うサロンとは、歌劇場内に作られた喫茶ホールの事だ。

皇都ミダスには多くの歌劇場が建てられていて、毎夜のように歌劇が上演され、時には仮面舞踏会も催されていたが、日中に貴族らが立ち寄れるような飲食の場がなかった。それを不便に思ったある貴族が歌劇場側に要望し、社交場となっていたホールを午後に開放してもらったところ、富裕層の間で瞬く間に人気となり、『サロン』という名で皇都ミダスに定着した。

サロンは利用者の身分は問わないが、利用料金は目が飛び出るほどに高額である。畢竟《ひっきょう》、財がある者しか利用できなかった。

さて、話は再びケインに戻るが、実は今回のお忍びに出掛ける前、ケインはアモン副官から注意を受けていた。外出の際は水嚢《すいのう》を携帯し、決して変なものを皇弟殿下の口に入れないようにと。

屋台での買い食いも禁止すると言われ、その時は言われた意味がわからなかったが（屋台とか買い食いという言葉自体がケインの理解の範疇《はんちゅう》を超えていた）、部屋に戻って許可が下りたとセルティスに伝えた途端、「屋台で買い食いしようよ！」と返す言葉で言われ、副官の懸念をようやく理解した。

という事で、毒殺を恐れるアモン副官の心配は十分理解できたが、初めてのお出かけの飲食が水嚢の水というのではあまりにショボいとケインは思った。

だからそこは副官に交渉した。中央通りのテビア歌劇場のサロンに行ってはいけませんかと。

テビア劇場は歌劇場の中でも特に格式が高く、ケインは二度ほど両親に連れられて行った事がある。そのサロンは庭園にかなりのこだわりがあり、段差を作ったところに水を引いて、見事な布落ちの滝を作っていた。景観料も入っているのか利用料金はかなり高額だが、その分いろいろと便宜を図ってもらえる。

あそこならば、客という形で騎士を配置してもらうのも可能だし、カルセウスの名前を出せば、毒見の済んだものを出してもらう事もできるだろう。

という事で、副官との交渉の末に許可をもぎ取ると、今度はセルティスの説得だった。屋台にこだわるセルティスに、「いい事を教えてあげましょうか」とケインは言ってみた。

「実は皇帝陛下は、サロンに行かれた事がないんです」

皇帝陛下は皇子時代、観劇には何度か訪れていたようだが、サロンが貴族の間に定着したのはここ二、三年の話だ。ちょうど皇位継承争いが激しくなり始めた頃で、アレク殿下にはサロンを楽しむような余裕はなく、皇位に就かれてからはひたすら国のために専心されていて、私的な外出は一切されていなかった。

「兄上が行った事がない？」

瞠目するセルティスに、

「はい。確かな情報です」

「あの兄上が行った事がないところに行く……」

ケインの見るところ、セルティスは姉上大好きっ子であると同時に、兄上大好きっ子でもある。父帝からの愛情を知らずに育ったセルティスは、絶対的な力で自分を庇護《ひご》してくれた兄君を心から慕っており、かつその人柄を強く尊敬していた。その憧れの兄上も行った事がないサロンに自分が先に行けると聞いて、心が動かない筈はなかった。

「行ってみたいと思いませんか？」

「行くッ！」

意外とチョロいセルティスであった。


そうして掌広場から徒歩でテビア歌劇場を訪れた三人は、予約していた窓際の端の席にすんなり通された。

ホールの中で一番人気なのは広大な庭園が一望できる窓際の席で、警護の観点からケインは一番端のテーブルを押さえていた。

因みに窓際席はどのテーブルも半円形で、どこの席に座っても戸外の景色が楽しめるようになっている。初めて目にする滝にシアは瞳を輝かせ、セルティスも皇宮とは違う庭園の佇《たたず》まいにとても満足そうだ。

ケインは人目にもつきにくい、かつ一番安全な奥の席にセルティスを誘導し、真ん中にシアを座らせ、シアを挟む形で自分も着席した。

好みのケーキと紅茶をそれぞれに注文し、改めてケインが周囲を見渡せば、サロン内は結構埋まっていて、着飾った多くの貴婦人たちが優雅にお茶を楽しんでいた。家族連れや、明らかにデートと思われるカップルもいないではないが、その大半は女性ばかりのグループである。

そんな中、自分たちの席からさほど遠くない場所に、筋肉隆々の強面《こわもて》二人が向かい合ってお茶を飲んでいるのを見つけ、ケインは思わず、んん？　と二度見してしまった。

いや、男二人で来るのがいけないと言う訳ではない。自分とセルティスだって二人でここに来る予定だったし、男二人で来たって悪くはないのだが、あの二人に関して言えば、何と言うか非常に悪目立ちしていた。

まず、顔が怖い。一人は三白眼で、一人は妙に迫力がある。おそらくアントーレの護衛騎士だろうが、一目でわかる人選ミスだった。

二人も自分達がこの場で浮いている事がわかるのだろう。厳つい顔がいよいよ仏頂面になり、しかも注目を引いている恥ずかしさから耳まで赤くなっており、無言でお茶をすする姿は最悪だった。まるで二人して恥じらっているようにも見え、もはや目の暴力のようになっている。

ケインは即行で他人の振りをする事に決めた。実際他人である訳だし。

が、二人に関わるまいとするケインの努力も虚《むな》しく、隣の席のご婦人方が彼らについてひそひそと話を始めてしまった。

「ねえ奥様、ご覧になって。あのお二人、耳をあんなに赤くされて」

「初めてのデートかしら。とても初々しい事」

「どちらがここに誘ったのでしょうね。まあまあ、あんなに恥ずかしがって」

ここでさざめくような笑いが起こる。

ケインは無視したかったが、妙に通る声で、どうしても会話の方に耳がいってしまう。シアも気になり始めたのか、さりげない仕草でちらりと後ろを向き、一瞬固まった後、ものすごい勢いで顔を戻した。

初々しい男女二人がデートを楽しんでいると思いきや、そこにいたのは顔を赤らめた筋肉ダルマ二人組である。そりゃあ、混乱もするだろう。

「それにしても精悍《せいかん》な体つきの方です事」

「あら、嫌だ、奥様ったら」

「そう言えば確かな筋から聞いたのですけれど、騎士団の中は男性ばかりなので、そういう方達が多いのだそうでしてよ」

「まあっ本当ですの！」

きゃあっという嬉しそうな小さな悲鳴が上がり、確かな筋ってどこよ……とケインは死んだ目で心に呟いた。ケインの知る限り、アントーレにそんな奴はいない。

一方のセルティスは、シアが振り向いた先を目で追って例の二人組に気付き、すぐに自分の護衛騎士だと思い至ったようだった。

お前の差し金？　という目でちらりとケインを見てきたので、ケインは軽く肩を竦《すく》めた。バレちゃったものは、まあ仕方がない。

セルティスはシアに向き直った。

「シア。言っとくけど、私がケインと街を歩いていたのは、単純に散策を楽しみたかっただけだからね。私達は同じ騎士学校に通っているけど、彼らと違ってああいう男同士の趣味はないから」

いや、彼らだって間違いなくないだろう！

シアの誤解をわざと定着させたセルティスは間違いなく故意犯である。おそらく二人だけの散策に勝手に護衛をつけられていた事へのちょっとした八つ当たりだと思われた。

さてシアの方は、ちょっとひきつった笑顔で頷くにとどめた。そして、賢明に危険な話題から遠ざかる事に決めたようだ。

「騎士学校という事は、やっぱりお父様は貴族でいらっしゃるのね」と、話題を変えてきた。

こうした時のために地方貴族の次男坊という設定を二人で作ってきた訳だが、何故かセルティスは設定通りの答えを返すのを躊躇った。

ちょっと間を開けた後に、「私は貴族位を持たない次男坊。卒業後は家の手伝いをする予定なんだ」と淀《よど》みなく答えている。

まあ、嘘ではない。セルティスの肩書は皇弟殿下なので貴族位は持っていないし、皇家のために尽くす事がお仕事である。

　因みにセルティスの子どもまでが皇族だった。そこから先の子孫に関しては、男児であれば成人の時に貴族位と領地を持たされるであろう。アンシェーゼは貴族の数が半端なく多いので、不正をして取り潰される家もちょくちょくある。そうして取り上げられた領地は皇家の直轄領となり、いずれ皇族が家名を頂く時にその中のどれかを渡される事となっていた。

　返事を聞いたシアは、セルティスが地方貴族の次男だと何の疑いも持たずに思い込んだようだった。

「そう。家の手伝いも大変ですよね」と頷いている。

「ところでシアは？　もしかしてどこかの豪商の娘だったりする？」

　セルティスがそう問えば、

「いいえ。一応貴族の娘ですわ。家格は低いけれど、お金だけはそこそこあって……、そんな家なんです」

「そう言えば不思議だったんだけど、コルネッティ商会には馴染みがあるようなのに、こういったサロンには来た事がないのかな？」

　さっきから気になっていたケインは、この際シアに聞いてみる事にした。コルネッティ商会？　と首を捻るセルティスに、ケインは貴婦人らのモードの中心になっている商会だと簡単に説明する。

　シアも傍らで頷いていたが、シア自身は別に好きでコルネッティを贔屓《ひいき》にしているというのでもないようだった。どうやら馴染みの仕立て屋でドレスを作った時に、金を惜しんでいると両親を悪く言われた事があるため、定期的に顔を出しているらしい。

セルティスは、「誰がそんな事を？」と眉間に皺を寄せたが、シアから返された言葉は二人の予想を遥かに越えたものだった。シアはその相手の事を自分の婚約者だと告げてきたからだ。

「婚約者がいるんだ」

セルティスは何気ない口調で返していたが、付き合いの長いケインにはセルティスがかなり動揺しているのがわかった。らしくもなく、口元が強張《こわば》っている。

「婚約歴はもう四年ですわ」

シアはその事に気付いた風もなく、吐息のような笑みを零《こぼ》した。

「幼馴染みなの？」

「いいえ。わたくしの家の寄り親が持ってきた縁談なんです」

シアは当たり前のようにそう答え、一方のセルティスは一瞬、困ったようにケインに視線を走らせた。どうやら寄り親の意味がわからなかったようだ。

ここで説明しても良かったのだが、下手に口を挟んで話の腰を折るのも躊躇われた。それに、寄り親の存在は地方貴族らにとってはごく当たり前のものだ。セルティスがそれを知らないとなると、かなりの世間知らずだとシアに思われかねず、それはセルティスの望みではないだろう。

一方のシアは吐息混じりに言葉を続けた。

「九つの時に婚約が決まったんです。うちは家柄は低いけれど、かなり財力があるから、こんな家柄の娘でも需要があるみたい」

自分を卑下するような言い方に、セルティスは僅かに眉を寄せた。

「君らしくない言い方だね」

その言葉に、シアはちょっと寂しそうに笑った。

「婚約者はね、わたくしの事が不満なんです」

その男が言うには、家柄が高い分、面子《メンツ》を取り繕うのにどうしても金がかかり、だから家柄の低い娘を仕方なく婚約者にしてやったのだそうだ。

聞いていたケインは、思わず苦い笑みを口元に浮かべた。家柄だけはいいが、実情は火の車という家は意外と多い。そういう家はプライドばかりが高く、裕福な下位の貴族の事を妬《ねた》んで、殊更に見下す傾向がある。その男もそう言った類《たぐい》の人間なのだろう。

「私が少しでもマナーに外れた事をしたら、婚約者はすごく嫌な顔をするんです。育ちが悪い人間はこれだからって」

だから家を悪く言われないよう、必死でマナーのおさらいをしたというシアにケインは僅かな痛ましさを覚えたが、セルティスの感想はケインとは全く違うものだった。

「ああ、それで仕草がきれいなんだな」

考えるより先に言葉が出てしまったという感じの自然な語調だった。純粋な称賛が込められた言葉にケインは呆気《あっけ》にとられたが、それはシアも一緒であったらしい。

シアは一瞬瞠目した後に、花が綻ぶように嬉しそうに微笑んだ。

「ありがとうございます。身につけたものは、わたくしの宝だと思っているんです。ですから、婚約者のおかげと言えばおかげですよね。負けん気に火がついちゃったんですもの」

そう続けるシアの口調には先程の陰りの欠片《かけら》もなく、セルティスは考え深そうにシアを見つめた。

「……そういう考え方って、母に似ているな」

「お母様と？」

「うん。私の母は平民だったんだけど、ものすごい美人だったから、無理やり父の愛人にされたんだ」

シアはちょっと驚いた様子だった。

「まあ。そうでしたの」

「父にはきちんとした家柄の正妻がいたし、貴族のマナーを知らない母は事あるごとに周囲から馬鹿にされてね。で、見返してやろうと必死でマナーを身に着けたらしく、私が物心ついた時は優美な貴婦人そのものだったよ」

その話をケインは黙って聞いていた。シアは自分とは全く関係のないどこか遠くの貴族の話だと思っているが、実のところ、セルティスが話しているのはこの国の前皇帝とその側妃殿下の話だ。

ツィティー妃とは面識のないケインだったが、かの方が洗練された美しい立ち居振舞いをされていた事は貴族らの噂話で聞き知っていた。元々、身分の低い踊り子であったと聞いているから、そこに至るまでには血の滲むような努力が必要であっただろう。

皇位継承権を持つ皇子を生んだ事を人は幸運だと言っていたが、あの方にとって果たして幸運であったのかどうか。皇子を産み参らせた事で側妃の地位に押し上げられ、畢竟、政治の表舞台にも顔を出さなくてはならなくなった。

耳に心地よい言葉を囀《さえず》る一方で、貴族らはまるで息を吸うように扇の下で陰口を叩く。皇帝の寵が眩《まばゆ》ければ眩い程、悪意はより深く闇を増して、さぞ気の張る毎日であったに違いない。

そうした事情を一切知らないものの、シアはセルティスの母が辿《たど》ったであろう苦しい道のりに思いを馳《は》せ、静かな感嘆を覚えたようだった。

「きっとたくさん努力されたのですね」

シアは眩しそうに笑い、柔らかな眼差しでセルティスを見た。

「とても素敵な方だわ」

すっと心に染み入るような言葉だった。

言葉を返されたセルティスが、僅かに唇を震わせるのがわかった。

セルティスがどんなに亡き母君を慕っていたか、どれほど母君を誇りに思っていたか、ケインは朧《おぼろ》気《げ》に知っている。明るくて優しくて強い女性だったと、セルティスは母を語る度に祈るようにそう言葉を口にした。

「母はね、父の愛人にされる前に別の家庭を持っていたんだ。だから、幸せな家庭を自分から奪った私の父の事を死ぬまで嫌っていた。憎んでいたと言い換えてもいいいと思う」

思わぬ言葉に、ケインはさすがに顔色を変えた。

「それは……本当の話なの?」

呆然《ぼうぜん》と問い掛ければ、セルティスはケインの方を向いて、ああと苦笑気味に頷いた。

「父が生きているうちは誰にも言えなかったけれど、もう時効だろう?　母は死ぬまで前の夫を愛していた。病床で名前も呼んでいたし、多分ずっと会いたかったんだと思う」

ケインは言葉を失った。無理やり皇宮に連れてこられたとはいえ、皇帝との間に皇子をもうけ、唯一の寵妃としてアンシェーゼに一時代を築かれた方だった。眩いばかりの栄華の下で別れた前夫をひたすら想い、家庭を引き裂いた皇帝を憎んでいたなど俄《にわ》かに信じられる話ではない。

パレシス帝が亡くなったから、ようやく言葉にできたんだ……。

痺《しび》れたような頭の中で、ケインはようやくそれを理解した。もし生前にセルティスがそんな事を漏らしてしまえば、セルティスはおそらく父帝の不興を買って殺されていた。

そう言えばセルティスは父帝が亡くなった時、微塵《みじん》も悲しんでいなかった。ほとんど面識のない父君であったから実感が湧かないのだろうとそんな風に理解していたが、もしツィティー妃がパレシス帝の事を憎んでいたとしたら、そんな母君に育てられたセルティスが父帝に愛情を覚える筈がない。

一方のシアは事情がわからないながらも、セルティスの言葉やケインの反応から、セルティスがかなり特殊な環境下で育った事を思い知ったようだった。動揺したように瞳を揺らがせ、案じるようにセルティスに問い掛ける。

「レイは……、もしかして辛《つら》い子ども時代を送っていたのですか？」

セルティスはちょっと驚いたようだったが、すぐに笑って否定した。

「そんな事はない。つまりね、母には前の夫との間に娘がいて、私にとっては異父姉になる訳だけれども、母もこの姉も、私の事をとにかく可愛がってくれたんだ」

まあ、それは間違いないなとケインは心の中で呟いた。おかげで母君と姉君大好きっ子の皇子殿下が誕生した。

「姉上は何て言うのかな。楽天的で庶民らしい逞《たくま》しさに溢《あふ》れていて、物事にものすごく前向きだった。そんな姉と一緒に育ったから、私のこんな性格が形成された訳だけれど」

「ああ、なるほど」

思わずケインはそう相槌《あいづち》を打っていた。

「じゃないと、こうはなりませんよね……」

正直、セルティスほどネアカな人間をケインは見た事がない。アントーレの仲間達は、十二歳まで宮殿に閉じ込められていてどうしてここまで明るい人間ができあがったのだろうと本気で首を傾げていたが、今回のお忍びでケインもようやくその謎が解けた気がした。

病弱設定の陰で、セルティスの姉君は存分に人生を楽しまれておられたらしい。何と言っても宝玉の換金はお手の物だし、ミダスの庶民事情にも精通しておられるようだ。おそらく屋台での買い食いとやらも十中八、九しておられただろう。

宮殿に閉じ込められっぱなしの弟が癇癪《かんしゃく》を起こしたら、街中で子猫を拾ってくるような機転と優しさも持ち合わせていて、そんな姉君に育てられたのであればセルティスがこういう性格になっても不思議ではない。

一方のシアはほっとしたように「なら良かった」と顔を綻ばせた。

「レイのお姉さま、きっと素敵な方なんでしょうね。わたくしには兄しかいないから、お姉さまのいるレイが羨ましいわ」

ごく自然な話の流れだったが、この話の流れはまずくないかとケインはひやりとセルティスの顔を見た。

そもそも姉上であるヴィア殿下が静養に出されたせいで、セルティスはしおしおになってしまったからだ。

話題を変えた方がいいのかなとケインは口を開きかけたが、それよりもセルティスが喋り出す方が先だった。

どうやらシアに大好きな姉君の事を自慢したくなったらしい。

どれほど姉上がきれいで賢くて素敵なのかをここぞとばかりに喋り倒し、相手に口を挟む隙を与えない。シアはそんなセルティスの様子をやや呆気にとられて見ていたが、そのうちくすくすと笑い出した。

「レイは、何て言ったらいいのかしら。まるで……、そう、姉上至上主義者ね！」

姉愛を語り尽くして満足していたセルティスは、シアの言葉にがばっと身を乗り出した。

「何それ。その心躍る言葉は」

えっ、心躍っちゃうんだ。

ケインは頬をひきつらせたが、セルティスの方はふむふむと自分に頷いている。

「姉上至上主義……。まさに私のためにあるような言葉だ……」

さすがにこの発言には引くだろうと、ケインは横目でシアの様子を窺ったが、意外にもシアはにこにこと笑っていた。

おやっとケインは目を見開いた。どうやらシアは、無理やりセルティスに合わせているというより、寛《くつろ》いでこの会話を楽しんでいる様子である。

何だか不思議な子だなとケインは思った。

物腰や立ち居振舞いはまるで大貴族の令嬢のようなのに、体裁ばかり取り繕おうとする貴族達と違って声音や眼差しに穏やかな温もりがある。大らかなくせに変なところで負けず嫌いで、そんなところもセルティスがよく話していたヴィア妃殿下像によく似ている気がした。

だからセルティスもすっかり心を許してしまったのだろう。

「実はね、ある事情があって姉上は家を出てしまったんだ」

ごく自然に、自分の傷をシアに晒していた。

「多分もう、二度と会えないと思う」

頭で理解しているとはいえ、その言葉はセルティスにとって口にするのも辛いものであったに違いない。会えないと口にした瞬間、琥珀の眼差しが苦しげに細められたからだ。

「仕方ないとわかっているんだ。残された方は辛いけど、いつかこうなる事はわかっていたから」

ぽつりぽつりと自分の思いを言葉にしていくセルティスに、シアは静かに耳を傾けた。執拗《しつよう》に事情を問い詰める事はせず、ただ一言、「余程の事情があったのですね」とだけ労りを込めて言葉を返す。

そして何もできなかった己自身を悔やむように自嘲の言葉を続けるセルティスに、強い眼差しで語りかけた。

「……でも、生きていらっしゃる訳でしょう？」

その言葉に、セルティスがはっとしたように身動《みじろ》いだ。

「ならばいつか会えますわ。願い続けていれば必ず」

口調は柔らかいが、その眼差しには強さがあった。

「レイはそう思われませんか？」

迷いのない言葉に気圧《けお》されたようにセルティスは息を呑《の》み、それから徐々にその表情が緩み、ややあって参ったと言いたげに小さく息を吐いた。

「そうだね。会えるかもしれない。……確かにそう願う自由は残されている訳だ」

そう言って微笑んだセルティスの横顔はいつになく晴れやかで、このところの翳《かげ》りのようなものが消えている事にケインは気が付いた。

元々セルティスは物事を明るく捉えようとする気性で、失ったものをくよくよと嘆く質《たち》ではない。いつか会えるかもしれないと気持ちを切り替えた事で、鬱屈していた気持ちに一つの区切りをつけたのかもしれなかった。


その後も時間を忘れて話し込み、気付けば皇宮に帰る時間となっていた。サロンで少し休憩した後、もうしばらくこの辺りをぶらつく予定だったが、とてもそんな時間は残されていない。

ふと周りを見渡せば客のほとんどが入れ替わっていて、例の筋肉達はすでに屍《しかばね》と化していた。

テーブルに視線を据えたままぴくりとも動かない。哀愁漂う姿に、ケインは思わず同情した。

その後はシアを窮児院《きゅうじいん》まで送り届ける事になったが、窮児院が近付くにつれ、ケインは今まで覚えた事のないようなうら悲しさを身に感じ、自分自身に戸惑《とまど》った。

普通に暮らしていれば、決して出会う事がない自分達だった。本当ならすれ違う事もなく、すれ違ったとしても見も知らぬ他人として通り過ぎるだけだっただろう。

それでもこの一会《いちえ》でセルティスは救われた。ケイン自身、家名も知らぬ相手とこんな風に寛げるとは思ってもおらず、この得難い初夏の一日は確かな軌跡を心に残していくのだろうと思い知った。

出会ったのは奇跡で、そしてもう二度と運命が重なる事はない。

シアも同じように別れ難く思ったのだろう。

別れ際、一言だけ聞いてきた。「そう言えばお二人は、ミダスの街にまた来られる事はあるのですか？」と。

自分の立場を知るセルティスは、きっぱりと誠実に言葉を返した。

「いや、こんな風にミダスを歩く機会はなかなかないと思う」

「そうなんですね……」

それを聞いたシアがどこか寂しそうに微笑むのへ、セルティスは感情を抑えるように一度瞳を伏せた。それからもう一度目を上げて、真っ直ぐにシアを見つめて微笑んだ。

「でも、どこかでまた君と会えたらいいな。ほら、生きていればいつか会えるかもしれないし。そうだろう？」

悪戯《いたずら》っぽくセルティスが言うと、シアはすぐ、それがさっき自分が言った言葉だと気付いたようだった。僅かに瞠目し、それからふわりと口元を綻ばせた。

「そうですね。きっと思いがけないところで再会するのかも」

楽しそうにそう答え、きれいな笑みを二人に向けてきた。

「ではまた、どこかで」

「ああ」

最後に小さく会釈して、シアはそのまま踵《きびす》を返した。うじうじと別れを惜しむような真似《まね》はせず、きっぱりとしたその後ろ姿が実にシアらしい。

遠ざかるシアの髪に初夏の陽射しが当たり、オレンジがかった明るいブラウンがきらきらと輝いて見えた。窓辺に座っていた茶トラを思い出し、セルティスは馬車の窓辺に行儀悪く肘をついたまま、ううむと考え込んだ。

「タヌキというより、やっぱり茶トラか」

それを横で聞いたケインは思わず、「タヌキ?」と聞き返した。

「もしかしてシア嬢の事ですか?」

「うん」

言うに事欠いて、タヌキとは何事だとケインは思う。

「……わざわざ動物に喩《たと》えなくても、普通に可愛かったと思いますけどね」

ぱっちりとした大きなヘーゼルの瞳に、可愛い鼻とちっちゃな唇。目鼻立ちのバランスがすごく良くて、一目見て、あ、可愛いなと誰もが思ってしまうような女の子だった。でもまあ、タヌキ云々《うんぬん》は別にして、シアは確かに小動物系だ。

「で、シア嬢がその茶トラに似ていると」

「うん。可愛いところがそっくりだった。毛色も同じだし」

「毛色？　ああ、確かにシア嬢の髪の毛はブラウンでしたね」

「今まであんな可愛い子は見た事がない。まあ、引きこもり歴十二年の私が言う事じゃないけどさ」

「……もしかして初恋ですか？」

おそるおそる聞いてみれば、セルティスは即座に否定した。

「初恋は姉上だ。失恋は半年後だけど」

「へえ」

自分の姉妹に初恋を覚えるセルティスの感性がケインにはそもそも理解できないが、まあ、人それぞれである。やんちゃで通してきたケインは、少々の事におおらかだった。

「で、因みに姉上に失恋ってどういう事です？」

何気なく聞いてみれば、何故か目を逸らされ、「聞くな」と苦虫を嚙み潰したような顔で答えられた。

何だろう。ごまかされると妙に知りたくなってしまうのだが。

それはともかくとして、セルティスがシア嬢にかなり気持ちを寄せている様子なのはケインの気にかかった。

「あのシア嬢って、かなり身分が低そうなので、お相手には向かないと思いますけど」

一応そう進言すると、セルティスは呆《あき》れた顔でケインを見た。

「変な心配はするな。彼女は婚約者持ちだっただろ。私は誠実な恋をするんだから、婚約者のいる女性は論外だ。どこぞのクソ親父《おやじ》と違って、きちんと分は弁《わきま》えている」

「……。そのクソ親父が誰かは決して口にしないで下さい」

聞きたくないし、聞いてしまえば家が潰れる気がする。


ごとごとと馬車に揺られ、夕闇に染まり始めた町並みが後ろに流れていく様子を、セルティスは黙って見つめていた。

そうして城門が近付いてきた頃に、セルティスはぽつんとケインに言った。

「今日は連れ出してくれてありがとう。楽しかった」

「気晴らしになったようなら良かった」

ケインはそう言って笑い、

「でもこの先、当分お忍びはありませんよ。あんな大立ち回りをやらかしましたから、しばらく許可がおりないと思います」

ケインの言葉にセルティスは思わず顔を顰《しか》めた。そして溜息混じりに呟く。

「追っかけっこはやりすぎたか……」

「まあ、お忍びは無理ですが、出掛けたいなら、またうちに遊びに来ればいいじゃないですか」

ケインがそう声をかけてやると、セルティスは素直にうんと頷き、それから急にがばっと顔を上げた。

「そうだ！　お前んちって猫いる？」

目をキラッとさせて聞かれたが、生憎、望む言葉は言ってやれない。

「うちは家族揃って犬派です」

ケインがきっぱりとそう答えれば、

「犬派なんだ……」

セルティスは、この世の終わりとばかりにがっくりと肩を落とした。


ケインの読み通り、セルティスのお忍びは凍結となった。

そりゃあそうだろう。守られるべき対象が護衛を振り切って下町を走り回ったのだ。

こっそり張り付いていた護衛らは泥まみれの無残な状態となり、備品（注：かつら）はなくすし、サロンに配された屈強な騎士二人は何故か心が折れていた。

セルティスは団長から大目玉を食らい、少なくとも騎士の叙任を受けるまではお忍び禁止が言い渡された。

セルティスを止められなかったケインには三か月間の外出禁止処分が下されて、セルティスにはそれプラス、数頁に及ぶ反省文の提出が求められた。

反省房に入れられなかったのは、お忍び自体が公《おおやけ》にできない事であったためで、まあ、妥当な処分であると言えるだろう。

その後セルティスは、アントーレ内に猫が飼われていないか厨房《ちゅうぼう》の女達に聞き回っていたが、結局、騎士学校や宿舎周辺には猫はいないという事実が判明した。

その後しばらくは、茶トラが恋しい……とセルティスがうるさかった。


そうこうするうちに月日は流れ、ヴィア側妃殿下がガラシアに行かれて二年が過ぎる頃、国を揺るがす大事件が起こった。

皇位継承権暫定《ざんてい》一位の皇弟殿下、つまりセルティスが、風邪《かぜ》をこじらせて危篤《きとく》状態となったのである。

その経緯は、いかにも不自然だった。

まず、ある日突然セルティスが皇宮に呼び出され、その晩から宿舎に帰って来なくなった。

何でも急に喉の痛みを訴えて、夜からは高熱が出たとの事だったが、その報《しら》せを聞いた時、ケインははっきり言って耳を疑った。

一緒の部屋で寝起きして三年以上経つが、セルティスはそんなに弱っちいタマではない。

一見、華奢《きゃしゃ》でいかにも線の細そうな印象を与えるが、見かけに反して大飯食らいの健康優良児だし（食べても太らない体質だと言っていた）、しかも皇宮に呼び出される前日は、体重と同程度の重さの背嚢《はいのう》を背負って訓練場十周の走り込みもやっていた。

疲労の余り物が食べられなくなった同期もいる中、セルティスは「運動の後のご飯はおいしい！」などと言って、元気にご飯をぱくついていた筈だ。

そのセルティスがいきなり寝込むなんて不自然だし、しかも時を置かず入ってきた報せは、『風邪をこじらせて危篤状態』だ。

毒でも盛られたのだろうかと、さすがのケインも青ざめた。

そしてほぼ同時期、『セルティス殿下重病、危篤説』がまことしやかに民の間に流れ始めた。

これもあり得ない事態だった。

前皇帝パレシスは、己が兄弟とその血を引く子のすべてを殺害しており、現皇帝の三親等内で皇位を継げるのは、皇弟であるセルティスだけだ。

もう一人の皇弟ロマリス殿下は皇籍を剝奪《はくだつ》されて幽閉中だし、それ以外の皇統と言えば、前皇帝の従兄弟に当たる方々しかいない。

そんな状況下でもしセルティスが危篤となったとしても、政権がそれを公にする筈がないのだ。

だが現実に、噂は一気に皇宮を飛び越えて民の間に浸透しているし、このままでは他国に広がるのも時間の問題だろう。

ケインは、セルティスが何らかの陰謀に巻き込まれたのだと半ば覚悟した。

もしかすると謀叛《むほん》を疑われているのかもしれないし、そうなれば紫玉宮に蟄居《ちっきょ》させられている可能性もある。

居ても立ってもいられず、ケインは紫玉宮を訪れたが、その紫玉宮は皇位継承者が療養していると は到底思えぬほどに静まり返っていた。

顔見知りの侍従長に聞けば、皇帝の命で、訪れた貴族連中は全て追い払われたと言う。

ケインが、「殿下に会わせて欲しい」と言うと、侍従長は躊躇った末に宮殿の奥へ聞きに行ってくれ、やがて「どうぞ」とケインを中に迎え入れてくれた。

ケインはもう泣きそうだった。

セルティスと会うのもこれが最後となるかもしれないと、乱れる心を抑えて寝所へと足を踏み入れれば、そんなケインを迎え入れたのは、「おー！　待っていたんだ！」というセルティスの能天気な一声だった。

「する事なくて退屈でさ。いやあ、来てくれて助かった」

セルティスは一応寝間着を着ていたが、見るからにお肌はつやつやだし、元気そのものである。

ケインは一瞬無言になった。

「……貴方《あなた》、確か危篤の筈でしたよね」

「危篤、危篤。対外的にはちゃんとそうなっているだろ？」

「えーと、何のために？」

「国家機密だけど知りたい？」

ケインはちょっと考えた。

もうどっちにしても、元気なセルティスの姿を見ただけで、国家機密に片足を突っ込んでいる。足を一本突っ込もうが、両方突っ込もうが、大した違いはない気がした。

「教えて下さい」

「実は、ヴィア姉上を釣り上げるためなんだ」

ケインは器用に片眉を上げた。

「釣り上げる？　ガラシアにおられるのでしょう？　使いを送ればいいだけの話じゃないですか」

「姉上、ガラシアにはいないし」

「……どこにおられるのです？」

「うーん、それがわかんないんだよね」

セルティスは腕を組んで嘆息した。

「つまりさ、姉上は元々ガラシアになんか行っていないんだ。自分がいたら皇帝陛下のためにならないって身を引いて、そのまま行方くらましちゃっているんだよね」

ケインはぽかんと口を開けた。

あの時、セルティスがもう会えないって言っていたのはこういう意味だったのかと、ケインはようやく理解した。

「姉上が行方くらましちゃった後も、兄上は姉上が忘れられなくてさ。皇后は迎えないわ、伽《とぎ》の女も呼ばないわで、このままじゃ跡継ぎなんかできないだろ？　だから側近連中が、姉上を皇宮に呼び戻す事にしたんだ。ほら、姉上は私を可愛いがっていたし、その可愛い弟が危篤だって聞きつけたら、どっかから慌てて駆け付けるんじゃないかって話になった」

そのために皇位継承権第一位の弟君を危篤状態に仕立て上げたんだ。現政権、すげえとケインは心に呟いた。

「……下手をすると、国が潰れません？」

「へーきへーき」

セルティスはひらひらと手を振った。

「列国が変な動きをしないよう、いろいろ目は光らせているみたいだし、実際、私は元気な訳だからね。それより私は、本当に姉上が帰って来てくれるか、そっちの方が心配。これで会いに来てくれなかったら、一か月泣き通す自信がある」

「……ですよね!!」

結果から言えば、セルティスの心配は杞憂《きゆう》に終わった。

市井に下りておられたヴィア妃殿下はどこぞからすっ飛んで帰られ、皇帝陛下は愛《いと》しの女性を見事にゲットされた。

さて、その後の展開は急で、皇帝は毎夜のようにヴィア妃殿下を皇帝宮に呼んで愛おしまれるようになり、ほぼ同時期にヴィア妃殿下の皇后立后が円卓会議で了承された。

因みに推挙人はアンシェーゼ三大騎士団の一つ、ロフマン騎士団の当主である。

事実上のヴィア妃の後見人であり、皇族出身以外で三大騎士団の後ろ楯《うしろだて》を持った人間はアンシェーゼ史上初めてであり、大きな話題を集める事となった。

立后されてほどなく皇后は懐妊され、それだけでも国は沸き立ったが、翌年の八月に誕生したのは待望の男児だった。

国は祝賀ムードに押し包まれ、レティアスと名付けられたその皇子殿下は誕生からひと月も経たぬうちに立太子された。めでたい事の目白押しである。

そして皇子殿下の叔父《おじ》であるセルティスはと言うと、別の意味でも狂喜していた。

「あと二、三人、姉上が男の子を産んでくれたら、私に構ってくる輩《やから》もいなくなるな」

そんな事をほくほく顔で言っていたが、犬や猫じゃあるまいし、人間はそうぽんぽんと子どもを産める訳ではない。

それよりも、数か月後には騎士の叙任を受けていよいよ成人皇族の仲間入りをする訳だから、セルティスにとって本当に大変なのはこれからだろうとケインなどはそう思った。

「そう言えばケインは卒業後どうする訳?」

ふと気付いたようにセルティスが聞いてくるので、

「二、三か月はアンシェーゼでのんびりしますけど、その後は一年くらいかけて遊学に行く予定です」

それを聞いたセルティスは目を丸くした。

「え？　遊学ってどこに行くつもりなの？」

「まずは北のガランティアですね。それから、シーズ、タルス、ペルジェと回っていって、最終的にはセクルト連邦の公国を見て回りたいと思っています」

何と言っても、ケインの家は金持ちである。

数か国以上の国を二年かけての遊学となれば莫大に金はかかるが、そのくらいカルセウス家にとっては何て事はなかった。

「アンシェーゼ周辺の国を一通り回るつもりなのか。私も行ってみたいけど、遊学なんて夢のまた夢だな」

現在アンシェーゼに男性の成人皇族は五人しかいない。皇帝陛下とあとは前皇帝の従兄弟にあたる四人の殿下方だけだ。

四人の殿下方は、前パレシス陛下に粛清《しゅくせい》されなかった程度には無能であり（こういう言い方をすると身も蓋もないが、有能な皇族ならおそらく殺されていた）、その嫡男らはいずれも爵位を賜ってすでに臣籍降下している。

つまり今後、皇帝の周囲で成人皇族としての働きが期待できるのはセルティスだけで、そんなセルティスに長期に渡る遊学が許される筈がなかった。

「それにしても、いつからそんな話になっていたんだ？　私は全く聞いていなかったけど」

ちょっと拗《す》ねたようにセルティスが聞いてくるので、

「先月そういう話を親からされたのですが、私は一年くらいはアンシェーゼでのんびりしようかと。けれど、ガランティアに嫁いでいた伯母《おば》が私の遊学に乗り気になっていて、来年の夏前にはこちらに来るようにと昨日手紙が届いたんです」

ケインはいずれ皇弟殿下の片腕になるだろうと目されていて、そのためにも広い世界を見て回るよう、父親から強く言われていた。

そしてケイン自身も、その事はしばらく前から感じていた。

アントーレで学ぶべきものはすべて学んできたと思っているが、それだけでは十分ではない。これからもセルティスの傍らに立ちたいなら、ケイン自身がもっと成長しなければならなかった。

「こうやってセルティスと名前を呼ぶのも、あと数か月です。卒業したら『殿下』と呼びますよ」

自分たちは成人し、誇りと覚悟をもってこの先の人生を歩んでいかなくてはならない。

そんな決意を込めてセルティスにそう言ったのだが、セルティスにしてみれば、ケインが急に遠くなったように感じたのだろう。

不貞腐《ふてくさ》れたように黙り込んでしまった。

「今までだって人前では殿下とお呼びしていたでしょうが。さすがに成人皇族を呼び捨てにする訳にはいきませんからね」

そう言葉を足してみたが、セルティスは相変わらずそっぽを向いたままだ。

ケインは小さな溜息をついた。

「セルティス。私はいずれ貴方の剣となり、楯となります。この遊学はそのための布石です」

「え」

セルティスが驚いたように顔を上げた。

「えっと、それって……」

「アンシェーゼにいると、この国の文化や風習だけが当たり前のように感じられるじゃないですか。他国には他国なりの事情があり、気候や風土も違えば、言語そのものが異なる国もあります。思想も信仰も異なる国で自分がどんな事を感じるか、実際に身を置いて確かめてきます。まあ、もしかして国が恋しくなる事もあるかもしれませんけど、それで逃げ帰ったら馬鹿みたいですから死ぬ気で頑張ってきます。……さっきの話に戻りますが、『殿下』呼びは一種のけじめです。呼び方が変わったくらいで、簡単に縁が切れるなどとは思わないで下さいね」

ケインの言いたい事がようやく伝わったのだろう。セルティスは勝手に拗ねていた自分が恥ずかしくなったらしく、気まずそうに瞳を揺らした。

「……私ができない遊学を一人で楽しんでくるんだ。手紙くらい寄越せ」

「勿論、そのつもりです」

ケインは笑って頷いた。

「セルティスもたまには手紙を下さい。あと、遊学先に会いに来ませんか？　アレク陛下も皇子時代はいくつかの国を訪問していたようですし、多分そのくらいは許可が下りると思いますよ」

二　章

　さて、卒業を二か月後に控えたある日、ケインはセルティスに連れられて、レティアス皇子殿下が住まわれる水晶宮を訪れていた。

　この水晶宮は皇后が産んだ皇子皇女がたが住まわれる宮殿で、現皇帝のアレク陛下も皇子時代にお暮らしになっていたところである。コの字型をした本宮殿西棟の皇后宮とは石造りの橋で二階部分が繋がっていたが、今の皇后が懐妊された時にもう少し気軽に行き来できるようにしたいと希望され、現在は両宮殿を結ぶ渡り廊下が作られていた。

　とはいえ、この渡り廊下は皇帝夫妻とそのお子らがお使いになる廊下であるため、セルティスやケインは正面玄関からの訪問となる。一応前触れは出しておいたが、生後五か月の皇子殿下にとってはどうでもいい事で、二人が訪れた時も気持ち良さそうに午眠を貪っておられた。

　乳離れをしていない赤子とはいえ、一応相手は未来の皇帝である。「御前に拝するのは非常に畏れ多い気がします」とセルティスに言ってみたら、「皇弟殿下を呼び捨てにしているお前が言うな」と、呆れた顔で返された。

　さて、その未来の皇帝陛下は両手を万歳の形にあげ、乳母《うば》のビエッタ夫人の胸に幸せそうに抱かれている。

　妹や弟たちを見慣れているケインにはさほど珍しくない光景だが、セルティスは初めての甥《おい》っ子《こ》が大層もの珍しく、気になって堪らないようだ。時々指で赤子の頬をつついては、「起こしてはなりませんわ」とビエッタ夫人に注意されていた。

「最初にレティアスを見た時、余りに薄毛だったからびっくりした」

「あー、そうだったんですか」

「産毛が少しある程度でほとんど髪の毛がなくてさ。生まれたばかりなのに、もう禿げたのかと……」

「うわっ、何てひどい誤解を」

「赤子を見たのが初めてだったのだから、仕方がないだろう？　それにあの時は、何だか顔もへちゃむくれていてサルっぽかった」

生まれたばかりの子は皆そんなものだが、今まで赤子を見た事もなかったら、そりゃあ驚くかもしれない。

「……まさかその場では言わなかったでしょうね」

「私だって、時と場所は弁えている」

ぼそぼそとそんな風に言い合っていれば、ビエッタ夫人から軽く睨《にら》まれた。ハゲとかサルという言葉がピンポイントで耳に入ったらしい。

「そのうち貴方も父親になるんですから、いい経験になったじゃないですか」

「そのうち……？」

セルティスはものすごく嫌な顔をした。

「私はまだ十六だぞ。そんなに早く父親になってたまるか」

「でも、ものすごい数の縁談が貴方に届いているって聞いていますけど」

「全部断ってもらっている。十二まで紫玉宮に閉じ込められていて、その後はアントーレでの宿舎生活しか知らないんだぞ。ようやく自由を手にできるのに、このまま結婚という檻《おり》に入れられるのは悲し過ぎる」

「なるほど。それもそうですね」

その気持ちは何となく理解できたので、ケインは大きく頷いた。

「そういうお前はどうなの？　実は婚約者がいるんですって話の流れじゃないだろうな」

「いませんよ。私もしばらくはこの自由を謳歌《おうか》します」

それを聞いたセルティスがちょっと首を傾げた。

「そういや、ケインは何で婚約していないんだ？　カルセウス家くらいの家格の家なら、そういうのがいて当然な気がするけど」

「うちは財政的に安定していますから、焦ってどっかと縁を繋ぐ必要がないんです。野心とか権力志向とかもあんまりない家なので、のんびり構えていていいって言われていますし。多分、二十代後半に、十六、七くらいの女性と結婚するようになるんじゃないですかね」

「そんなに年が離れていて、話が合うものなの？」

「相手にもよると思いますけど。要は話が合う女性と結婚すればいい訳でしょう？」

「お前ってちゃっかり、そういう相手を見つけそうだよな。……要領良さそうだし」

何とも答えようがなかったので、ケインは軽く肩を竦めておいた。

「……なあ、結婚話で思い出したんだけど、お忍びの時に出会ったシアの事、覚えてる？」

ややあってセルティスがそんな風に言ってきたので、懐かしい名前ですねとケインは瞳を細めた。

「勿論覚えています。そろそろ結婚した頃でしょうか」

自分たちと同い年のようだったから、もう十六の筈だ。貴族女性は大体十六から十八で嫁ぐものだから、結婚していてもおかしくない。

「あの時、聞きそびれていたんだけど、寄り親って一体何なんだ？」

ケインはどう説明して良いものかと、ちょっと考え込んだ。

「アンシェーゼには莫大な数の貴族がいて、その約七、八割が下級貴族です。皇都から離れた不便な場所に小さめの領地を持ち、ですから社交もままならない訳です。そうした貴族達に人脈を作るための社交の場を提供したり、あるいは良縁を取り結んでやったりするのが寄り親と呼ばれる貴族なんです」

「ああ、そういう貴族がいるんだ」

「別に法制化とかはされていなくて、自然発生的に出来上がったって感じですけど。歴史が古く、昔からその地を治めていたという家が寄り親となる場合が多いですね。領地自体は荒れていて収益も余りなく、人脈で生き残ってきたような家がいつの間にか寄り親の役割を果たすようになったという感じなんだと思います。勿論、そうした寄り親の元締めとなる上位の寄り親も存在する訳ですが……。取り敢えず下位の寄り親達にとっては、寄り子と呼ばれる下級貴族からの付け届けが大事な収入源となっているようですよ」

「なるほどね」

「彼らはとにかく広い人脈を持っているので、その分、情報も集まります。カルセウス家が情報を集めたい時は、分家を通して最終的には馴染みの寄り親を頼ると聞いた事がありますから」

「シアの家は寄り親に圧力をかけられたみたいだった。そういう寄り親と寄り子の関係は解消できないものなの？　例えば、寄り親を替えるとか……」

セルティスの言葉に、ケインはうーんと考え込んだ。

「難しい気がします。先程も言ったように、寄り親は寄り子からの付け届けを当てにしていますからね。寄り子に逃げられる事は死活問題ですから、親を乗り替えようとしていると知れば、とことんまで相手を潰そうとするでしょう。他の寄り子達に対する見せしめもあるでしょうし、余程力を持った繋がりを別に持っていない限り、その寄り子は潰されるんじゃないですかね」

「そんな構図、おかしいだろ」

「ええ。本当は、何か困った事が起きた時、寄り子を守るのが寄り親の役割なんですけどね」

ケインは小さく溜息をついた。

「でもシアの家の場合、本当のところはどうだったんでしょうか。かなり格上の貴族との縁組だったようですから、もしかすると寄り親は、いい縁組を紹介してやったくらいの感覚でいたかもしれませんし」

あの時会ったシア嬢がどこの誰であるかもケインは知らなかった。オルテンシアという名前だったが、住んでいる地方も家名もわからないという状況では、さすがのケインにも特定する事は不可能だった。

「幸せになっているといいな……」

セルティスがぽつんとそう言うので、ケインは「そうですね」と頷いた。

願い続けていればいつか叶うと、そんな風にセルティスの心を慰めてくれた少女だった。

少女の言う通り、セルティスは姉との再会を果たし、あの時望んでいた未来を手に入れた。

強い眼差しで未来へ進もうとしていたあの少女もまた、思う未来を手に入れていればいいとケインは心からそう願った。

そのまま二人でらしくもない感傷に浸っていれば、やがて皇后陛下のお渡りが伝えられ、それを聞いたセルティスが嬉しそうに顔を上げた。

というか、今日ここを訪れたのは、そもそも皇后に呼ばれたからだ。ケインの遊学を聞いた皇后がセルティスと二人で顔を見せるようにと伝えてきて、それで二人で水晶宮を訪れる事となった。

実を言うと、ケインはすでに皇后陛下と面識がある。ヴィア妃が皇后になられてすぐ、セルティスが皇后に親友のケインを紹介したからだ。

初めてケインがヴィア皇后を間近に見た時の感動は、今も記憶に新しい。うわあ、こんなきれいな人間がこの世にいるんだ！　と、一瞬言葉も忘れてその顔に見入ってしまった。

セルティスも美人だが（大きくなれば少しはむさくるしくなるかと思っていたが、体を鍛えても筋肉ダルマにはならず、精悍というより秀麗な皇弟殿下である）、皇后陛下はそれに加えて独特の艶と華やぎがあった。

セルティスが姉をべた褒めする気持ちもよく理解できたが、「姉上を好きになるなよ」とセルティスに釘《くぎ》を刺された時には、そんなんしたら家が潰れるだろ？　と本気で思った。

何と言っても、この皇后陛下に対する皇帝の執着と並外れた寵愛は有名であり、一説によると「どの男の目にも触れさせたくないから皇帝宮の奥まった一角にずっと皇后を閉じ込めておきたい」と宣《のたま》ったそうである。

まあ、そんな事がアンシェーゼの皇后の立場で許される筈もなく、皇后は普通に社交をこなされているる訳だが、そこまで皇帝に愛されている皇后を恋愛対象にするような命知らずな臣下はいないだろう。

それに、こんな華やかな美人さんは観賞用で十分だ。『皇后陛下を称《たた》える会』の会員一号は言わずと知れたセルティスだが（皇弟殿下がそんな事をしていいのかという疑問はさておき）、ケインだって三百五十四番の会員番号を持っている。因みに取りまとめ役は、会員番号二番を持つ、皇后の侍女頭のレナル卿夫人だ。

美しく聡明で慈悲深く、臣下にも慕われている皇后は、まさにアンシェーゼの至宝である。

話は戻るが、実は初めてセルティスに紹介してもらったその日、ケインは皇后から「これからもセルティスの様子を教えてもらえないかしら」とこっそり頼まれていた。

皇后はセルティスが心底可愛いようで（危篤と聞いて、慌ててどっかから戻って来られた程だ）、どのように日々を過ごしているかがとても気になっていたらしい。

ケインにしても、セルティスの話を心置きなく話せる相手がいるというのはありがたく、二つ返事で承諾させていただいた。

何と言ってもセルティス絡みでは国家機密扱いの話も多く、家族や他の友人達にはおいそれと話ができない事が多かったからである。

そうして時折、皇后とお会いするようになったケインだが（勿論、二人きりではない。皇后が信頼する侍女が必ず傍に控えている）、セルティスの前向きな明るさはやはりこの皇后譲りだとすぐに確信するようになった。

とにかく朗らかで、話しているととても楽しい。

ついついケインの口も軽くなり、騎士学校でのあれこれをすべて語らせられる羽目になり、帰ってから喋りすぎたかなと、時折思わないでもないケインである。

まあ、皇后は賢明なお方なので、得た情報を迂闊《うかつ》に漏らす事はないだろう。

さて、久しぶりにお会いした皇后は、すでに二人目を身籠もっておられたが、体形はまださほど変わっておられなかった。相変わらずお美しく、眩いばかりの華やぎがある。

その皇后は早速ケインの遊学についてお尋ねになられ、ケインは今知る限りの事をお伝えしていった。

どういう基準で遊学の先を決めたか、どの国でどんな事を学びたいかなどを話していけば、皇后は我が事のように瞳を輝かせ、楽しそうに相槌を打って下さった。

「では、シーズにもいずれ行くようね。カルセウス家の人脈もあるのでしょうけど、わたくしからもシーズの王妃様に一言、文を書いておきましょうね」

言われたケインは、へ？　と顔を上げた。

「皇后陛下は、シーズの王妃様とご友人でいらっしゃるのですか？」

「ええ。わたくしの結婚の祝賀行事にシェルルアンヌ様が来て下さって、それ以来の友人よ。そう言えば、あの頃はまだガランティアの王女殿下でいらっしゃったわね」

その言葉に、『あー、アレク陛下の皇后候補ナンバーワンだった、あの王女殿下だぁ！』とケインは思わず心の中で叫んでいた。

でも待てよ？　確か、あの王女殿下は皇帝にぞっこんだった筈だ。つまり王女殿下にとって皇后はにっくき恋敵だった筈で、なのに何で友達になっているんだろう？

ケインは眉間に皺を寄せた。

そんなケインには気付かず、皇后は楽しそうに話を続けられる。

「今も親しく文通させていただいているの。とても楽しくて前向きな方よ。王妃様のサロンにも呼んでいただけるよう、手紙でお願いしておくわね」

この言葉に、ケインは思わず笑顔をひきつらせた。

ここで言うサロンとは、自分とセルティスがお遊びで行ったあのサロンとは全く別物だ。王族や貴族らが開く私的な集まりで、芸術への理解や教養一般、会話の軽妙さ、優美さを競い合う場所でもある。

そこに年齢は関係ない。会話についていけなければ恥をかき、その評判がいつの間にか知れ渡っているという恐ろしい集まりだ。

ケインも名家の出だから、内々で開くサロンには幼い頃から参加しているが、正式なサロンデビューはこれからだ。

少し格の低いサロンから徐々に慣れようと思っていたのに、行ったばかりの他国でいきなり王妃様のサロンに呼ばれるなんて、無謀もいいところである。

けれど、こんなところで弱音は吐けなかった。

この先もセルティスの傍らに立ち続けたいなら、他国にも大きな人脈を築いていく事がケインにとっては不可欠になる。

「お力添え、ありがとうございます」

覚悟を決めたケインは吐息を喉の奥で噛み殺し、真っ直ぐに皇后の顔を仰ぎ見た。

「様々な出会いを通し、一回りも二回りも自分が成長していけるよう、これからも精進して参ります」

その言葉に皇后はゆっくりと頷いた。

「貴方ならできるわ。楽しみながら頑張っていらっしゃい」

という事で、その四、五か月後には早々とガランティアの地に降り立ったケインである。

卒業後は、嫡男の成人を祝う祝賀会が皇都の本邸と領地の邸宅（ほぼ城）とで行われ、毎日のようにあちこちの社交の場に顔を出して、まるで暴風の直中《ただなか》に投げ込まれた気分で日々を過ごし、気付けば遊学が始まっていた。

アンシェーゼを発《た》つ二日前にセルティスとは酒を酌み交わしたが、セルティスの方もケイン以上に忙しい毎日を送っているようで、「私の自由はどっちだ！」と訳のわからない事を叫んでいた。

そうして始まった遊学ではあったが、元々社交的で順応性の高いケインであれば、すぐに新しい生活にも馴染み、他国での社交を楽しむようになった。

それに元々ケインは無類の建築好きである。これを機に国外の建造物をゆっくり見て回ろうと、以前から楽しみにしていた。

最初に訪れたガランティアでは趣のある聖堂のファサードに魅了されてあちこちの都市を回り、次に訪れたシーズでは緻密な計算がされた幾何学的なパターンの化粧張りに心を鷲掴みにされた。誰が考案したのかは知らないが、あれは面白い。各面がどのように分割され、合理的な比例関係を作っているかを、ついついムキになって検証してしまった。

そんなケインだから遊学が楽しくて仕方なく、ついつい趣味全開の手紙を送りまくってセルティスからは半分呆れられたが、セルティスだって手紙の半分は皇后陛下に関する事だからお互いさまである。

姉上大好きなところは一向におさまる気配を見せず（おそらく一生治らないであろう）、今はその対象が甥っ子まで広がっている感じだ。まるで育児日記のようにその成長ぶりを書いてきて、なかなかに微笑ましい。

そのうちアヴェア皇女もお生まれになり、初めての姪《めい》っ子《こ》の誕生にセルティスはもう大喜びである。『アヴェアは生まれた時から髪がふさふさしていた』と手紙に書き送ってきて、そう言えばレティアス皇太子のつつましやかな髪の毛はあの後どうなったのだろうと、ケインにはそっちの方が気になった。

まあ、男の価値は毛髪量で決まる訳ではない。薄くても雄々しく育って下さいと遠い国からエールを送っていたが、後で聞くと要らぬ心配だったようである。

そんなアヴェア皇女がちょうど腹ばいでの匍匐《ほふく》前進を覚え始めたと思われる頃、ケインはアンシェーゼから遠く離れたペルジェ国で面妖な噂話を受け取った。何と本国の宮廷で『姉上至上主義』という新語が流行《はや》り始めたというのである。

初めてそれを耳にした時、どこかで聞いた言葉だなとケインは首を傾げ、次の瞬間、それを流行らせた犯人の名前に思い当たって、思わず噎《む》せそうになった。

姉上至上主義を〝心躍る〟と評した、どこぞの皇族で間違いない。

何故今頃になって流行らせるかなとケインは不思議に思ったが、その三か月前、本国では前代未聞の事件が起こっていた。

当時、若く美しい皇弟殿下の周囲はその目に留まろうと大勢の令嬢達がひしめいていたのだが、そんな中、ある貴族に結婚についてほのめかされた皇弟殿下は、皆が聞き耳を立てているのを確認した上でにこやかにこう言い放ったらしい。

『自分の妃となるからには、皇后陛下と並んで見劣りがしない程度には顔の造作が整っていないと惨めですよね』

その瞬間、場は咳《しわぶき》一つ聞こえないほどに静まり返ったという。

縁談はばたばたと取り下げられ、麗しき皇弟殿下の評価は駄々下がりに落ちていくと思われたが、意外とそんな事はなかった。

ある集団から熱烈な賛同と支持を得たからである。

それが、世に言う『皇后陛下を称える会』の会員達であり、その辺りから『姉上至上主義』という新語が爆発的に広まっていったと言われている。

会員メンバーであるケインが支部会を通して確認したから間違いない。

それにしてもここまで性癖を太っぴらにしたら後々《のちのち》妃選びに困らないかなと、ケインはさすがに心配したが、ちょうどタイミング良く、その強烈な姉上至上主義者と直《じか》に話す機会がやってきた。

他国訪問の許可をセルティスがついに兄皇帝からもぎ取って、ケインがちょうど滞在していたペルジェ国にやって来る事になったのである。

皇弟殿下の歓迎行事が立て続けに行われ、セルティスにとっては初めての他国訪問で気が張る事も多かったと思われるが、そうしたプレッシャーを微塵も見せる事なく、セルティスは終始、皇族の見本のような優雅な立ち居振舞いで周囲を圧倒した。

ケインはと言うと、その様子を呆れ半分に感心しながら眺めていた。

以前に比べ、セルティスの猫のかぶり方が格段に進歩している。

中身は結構がさつで、かつ相当過激な性格をしているのだが、それを片鱗《へんりん》も感じさせないのは称賛に値した。これはもしかして、皇后陛下の教育の賜物だろうか（ただしセルティスは、皇族として不要な知識も皇后からいろいろと仕入れている）。

非常に美しい外見もしているので女性陣の間で人気はうなぎ上りで、行く先々できゃーっと言う悲鳴が沸き起こり、セルティスはトイレにも行きづらいと密かにぼやいていた。

モテ男はモテ男なりの贅沢《ぜいたく》な悩みがあるようである。

という事で大人気の皇弟殿下はあちこちから舞い込む社交に追われ、ようやくケインと二人の時間がとれたのは帰国前夜の事だった。

「ものすごい人気ですね。殿下の行くところ、女性陣が群がっているじゃないですか」

軽く杯を上げて乾杯し、からかうようにそう言えば、セルティスは幾分うんざりと顔を顰めた。

「今は結婚に全く興味がないと馬鹿の一つ覚えみたいに繰り返しているんだけど、やたら纏《まと》わりついて来るんだ。姉上至上主義全開で追い払おうとしているんだけど、実際の姉上を知らないからアンシェーゼほど効果がないし」

どうやら畏れ多くも皇后陛下を虫よけに使っておられるらしい。

「こっちはアンシェーゼの名前を背負っているから、あんまり素っ気なくもできなくてさ。だから愛想良くしているだけなのに、そこら辺りのさじ加減が難しいなあ」

そうぼやくセルティスに、ケインは苦笑した。

「でもまあ、ペルジェの王家には適齢期の王女が残っていなくて良かったじゃないですか。この上、王家にまででしゃばってこられたら厄介ですからね」

アレク陛下の皇后候補だった第一王女を始めとした四人の王女はすでに嫁したか、婚約者がいる状態で、結婚を押し付けられる心配がない。

「まあな。兄上の側近のモルガン卿もそれを心配していた。アンシェーゼと縁戚になりたがっている国は多いから、未婚王女がいる国にはあまり行かせたくないって。他国では本国ほど守りを固められないから何をされるかわからないとも言っていたけど……。何をされるんだろ。何だか気にならないか？」

やや声を潜めてそう聞かれ、ケインは大きく頷いた。

「そうまで言われると、確かに気になりますね」

何となく色事の匂いがして、非常に興味深い。というか、妄想が止まらなくなる。

「それはともかく、妃選びに関しては慎重にしなければいけないだろうな。兄上にはまだ一人しか男児が生まれていないから、何かあれば皇弟に機会があると思うような馬鹿な奴らも大勢いるし」

「まあ、殿下の場合、野心のない女性というのが譲れない条件ですよね」

関わりがないところで勝手に野心を抱いて自滅するのは自由だが、妃となった女性やその実家に変な事をされると、セルティスの立場までが危うくなる。

セルティスの友として、それだけは許し難かった。

「で、条件はともかくとして、殿下個人の好みってどうなんですか。理想の女性像くらいあるんでしょう？」

そう聞けば、「アンシェーゼの皇弟じゃなくて、私個人を見てくれる子がいい」と、セルティスは即答した。

「私が今の地位や恩恵をすべてなくしても共に生きたいって言ってくれる子がいたら最高なんだけどな。でも実際問題そういう現実が訪れたら、それはそれで悲惨な気がする」

溜息をつくセルティスに、「殿下、生活能力がなさそうですもんね」と、ケインも同意した。

「それ、以前姉上にも言われたなぁ。引きこもりをしていた時、市井に逃げて一緒に暮らしたいって言ってみたら、お前は甲斐性《かいしょう》がないから駄目だってさ」

「……」

「でもまあ、皇弟以外の生き方もできないくせに、相手には地位に囚《とら》われずに私自身を見て欲しいなんて、青くさい考えだと自分でもわかっているんだ。だから取り敢えず、楽しく話ができる子がいい。私の事を偶像化して妙に崇拝してきたり、媚《こ》びを売ってきたりする女性が私の周囲には多いから。気取る事なく会話できて、私の知らない世界を教えてくれる子が理想的かな」

「なるほど」

そう相槌を打った後、ケインは不思議そうに尋ねかけた。

「それにしても、今までそういう女性はいなかったんですか？　殿下に自然体で話せる女性は少ないとは思いますけど、皆無ではなかったでしょう？」

ケインの問いに、「まあ、いるにはいたかな」とセルティスは笑った。

「周囲からたっぷりの愛情を注がれて、皇弟に対しても物怖じせずに話しかけて来て、話題も豊富でマナーも完璧。そういう類の女性は何人かいたけどね」

でも心は動かされなかったと、セルティスは肩を竦めた。

「ずっと前にミダスの街中で出会った子と、つい比べてしまうんだ」

セルティスの言葉に、ケインは飲みかけていた杯をテーブルに戻した。

「一緒に街を散策したシア嬢ですか？」

「うん。シアに比べたらどの女性も色褪《いろあ》せて見えた。何と言うか、楽しさが違う」

「……」

どう答えていいかわからず、ケインは無言になった。

お忍びで偶然出会った、身分の低い地方貴族の令嬢。確かな温もりと強さを兼ね備えていた女性で、どこか皇后陛下に通じるところがあった。

あれほど鮮烈な印象を残す令嬢は、この先なかなか現れないだろう。

「朗らかで前向きな子でしたね」

無難な返答を返すケインに、セルティスは小さく吐息をついた。

「さっきの話に戻るけど、私に対して臆せずに話ができる女性は、血筋に対する自尊心も強いんだ。私が母の事を話題に出すと、どの女性も一様に困った顔をする。……彼女らにとってツィティー妃は皇帝の寵愛を受けただけの平民の踊り子で、その部分はどうしても受け入れ難いようだ。口ではうまく言っていても言葉がどこか上滑りしているし、面と向かって、お母君の血筋は全く気にしておりませんと言われた事もある」

「気にしておりません……か」

ケインは眉を顰《ひそ》めた。

「それはまた随分、上から目線の言葉ですね」

「ああ。悪気がない分、余計に不快だった。私は少し頑《かたく》ななのかもしれないが、母の苦しみや努力をきちんとわかってくれる女性でないと好意は抱けない」

セルティスは自嘲を唇に浮かべ、そうだろうなとケインは小さく頷いた。

「まあ、そのうち殿下のお眼鏡《めがね》にかなう女性も現れるでしょう。国許では殿下争奪戦が繰り広げられたと聞き及んでおりますし、殿下に手折られるのを待っている花も多いのではないですか」

にっと笑ってそう話を振れば、セルティスは「あー、あれか」と疲れたように苦笑した。

「騎士学校在籍中は釣り書きの類は全部断っていたから、社交デビューしてからの反動がすごかった。モテたと言えば聞こえはいいけど、何と言うか、肉食獣に周囲を取り囲まれているような感じだったな。貴族令嬢だとかどこぞの王女やら公女やらが結婚相手に名乗りを上げて、本人ばかりじゃなく、その親族の押しも強かった。釣り書きと一緒に賄賂《わいろ》のような高価な贈り物が次々と送られてくるし、気を抜いていたらいつの間にか人気《ひとけ》の少ない場所に二人きりにされて、詰んだかと焦った事もある」

「うわあ。それは大変でしたね」

「迂闊な態度をとったら外交問題になるし、宮廷内の派閥にも影響を与える事だから、きちんと根回しをして一つ一つ潰していく羽目になった。そういうのは得意だから最初は楽しんでいたんだけど、だんだん飽きてきてさ。だから、姉上の美しさを利用して一気に方を付ける事にした。……あれは傑作だったなあ。纏わりついていた令嬢らが一気に怖《お》じ気《け》づいて、バタバタと縁組が取り下げられたから」

例の事件か……とケインは思った。皇后陛下と並んで見劣りがしない程度には顔の造作が整っていないと惨めとかいうあの発言である。他国にまで伝わってくるくらいだから、当時の反響はすごかったのだろう。

「でもまあ、好みはともかくとして、皇族の結婚なんて一種の義務だからな。今は結婚なんて考えられないからすべて断っているけど、陛下の命であれば従う覚悟はついている」

「……まあ、これぱっかりはどうしようもありませんからね」

有事となれば、政略のための結婚から皇族が逃れる事は難しい。

現皇帝は最終的に望む女性を皇后に迎え入れたが、あれは例外的なものだ。寸暇を惜しんで国のために働き、有能な側近や臣下にも恵まれ、ようやく摑んだ幸運のようなものである。

それでも……とケインは思った。もし政局も安定していて、セルティスが本気で好きになれる女性を見つけたら、セルティスはどんな障害があってもその女性を手に入れようと動くのではないだろうか。

セルティスは頭も切れるし、行動力もある。それに何と言っても、あの皇帝陛下の弟君だ。あれほど浮名を流しておられた陛下が今は皇后一筋であられるように、セルティスもまた、恋情と執着のすべてを心に決めた女性に一途《いちず》に傾けていく気がした。

見初められた女性はさぞ大変だろうなと他人事《ひとごと》のようにケインは心に呟いた。これほどの男性に求められて心を動かされない女性は少ないだろうが、セルティスの場合、両想いになったからと言ってそれがそのまま大団円には繋がらない。皇弟という地位はそれほど軽いものではないからだ。

だから一応言っておいた。

「もし好きな女性ができたら、まずは皇后陛下にご相談なさったらいいんじゃないですか？　大恋愛の末にご結婚された皇后陛下なら、きっとお力になって下さると思いますよ」

「姉上に相談か……」

ケインの言葉に何気なく頷きかけたセルティスだが、次の瞬間、何か重大な事を思い出したようにかっと大きく目を開いた。

「結婚相手は絶対に、『皇后を称える会』の会員だ！　根底の部分でわかりあえないと、結婚生活はうまくいかないからな！」

「な、なるほど……？」

……ある意味、ぶれないセルティスだった。

その後、セルティスの訪問国とケインの遊学先がかぶる事はなく、しばらく便りを送り合うだけの日々が続いた。

ケインがようやくアンシェーゼの地を踏んだのは国を出てから凡《およ》そ二年後の事で、その間にアンシェーゼの皇室は随分と変わっていた。

蟄居させられていた一番下の皇弟殿下が身分を取り戻され、シーズ国に嫁がれていた皇妹殿下が結婚無効となってアンシェーゼに戻られていた。

皇帝夫妻には第三子となる皇女殿下が誕生し、祝賀ムードが国全体に広がる中、シーズから帰国された皇妹殿下が皇帝陛下の側近のラダス卿に降嫁された。

久しぶりに会ったセルティスに、「皇室も随分変わりましたね」と感慨深く呟けば、「いつの間にか大所帯になってさ。水晶宮に顔を出したら、もう大変」とセルティスは肩を竦めた。

「妹や弟が毎日遊びに来ていて、姉上の子どもを含めた四人が順々に私に飛び掛かって来るんだ。一番下の姪っ子はまだちっちゃいから檻の中で大人しくしてるけど」

「檻？」

「赤子用の寝台だ。落ちないように柵があるんだけど、何だか檻に入れられた囚人みたいで」

ひどい言い様である。

「そう言えば、ちょっと先の話になるけど、うちで家族会を開く事になった」

「……家族会って何ですか？」

聞いた事もない言葉に、ケインは首を捻った。

「セクルトに嫁いだ姉二人を皇宮に呼び戻して、家族間の親睦を深めるんだってさ。多分、姉達は夫や子ども達を連れて来るようになると思う。こっちからは皇帝夫妻とその子ども、後はラダス卿夫妻に、私と妹と弟かな。ただ、セクルトからだと結構長旅になるし、夏場の暑い時期は移動も大変だから、九月末辺りになると思うと姉上は言っていた」

その話を聞きながら、この突拍子もない家族会を考えつかれたのはおそらく皇后陛下だなとケインは思った。

アンシェーゼの皇室は血で血を洗うような殺伐とした家系だったから、家族で交流を深めるという発想自体が皇家にはない。

「ご兄弟だけで八名、それにその配偶者とお子様が加わるとなると、かなりの大所帯ですね」

「八人のうち、二人は夫婦だけどな」とセルティスは笑い、「一体全部で何人になるんだろう」とぶつぶつと人数を数え始めた。

その日を心待ちにしているのが伝わってきて、ケインも何だか嬉しくなる。

あの皇后陛下が仕切られるのだ。きっとほのぼのとした明るい家族会になる事だろう。

「早く実現しないかな」

母と姉以外の家族を知らず、宮殿に閉じ込められて寂しく育っていた皇弟殿下は、今は晴れやかな顔でその未来を心待ちにしていた。

その後ケインは、皇弟殿下の執務補佐官という役職をすぐに与えられた。この役職に権限はなく、皇族の相談役といった立ち位置である。

一方、ケインをその職に任命したセルティスはと言えば、とある思惑があってケインの帰国を非常に心待ちにしていた。お忍びをまた一緒にしたかったのだ。

「兄上の許可はすでにとってある」

そう言ってくるセルティスに、「そりゃあ、どうも」とケインは返事をした。皇帝陛下の許可が下りているなら話は早い。

「今度は市中で駆けっこはするなと釘を刺されたけどな」

続けられた言葉に、ケインは半笑いとなった。

あの後、お忍びの顚末《てんまつ》を報告されたアレク陛下はまさに度肝を抜かれたらしい。当時の皇帝は、セルティスの事を大人しくて物静かな弟君だと何故か信じ込んでおられ、その弟君が護衛を振り切って下町を暴走したという報告に、嘘だろ……？　と頭を抱え込まれたそうだ。

まあ、傍にいたケインだって、あの時はこれで自分の人生もおしまいかと半分覚悟した。

「普通の皇族はあんな事しませんからね」

溜息混じりに当時の恨みを口にすれば、「済んだ事は気にするな」とセルティスに言われた。それは迷惑をかけられた方が言う言葉であって、かけた方に言われると何か納得できない。

「あの時は兄上にも、無茶はするなと叱られたな。でも一連の報告を受けた兄上は、内心では私が羨ましかったみたいだ」

羨ましい……？

それを聞いたケインはちょっと無言になった。

「……まさかあのお年で、下町を駆け回りたかったんですか？」

「ん？　ちがう。そっちじゃなくてサロンの方だ。姉上とデートしたかったらしくて」

「あー、なるほど！」

ケインは何だかほっとした。一瞬、やんちゃ全開で下町を全力疾走する皇帝陛下と、それを鬼の形相で追うアモン副官の姿を本気で想像してしまったからだ。

「私から聞いたサロンの話がすごく印象に残ったみたいでさ。レティアスが生まれてから、兄上は何度かサロンに姉上を誘っているんだ。恋人みたいな雰囲気を醸し出して、護衛騎士らが目のやり場に困ったって言っていた」

「そりゃあ、また……」

あのお二人ならやりそうな感じである。

「という事は、殿下もサロンにまた行きたいって事ですか？」

そう言うと、セルティスは嫌そうに鼻の上に皺を寄せた。

「兄上が姉上を誘って行ったところに、どうして私が男を誘って行かなきゃならないんだ。男二人で行っても、面白くも何ともない」

「……そりゃあ、そうですよね」

ご尤《もっと》もな意見だった。

「あっ、そうだ。サロンで思い出したけど、今度妹のマイラを連れて行ってやりたいんだ。サロンの事を誰かから聞いたみたいで、行きたいってねだられた」

マイラ様はセルティスが可愛がっている妹君で、もうすぐ十になられる。母君はそこそこの家格を持つ貴族令嬢で、前皇帝の手がついたと同時に側妃に召し上げられて、六玉宮の一つ、碧玉宮を与えられた。

「そう言えば、そろそろ興味を持たれるお年頃ですね」

マイラ様は父帝との交流は全くなく、三つの時に父帝が亡くなられた後に、兄君達と交流を持たれるようになった。騎士学校時代、妹姫に会うために時々外出許可を取っていたセルティスの事をケインはよく覚えている。

さて、サロンは一応社交場であるので、幼い子どもは入店を断られる。マナーができていないと、他の客に迷惑がかかるためだ。が、マイラ殿下ならその点は心配ないだろう。つい先日、マイラ殿下は初めて内輪のお茶会を主催されたが、マナーは完璧で立ち居振舞いも美しく、まさに小さな淑女という感じだった。

「都合をつけて、ケインも付き合ってくれないか？　一人で連れ出すのがちょっと不安でさ」

どうやらあれ以来、セルティスはサロンを訪れていないらしい。

まあ、それもそうだろう。ケインは貴族の嗜《たしな》みとして芸術家のパトロンもしているから、先日も支援をしている女優を誘ってサロンを訪れたが、皇弟殿下ともなるとそう気軽に女性を誘えない。女優などを連れてサロンを訪れれば、すわ禁断の恋かと大騒ぎになるだろう。

「それは構いませんけど。でもどうせ行くなら、マイラ殿下は母君のセクトゥール殿下とご一緒に出かけられたいのでは？　セクトゥール殿下の御都合はつかないのですか？」

そう言ってみると、セルティスは少しだけ顔を曇らせた。

「ここだけの話だが、セクトゥール様はこのところ体調を崩されているんだ。そのせいでマイラもずっと元気がない」

ご容態は……と尋ねようとして、ケインはすぐにその問いを口の中に飲み込んだ。公式に発表されていない事について、自分がとやかく尋ねるべきではない。必要な情報ならばセルティスの方から教えてくれるだろう。

「では、兄君の殿下が連れて行って差し上げないといけませんね。今度、日を改めて一緒に参りましょうか」

ケインがそう言えば、セルティスは「助かる」とほっとしたように笑った。

「外国の話とかも聞きたがっていたから、いろいろ教えてやってくれ。ケインなら、あの年頃の子の扱いにも慣れているから任せられるし」

「まあ、慣れてはいますけどね」

何と言っても、一番下の妹とマイラ殿下は一つ違いである。

「ああ。同じ年頃の話し相手が欲しいなら、一番下の妹を連れて行きましょうか？」

試しにそう聞いてみると、セルティスはちょっと考えた末に首を振った。

「今回はいい。でも今度紹介してやってくれないか。マイラもきっと喜ぶだろう」

「わかりました」

その件はそれでいいとして……と、ケインは話を戻す事にした。

「先程のお忍びですけど、殿下は今回どこに行きたいんです？　どこか行きたいところが決まっているんじゃないですか？」

一応希望を聞いておかないと、ケインにも心積もりというものがある。万が一にも屋台で買い食いしたいなどという野心をまだ持っておられるのなら、早目に潰しておかなければならないからだ。

だが、そんな心配はどうやら杞憂だったようだ。意外にもセルティスはごく常識的な街歩きを提案してきた。

「実は姉上からミダスの見どころをいろいろ伺ってさ。石畳がきれいな教会とかステンドグラスが有名な大聖堂とかいろいろあるみたいで。他にも趣向を凝らした噴水広場がたくさんあるようだから、のんびり歩いて回りたいかなって」

「……それは面白そうですね」

面白そうだが、皇后陛下、ミダスの街に詳し過ぎだろ？　とケインは密かに心の中で突っ込んだ。

どれだけ街歩きを楽しんでいたのかとそっちの方が気になるケインである。

「で、一通り回ったら、最後に窮児院を見学したい。ほら、以前のお忍びでシアを送って行ったところなんだけど」

「ああ、あの窮児院ですか」

ケインは懐かしそうに瞳を細めた。数年前のあの初夏の一日は今もケインの記憶に新しい。互いに名残を惜しみながら、あの窮児院でシアと別れたのだ。

「それにしても何故、窮児院なんです？」

不思議に思ってそう尋ねると、セルティスは軽く肩を竦めた。

「姉上からどんな風なところか教えて欲しいって頼まれたんだ。救護院には何度かお忍びで行ったけど、窮児院はないらしくてさ。慰問で訪れたいけど、皇后として行けば迎える方に気を遣わせるから、今は報告だけを受けているって言われていた。希望すれば中も見せてもらえるようだから、見学してその様子を教えて欲しいって」

「なるほど」

いかにも皇后陛下らしいお言葉である。

因みにこの窮児院は聖教会が主宰する。皇都に住んでいた一人の司祭が親を亡くした子を教会に引き取った事がきっかけで始まり、窮児院という名前でアンシェーゼに定着した。その後、国の至る所に窮児院が建てられるようになり、今やその数は四百とも五百とも言われている。皇都の窮児院はその中でも規模が大きく、手に職をつけられるように技能指導をする施設も併設されていると聞いた事があった。

「私も寄付金を託《ことづ》けた事はありますが、中に入った事はありませんね。確かに一度、見学してみたい気がします」

　セルティスはその言葉に頷いた後、「ああ、そうだ」とケインを見た。

「窮児院の中を見学するなら、一応カツラを被っていくようにって姉上から言われた。私のこの金髪と琥珀の瞳は結構目立つから、皇族だとばれないようにしておいた方がいいって」

「街歩きするにもその方がいいですね。カツラに帽子を被ったら、民にもばれる心配がないでしょう」

　前回ミダスを歩いた時は、セルティスはほとんど民に顔を知られていなかった。けれど今は成人皇族として大聖堂のバルコニーから民に手を振る事もある。まあ、豆粒みたいな顔を民が見分けられるとはケインも思わないが、何と言ってもセルティスは顔が整い過ぎている。金髪美青年と琥珀の瞳の組み合わせで、皇弟殿下だと勘づく者が出てきたらそれはそれで面倒くさい。

「それにしても初カツラですか。何だか面白そうですね」

　ケインがそう言えば、セルティスも悪戯を画策する子どものようににやりと笑ってきた。

「うん。どんな変装になるか楽しみだ」

さて当日、空は青く晴れ渡り、絶好の遠足日和《びより》だった。

ガタが来た馬車に乗り込み、貧乏貴族が着るような安っぽい衣装に身を包んだセルティスは、肩までの長さの栗毛色のカツラを被り、超ご機嫌である。

ケインの方は、髪色や髪型を変えただけでここまで人の印象が変わるんだと内心驚いていた。勿論知り合いであればすぐにセルティスだと気付くだろうが、余り親しくない人間なら、すれ違ってもそのまま素通りしてしまいそうだ。

このカツラとツバ広の帽子のせいでセルティスは全く人の注目を集める事なく、二人はのびのびとミダスの散策を楽しんだ。勿論、護衛騎士はそこかしこに配置されていて、セルティスも勿論その存在に気付いたようだが（何と言っても、気配をまるで隠していないのだ。もしかすると、暴走するなという無言の警告であるのかもしれない）、全く気にせずに終始笑顔で喋っていた。

そうして散策を十分堪能したところで、二人は予定通り馬車で窮児院へと向かった。

門のところにはすでに二人の護衛騎士が待機しており、ざっと見る限り、施設周辺にも少なからぬ数の護衛が配置されているようだ。ここでトラブルに巻き込まれるとは考え難いが、善意を装った人間は誰でも入り込めるため、警戒は緩めない方がいい。窮児院の中にも護衛騎士を伴うようにと、皇后からも念を押されていた。

馬車を降りたケインとセルティスは、二人の護衛を連れて敷地内へ足を踏み入れる。門から玄関までの僅かな道の両脇は広い畑となっていて、青々とした元気な葉が風にそよいでいる。司祭や子ども達が丹精を込めて野菜を育てているようだ。

一番手前の大きい建物の入り口にはちょうど二頭立ての馬車が横付けされていて、出迎えに出た司祭の一人が明るいベージュのドレスを着た女性と話しているのが見えた。ツバ広の帽子を被っているせいで女性の顔はちょうど見えないが、どうやら支援者の一人のようだ。下働きの男が馬車の中に顔を突っ込み、大きな箱を建物の中へと運んでいる。

「あの司祭に、取り次ぎを頼めばいいのかな？」

窮児院を訪れるのは初めてなので、ケインも勝手がわからない。後ろを振り返って護衛に尋ねていれば、斜め前を歩いていたセルティスがいきなり立ち止まった。見れば大きく目を見開いて、その場に立ち竦んでいる。

「え、何？」

驚いたケインがセルティスの肩を揺すろうとした時、「レイ」と小さな声が前方からかけられた。何故、セルティスのセカンドネームを……と慌てて声の方を振り向けば、馬車のところにいた女性が呆然とこちらを凝視している。

その顔を見て、ケインは思わずぽかんと口を開けた。記憶より随分大人びていたが、その顔には確かに見覚えがあった。

「え……、もしかして、シア？」

半信半疑で呼びかければ、女性はぱっと顔を明るくした。

「ケイン……！　やっぱり貴方達なんですね。まさか本当に会えるなんて！」

笑顔で近付いてくるシアに、ようやく金縛りがとけたらしいセルティスが、「本物のシアだ！」と嬉しそうに駆け寄って行く。

「シア。本当に久しぶりだ」

当時はまだ固い蕾《つぼみ》のような稚《いとけな》さを顔立ちに残していたシアは、どこか守ってやりたくなるような可憐《かれん》さはそのままに、しなやかな大人の女性へと変貌していた。目はぱっちりと大きく、鼻はやや小さめで、唇はくすみのない鮮やかな薄紅色をしていてぷっくりと盛り上がっている。美人というより可愛い系で、ほっそりとした腰と相まって、清楚《せいそ》な愛らしさを醸し出していた。

こんなところで会えるなんて思わなかったと再会を喜び合っていたら、シアがふと不思議そうにセルティスの髪に目をやった。

「ところでレイは、何でカツラを被っているんですか?」

思わぬ問いに、セルティスが笑顔のまま固まった。ついでに言えば、やや遅れてセルティスの横に立ったケインもその場に凍り付いた。まさかこんな質問をしてくる人間に出会うなんて思ってもおらず、何も言い訳を用意していない。

いつもなら口八丁手八丁で相手を言い負かすセルティスが何一つ言葉を返せず、だらだらと汗を流すのを見て、ケインも傍で焦りまくった。

真っ白になった頭で、カツラを被る理由、カツラを被る理由と必死になって考え、ケインが思い出したのは、母方の伯母の義理の妹の御夫君がそれはもう見事な金髪のカツラを被っておられたという事だった。確か理由は……と頭の隅から記憶を引っ張り出したケインは、そのまま後先考えずに「ハゲ隠しだ」と呟くようにその正解を口にしてしまっていた。

「は？」

セルティスがぎょっとしたようにこちらを振り向くのがわかったが、口から出てしまった言葉はもうどうしようもない。

「えっと、あー……。つまり」

ケインは再び必死になってその続きを考えた。

さすがにセルティスの年で丸ハゲは無理があるだろう。てっぺんハゲにするか、おでこの生え際が全体的に後退していったハゲにするか……。そう言えば、ハゲにはもうひと種類、両サイドから生え際が退《さ》がっていくタイプもあったなとどうでもいい事を考えて、そこで突如、ケインは天啓を得た。

「つまり！　ほんのかわいい円形ハゲなんだ！　ここ最近、レイはちょっとストレスが多かったみたいで」

咄嗟《とっさ》にここまで続けられた自分はすごい！　とケインは心の中で自分を絶賛した。ケインはやり切った感に浸ったが、ハゲ認定されたセルティスの思いは別だったようだ。

「ケイン、お前……」

わなわなと声を震わされたが、これ以上にいい理由がある？　とケインは反対にセルティスに目で問いかけた。

ハゲを回避したいセルティスは必死になって別の言い訳をひねり出そうとしたが、優秀な脳ミソをどう絞っても、結局何も思いつかなかったらしい。最終的にがっくりと肩を落とし、「まあ……、そういう事だ」と屈辱の一言を口にした。

「そ、そうなの」

シアは何とか慰めを口にしようとしたが、こちらも何も言葉が見当たらず、「お大事に」と労るようにセルティスに声をかけた。お陰でそれ以上カツラについては突っ込まれなくなったから、結果オーライと言えるだろう。

その後、声を掛けてこられた司祭様がシアの事をラヴィエ様と呼んだため、ケインは初めてシアの家名を知った。ただ、聞いた事のない家名であったため、その事は少し気にかかった。ケインはアンシェーゼの高位貴族の名は網羅しているし、シアが例の婚約者と結婚しているなら、名を聞けばすぐに思い当たると思っていたからだ。

セルティスも同じように思ったのか、ちらりとこちらに視線を送ってきた。おそらく以前の婚約は解消されたのだと思われるが、シアが未婚なのか別の貴族の許に嫁したのかがわからない。

一方、ケイン達とシアが顔見知りだと知った司祭様は旧交を温めるためにと院の面談室を都合してくれた。

そこで三人は久しぶりに互いの近況を語り合う事となったのだが、そこでシアから伝えられた内容にケイン達は絶句した。

何と例の婚約者は家柄の低いシアと結婚する覚悟が決まらないらしく、婚約を徒《いたずら》に引き延ばしているのだという。

余りにふざけた話にセルティスは不快感を露《あらわ》にしたが、シアは婚約者を悪く言おうとはしなかった。

この婚姻から逃れられない事をシアは知っており、だから不満を口にする訳にはいかなかったのだろう。

そこには人生に対するシアの覚悟が透けて見え、そしてそれを支えているのは、今まで自分を大切に育ててくれた両親への深い愛情と感謝だった。

「もしもわたくしの夫が本当に最低な人間だったとしても、わたくしはちゃんと素敵な人生を送れる可能性がある訳です」

悪戯っぽくそう締めくくったシアの前向きな逞しさにケインは思わず微笑み、セルティスもまたほっとした様子で口元を綻ばせた。

シアを取り巻く状況は過酷だが、笑ってくれているならまだ安心できる。


そうこうする内に護衛騎士がお茶を運んでくれ、久しぶりに三人でお茶をする事になった。

その時一緒にお茶うけが出されたのだが、どうやらそれはシアが今日窮児院に差し入れたお菓子であるらしい。

何だろうと首を傾げる二人に、うちの領地で作った乾パンだとシアは説明し、聞いた二人は思わず仰《の》け反《ぞ》った。

「乾パン⁉」

行軍時の携帯食として持たされる乾パン……。訓練の時に何度か食べさせられたが、歯が立たないくらい硬いし、クソまずい。アントーレ騎士団に入ってくるような人間はいずれも出自がいいので、これほどまずい食べものは初めてだと、みんなやけくそになって奥歯で乾パンを嚙み砕き、必死に飲み込んでいた。仕上げに水嚢の水をがぶ飲みして、口中の味を頭から追い払ったのはいい経験だ。

「うちはマルセイ騎士団に軍食としての乾パンを納品しているのですわ。乾パンは日持ちがするのでいざという時の食料に使えますし、ちょっとしたおやつ代わりにもなりますでしょう？」

シアの言葉に二人は顔を見合わせた。これがおやつになるか？　と目と目で会話する。

シアが菓子器の蓋を取ってくれたので、二人は中を覗き込んだ。盛り付けられた乾パンはどこかいい匂いがして、二人は首を傾げた。触ると確かに硬く焼き上げてあるが、色といい、香りといい、普通に食べ物に見える。

一応毒見した方がいいなと思ったケインはその一つに手を伸ばして口に入れたのだが、食べ終わった瞬間に思わず叫んでいた。

「何これ、うますぎる！」

ちゃんと歯で嚙めるし、普通に美味《おい》しい。

「えっ、マルセイ騎士団って、こんな美味しい携帯食持たされているの？」

ケインの反応を見たセルティスが待ちきれないように乾パンに手を伸ばし、味わうように何度か咀《そ》嚼《しゃく》して目を丸くした。

「すごい……。ちゃんと人間の食べ物になっている」

よくよく聞けば、これはシアが手ずから開発したものらしい。シアの家は領地収入のほとんどが小麦の売り上げで、収入を安定させるためにお菓子作りにも手を伸ばし、そうやって出来上がったのがこの乾パンなのだそうだ。

味に飽きないよう、風味の違った三種類の乾パンも納入していると聞かされた二人は、弾《はじ》かれたように顔を上げた。美味しい上に味にも種類があり、かつ栄養バランスまで考えられているなんて、まさに夢の行軍食ではないか！

三大騎士団にも欲しい……！　とセルティスは切実に思った。たかが行軍食、されど行軍食である。ただでさえ劣悪な条件下で、飯までもまずいというのは、ぶっちゃけやる気が削《そ》がれる。行軍食は絶対に改善されるべきだろう。

「ねえ、これをもらって帰りたいんだけど、他にないだろうか？　食べさせたい人がいるんだ」

セルティスの言葉にシアはちょっと考え、訳あり乾パンなら少し手持ちにあると教えてくれた。何でも端が焦げたり、形が崩れたりして売り物にならないものを、少し持ってきているらしい。

「シア。私を助けると思って、それをもらえないだろうか」

セルティスが真剣な顔で頼み込むと、シアはすぐに頷いてくれた。

「でも、よろしいんですの？　焼け焦げていたり、形も悪かったりしますのよ」

「大丈夫、大丈夫。兄とかに食べさせるだけだから」

えっ皇帝に食べさせるんだとケインは隣でちょっと驚いたが、シアの方は、「こんなのでよろしければどうぞ」とにこやかに笑っている。真実を知らないって幸せだ。

やがて護衛騎士が時間を告げてきて、互いに話し足りないながらも、そのまま別れる事となった。

シアは少し寂しげだったが、我《わ》が儘《まま》を言っても困らせるだけだとわかっていたのだろう。きちんと身を弁え、「お二人ともどうぞお元気で」と最後にきれいな笑みを浮かべてくれた。

因みに、シアが持ってきた訳あり乾パンはセルティスが全部回収した。こんなにたくさんもらってどうするんだろうとケインは首を傾げたが、セルティスにはセルティスの考えがあるらしい。


さて、窮児院の見学を済ませて皇宮に帰ってきたセルティスはもらったお土産《みやげ》を引っ摑み、その足で兄皇帝アレクの執務室を突撃した。

執務室にはアレクの側近のグルーク・モルガンもいて、二人で何事かを真剣に話し合っていたのだが、セルティスの来訪を知るとすぐに中に通してくれた。

開口一番、「今日は下町を駆け回らなかったか？」とからかうように尋ねてくるアレクに、セルティスは軽く肩を竦め、「走りたかったけど今日は自制しました」と答えておく。それよりも……と、セルティスは手に持った包みをアレクの鼻先に突き出した。

「……何だ？」

「お土産の乾パンです。兄上に食べてもらおうと思って」

「乾パンだと？」

アレクは顔を引《ひ》き攣《つ》らせた。

傍にいたグルークが、「今更、何で乾パンなんかを？」と問いかけてくるので、

「マルセイ騎士団に納品されている乾パンなんだ。三大騎士団で支給されているものと味を食べ比べて欲しくて」

「食べ比べる、ねえ……」

二人は明らかに気が進まない様子だったが、セルティスが引かないので渋々と手を伸ばした。義務のようにそれを口に放り込み、苦行のように口の中で咀嚼していたが、飲み込んだ時の彼らの顔は見ものだった。

「何だ、これは……！」

日持ちを重視する余り石のように硬く焼きあげ、噛むほどに粉っぽい臭みが増していく乾パンしか知らなかった二人は、やや硬めだがサクッとした焼き菓子独特の美味しさが口に広がってくるこの乾パンに大きな衝撃を受けていた。

呆然と顔を見合わせているアレクとグルークに、セルティスは一歩詰め寄った。

「兄上。辺境の騎士団が質のいいこの乾パンで、アンシェーゼの三大騎士団があのクソまずい行軍食ってどこかおかしくないですか」

戦ともなれば、セルティスは皇族の一人として戦地に赴く覚悟はできているが、今の乾パン持参で行くのは悲し過ぎる。

「乾パンはあと残り十六個あります。因みに味は四種類で、普通タイプ、黒糖入り、塩味の効いたものとゴマ入りです」

ところどころが焼け焦げて端が欠けた歪《いびつ》な乾パンの包みをセルティスは高々と手に掲げた。

その乾パンに、皇帝とその側近の物欲しげな視線が向けられる。味が違うやつをもう一つ試食させてくれないかなという視線を軽く無視して、セルティスは重々しく皇帝に奏上した。

「三大騎士団の団長と幹部を呼び、これを試食させて下さい。行軍中の騎士らの士気向上のためにも、軍食の改善についてご検討下さる事を提案致します」


結論から言えば、三大騎士団の団長と幹部連中を集めた乾パン試食会は異様な盛り上がりを見せた。

そもそもが、売り物にならないと判断されてはじかれた訳あり商品で、本来ならば人様の前に出せるような品ではなかったのだが、その乾パンは分不相応なほど高価な大皿に丁寧に盛り付けられ、選び抜かれた十五人の男達の前に運ばれた。

「ここにあるのは四種類の乾パンだ。標準的な乾パンと、砂糖の代わりに黒糖を使ったもの、塩気を少し多めに作られたものと、ゴマを入れたものだ。ゴマと黒糖のは見てわかるだろう。まあ、適当に食べてくれ」

一通りの説明を皇弟殿下にされた後、まずは騎士団の団長らが大皿に手を伸ばす。

何で乾パンごときのために呼び出されないとならないんだと、仏頂面で適当な乾パンを口に放り込んだ団長達であったが、咀嚼するや否や、味わった事のないさっくりとした歯ごたえと口中に広がる美味しさに心を奪われ、「これは何だ……！」と感動に身を震わせていた。

「何と！　菓子にこれほどゴマが合うとは……！」

「これは塩気の効いたやつだな。だが、塩っぽさの後に強い甘みがぐんと口に広がって、これはうまい！」

「こちらは黒糖入りか。独特の苦みはあるが、それがまたいい」

口々に絶賛する団長らを見て、幹部らが次々に好みの乾パンに手を伸ばした。いずれも乾パンを口に放り込むなり、「これで行軍食か！」と感嘆の声を上げ、呆然と互いを見合っている。

あのクソまずい軍食に心底辟易《へきえき》としながら、騎士たる者、食事ごときに文句をつけてはならぬと自分をきつく戒めていたのが馬鹿みたいである。世の中には、こんなに美味しい乾パンが存在したのだ。

すでに辺境のマルセイ騎士団ではこれが行軍食の定番になっていると聞き、幹部連中は羨ましさに身悶《みもだ》えた。中には、おのれマルセイめ……と筋違いの怨みを口にする者すら出てくる始末だ。

試食会の後の話し合いでは、全員一致でこの乾パンを騎士団の行軍食とする事が採決され、マルセイ騎士団には皇家の文官が派遣される事となった。どうやらラヴィエ家という貴族が納品しているようだが、いきなり見知らぬ貴族と交渉するよりは、まずはマルセイ騎士団から詳しい事情を聞いた方がいい。

皇都では厳しい暑さが続いていたが、皇都の北西に位置し、標高も高いマルセイ騎士団の宿営地では秋の気配が静かに忍び寄りつつあった。馬車で六日をかけて、ようやく騎士団の城砦《じょうさい》に辿り着いた文官は、えらいところに遣わされたものだと思わずほうっと大きく息をついた。

ここマルセイ騎士団は、ジャコモ山脈を背後に控え、ガランティアとの国境沿いにいくつか点在する軍事拠点の一つである。歴史の古さで言えばアンシェーゼにある騎士団でも十本の指に入り、規模もかなり大きいのだが、田舎《いなか》色が強い事でも有名だった。山をちょっと下ったところに一応町らしきものがあるのだが、非常に控えめで、騎士達の浪漫《ロマン》である歓楽街も田舎仕様。

まあ、それはどうでもいいのだが、そんな辺鄙《へんぴ》な場所にある騎士団にいきなり皇都からの使者が訪れたものだから、団員達は一様に戸惑いを隠せなかった。

こんな田舎に何の用？　という気分である。

で、聞かれたのが軍の携帯食だった。

文官を迎え入れた髭《ひげ》もじゃの団長は、ああ、なるほどな……と得心し、「あれは画期的な携帯食ですなあ」と相好を崩して事の経緯を説明してくれた。

要約すれば、どうやらこの騎士団にあの乾パンを持ち込んだのは、この騎士団の第二大隊長の従卒をしているルース・ラヴィエという騎士らしい。生家のラヴィエ家が領地経営の一環として菓子の開発に取り組み、美味しい乾パンを作る事に成功したため、そのうちのひと箱をルースのところに送ってきた事が発端であったそうだ。一口食べてこれはいけると思ったルースが仕えているルチャーノ隊長の所に持って行き、その味にほれ込んだルチャーノ隊長が騎士団長に直談判して、ラヴィエの乾パンをマルセイの軍食に使う事が確定した。

親切な団長は、ルースの直属の上司であるルチャーノ隊長をすぐに呼び出してくれ、文官はこの隊長からラヴィエ家について詳しく聞く事となった。

隊長曰《いわ》く、ラヴィエ家はセルシオ地方の田園地帯に小ぢんまりとした所領を持つ下級貴族なのだそうだ。領地で採れるものと言えば小麦くらいしかなく、二世代前までは貧乏な田舎貴族の典型のような家であったのだが、前当主の代から小麦の品種改良に取り組み始め、更には改良した小麦を使った菓子の開発にも手を伸ばしてこれが大当たりした。増えた財で土地も増やし、今ではセルシオ地方でも有数の裕福な貴族へとのし上がったというから大したものである。

因みにこの乾パンのレシピを編み出したのはラヴィエ卿の娘であるらしい。ラヴィエ家には子どもが三人いて、嫡男は父親とともに領地経営に当たっており、次男がマルセイ騎士団に所属し、一番下の女の子が菓子作りをしているそうである。初めての女の子であったため、家族皆でこの娘を溺愛しているようだと余計な情報まで教えられ、文官は幾分うんざりとしながらその情報を紙に記して帰っていった。

さて、持ち帰られた幾多の情報は速《すみ》やかに皇帝の許に上げられ、その皇帝の命を受けた側近のグルークは、ラヴィエ家の乾パンを三大騎士団の軍食とすべく本格的にその調整に動き始めた。どのようにして必要な量を確保していくか、そして開発者であるラヴィエ家に不利益が生じないように乾パンの生産を拡充させていくためにはどうすればいいか。考えていく事は山のようにある。

そんな風にグルークが乾パンの確保に頭を悩ませていた頃、その情報を国の中枢部に伝えた当のセルティスはと言えば、全く別の事柄に心を囚《とら》われていた。

六年ぶりに再会したシアの事である。

シアはもう十九になっており、九つの時からの婚約が未《いま》だに履行されていないという状況は到底看過できなかった。何故これほどにシアが蔑《ないがし》ろにされなければならないのか、相手の男は何をどう考えているのか、寄り親を含めた一連の経緯を調べるようセルティスはケインに命じた。

元々カルセウス家はその潤沢な財力で幅広い人脈をアンシェーゼ内に巡らせている上位貴族だ。継《けい》嗣《し》であるケインはそうした人脈網を受け継いでおり、シアの家名とマルセイ騎士団との関連までわかっていれば、その先を調べていく事は比較的簡単だった。

ケインは、シアがセルシオ地方の下級貴族の娘である事を瞬く間に突き止め、更には、その地方に領地を持つ貴族らに頼んでシアの縁談に関する事情を詳しく集めさせた。

そうしてもたらされた内容はケインにとっても耳を疑うようなもので、少々の事では動じないケインも、あり得ないだろうと思わず眉間に深い皺を刻んだ。

まず、ケインらがシアと呼ぶ女性だが、正式な名前はオルテンシア・ベル・ラヴィエと言い、再会する少し前に十九の誕生日を迎えていた。寄り親はセルシオ地方東部でそれなりの家格を持つカリアリ卿という貴族だったが、要はこの寄り親に問題があった。カリアリ卿は上昇志向が強く、高位の貴族には媚びへつらい、下位の貴族には力で面倒ごとを押し付けるという、非常に厄介な寄り親であったのだ。

そしてラヴィエ家はこの寄り親に圧力をかけられ、望まぬ縁組を無理やり結ばされていた。

「ダキアーノ家だと？」

シアの婚約者の家名を初めて聞かされたセルティスは、「確か、四、五代前に皇弟の娘が降嫁した家だったな」と眉宇を寄せた。

「名前だけは聞いた事がある。皇宮で姿を見た事はないが」

「ええ。今は没落しておりますから。皇弟の姫君を家に迎え入れた頃は裕福でしたが、だんだんと落ちぶれていき、借財を重ねるようになったそうです。ついに売る土地もなくなり、先代が賭博に手を出した事で、いよいよ生活に行き詰まったとか」

「……」

「それで思いついたのが、持参金を持った娘との縁組です。ただ、まともな貴族からは関わりを避けられたようで、最後に頼ったのがカリアリ卿というセクルト地方の小さな寄り親でした」

「それがシアの家の寄り親なんだな」

「ええ。当時、シア嬢はまだ九つでした。ラヴィエ家は大事な娘を金目当ての家に嫁がせたくないと相当渋ったようですが、結局、寄り親からの圧力に逆らえず、泣く泣くこの縁談を受け入れたと聞きました」

セルティスはふと、自分に婚約者の事を告げてきたシアの寂しげな表情を思い出した。

——婚約者はね、わたくしの事が不満なんです。

あの時シアはまだ、十二、三であった筈だ。婚約者からどんな仕打ちを受けようと、その結婚から逃れられないと知っていたから、シアは決して泣き言は吐かなかった。真っ直ぐに前を向き、自分にできる努力を必死にしようとしていた。

「婚約者の名前はアントと言いますが、この男は家格の低いラヴィエ家をとにかく馬鹿にしていたようです。高貴な血を引く自分が金のせいで卑しい女と結婚しなければならないと散々友人らに愚痴っていたそうですから」

「卑しい女だと……？」

思わぬ言葉にセルティスは息を呑んだ。

「一体何様のつもりだ。嫌がるラヴィエ家に無理やり縁組を押し付けたのはそっちだろうに！」

「おっしゃる通り、恩を恩とも思わぬ最低な男であったようですね。ラヴィエ家の金は欲しいが、家格の低い娘を妻には迎えたくない。……よくもまあここまで他人を踏み躙《にじ》れるものだと、いっそ感心致します」

「……だからシアは婚約を引き延ばされていたんだな」

「ええ。私達が再会した時、シア嬢は十九でした。行き遅れだと陰口を叩かれても仕方のない年齢です」

「ラヴィエ家の寄り親は一体何をしていたんだ」

セルティスは唸《うな》るように声を上げた。

「そもそも立場の弱い寄り子を守るのが寄り親の役目だろう！　ダキアーノが婚約者としての誠実さを示せないなら、さっさと婚約解消を突き付ければ良かったんだ！」

セルティスの言葉に、「あー……、その件なのですが」と、ケインが何とも微妙な顔で口を挟んだ。

「結果的に婚約は解消となりそうです。シア嬢を慮《おもんぱか》ってというより、ダキアーノ側の都合によるものですが」

「ダキアーノ側の都合？　どういう意味だ」

セルティスが思わず眉根を寄せるのへ、

「つまりダキアーノは、ラヴィエ家よりも家柄が良く、かつ金を引き出せそうな令嬢を見つけたんです」

ケインは呆れ果てた口調でそう説明した。

「ここ最近、急激に財力をつけてきた貴族の娘で、更に言えばカリアリ卿の姪に当たります。二か月ほど前から、ダキアーノは婚約者を伴って参加するような舞踏会にもこの令嬢を同伴するようになっています。寄り親であるカリアリ卿も二人の関係を黙認していますから、婚約解消は時間の問題でしょう」

セルティスは言葉を失い、信じられないというように首を振った。

「金だけせびって婚約を引き延ばし、他の女性といい仲になったから婚約を解消するだと？」

このような形で捨てられれば、シアがどれだけ惨めな境遇に置かれるか想像に難くない。不貞をする男がそもそも悪いのだが、貴族には面子があり、無様に捨てられた貴族女性の方がむしろ悪く言われる事の方が多いのだ。

「……ケイン。ここは自分が何をしでかしたか、徹底的に思い知らせてやるところだよな」

やがてセルティスは抑揚のない声でそう呟き、僅かにその口角を上げた。

そっと瞳を伏せたその顔は息を呑むほどに美しく、ケインは思わずごくりと唾《つば》を飲み込んだ。こういう顔をした時のセルティスが一番恐ろしいのだと、ケインは経験から知っていたからだ。

ここまでセルティスを激怒させたのは、浅短な貴族に兄君への謀叛を唆《そそのか》されて以来ではないだろうか。

柔らかな笑みを刷いた白皙《はくせき》の面を横目で見ながら、アント・ダキアーノの人生は終わったな……とケインはあっさりと心の中で呟いた。


精悍というより秀麗という言葉がぴったりとくる、いかにも皇子様然としたセルティスだが、そのおきれいな外見と相反して中身は結構過激だった。下手に頭も切れるため、その報復も苛烈《かれつ》である。

敬愛する兄皇帝を差し置いて自分を反対勢力の旗頭に掲げようとした貴族が出てきた時には、その話に乗ったふりをしてその貴族を暴走させ、見事に失脚させていた。それが、まだ十三、四の時の話というのだから凄《すさ》まじい。

あの失脚劇については、ケインもよく覚えていた。何と言っても、その貴族がセルティスに接触をはかって来た日の翌日に、ケインはその事実をセルティスから伝えられたからだ。

何でも皇家主催の狩猟にセルティスが参加していた時、皇弟殿下に敬愛と忠節を捧げたいとこっそり言い寄ってきた貴族がいたらしい。その貴族は以前セゾン卿と親しくしていたようだが、パレシス帝の死を境にあっさりとセゾン卿を見限り、トーラ皇太后にすり寄っていた。ある程度の派閥を宮廷内に築き上げており、更に上を目指したかったようだが、新政権が発足して間もなく頼りの皇太后に死なれ、新皇帝の周囲は側近らがすでに周りを固めていて自分が割り込む余地がない。そこで目をつけたのが、最近になってようやく社交の場に姿を見せ始めた、後ろ楯のない未成年の皇弟だった。

大事な話をしたいので秘密裏に機会を設けていただけないかとその貴族に囁《ささや》かれたセルティスは、翌月開かれる夜会の日に、男性の社交の場として開放されている休息室の一つで落ち合おうとその貴族に話を持ち掛けた。そうして、自分が指定しておいた部屋に予め皇家の書記官を忍ばせておき、その会話を一字一句書き留めさせたのだ。

気の毒に、命を受けた書記官二人は狭い暖炉の中に待機させられ、その貴族とセルティスがやってくるのをじっと待たされていたらしい。セルティスは相手の貴族の話に乗っかるふりをして、けれど決定的な言葉は一言も返さぬまま喋るだけ喋らせて、謀叛に繋がる言葉をその貴族から引き出した。

後に、廷臣らが集う場でその会話を暴露し、焦って言い逃れようとするその貴族に書記官の記録を突き付けた。

「悪いけど、私は気ままな皇弟の立ち位置がものすごく気に入っているんだ。今後も私を担ぎ上げようとする残念な勘違いが現れるようなら、全力で排除するから」

廷臣らを見渡して天使のようににっこりと微笑んだ皇弟殿下に居並ぶ貴族らは背筋を凍らせ、以来、そういう意味でセルティスに近付こうとする命知らずは皆無となった。

ケインの見るところセルティスに一切の野心はなく、これは清廉潔白な気質であるというよりむしろ、単なる面倒くさがりと言っていいだろう。皇帝のような立場に立たされるのは絶対に嫌だと心の底から思っており、ついでに言えば、ケインもセルティスのその考えに賛同していた。

だってセルティスが皇帝になったら、ケインは否応もなく政治の中心に引きずり込まれてしまう。皇帝の側近って、考えただけでものすごく面倒くさそうだ。


そんなセルティスは、聞かされたシアの事情に現在進行形で怒りまくっていた。

「何が、家格の低い家の娘は自分にふさわしくない、だ。何代か前に皇族が嫁いだだけのちんけな家のくせに。金をせびるだけせびってシアを捨てるなんて何様のつもりだ！」

ケインは流石にちんけとまでは思わなかったが、アント・ダキアーノに不快を覚えているのは一緒だったので、ですよね！　と大きく頷いた。金を融通してくれたラヴィエ家に感謝こそすれ、そこまで馬鹿にするとは勘違いも甚だしい男である。

「寄り親も寄り親だ！　嫌がるラヴィエ家にそんな男を押し付けておいて、シアが十九になった今になって婚約を解消するだと？　婚約者のいる男と平気で恋仲になった女にも腹が立つ。寄り親の姪なら、当然シアの存在は知っていただろうに。下級貴族の娘なら、どう踏み躙っても構わないと思っているのか！」

窮児院で再会した時、シアは婚約者の浮気までは知っていなかった気がする。ただ、家格が低い事を馬鹿にされ、理由もなく縁談を引き延ばされている事については、肩身が狭いと話していた。シアを邪険に扱う一方で、ダキアーノが寄り親公認の不貞をしていたと知ったら、どれほど傷付く事だろうか。

セルティスにとってシアは、初めて出掛けたお忍びで楽しい時を共有し、その後もずっと忘れ難く感じていた女性だった。

そのかけがえのない女性をここまで虚仮《こけ》にされて平然としていられるほど、セルティスは人間ができていない。というか、地位や家柄を笠に着てここまで好き放題に他人を踏み躙った相手は、それ相応の報いをきっちり受けるべきだろう。

「まずは役立たずの寄り親を排除すべきだろうな。ダキアーノへの報復はそれからだ。……なあ、ケイン。寄り子が親を替えるのは難しいけど、できなくはないって言っていたよな。お前なら何とかできるだろう？」

「そうですね」

セルティスの言葉にケインはちょっと考え込んだ。すぐに人材は思いつかないが、カルセウス家の人脈を使えば、おそらく可能だろう。

「セルシオ地方で寄り親をやっている貴族を探してみましょう。知り合いは何人かいますから、何とかなると思います」

ケインはラヴィエ家の新しい寄り親になれる貴族がいないか、すぐに探し始めた。

セルシオ地方には数えきれないほどの寄り親がおり、人を介してそのうちの誰かと接触する事はケインには比較的簡単な事だったが、一番の問題点はそうやって紹介した貴族をラヴィエ卿が信用してくれるかどうかだった。

ラヴィエ家は今までの寄り親から散々煮え湯を飲まされている。見知らぬ相手から新しい寄り親を紹介されたところで、何か裏があるのではと二の足を踏む事が容易に想像された。

一番簡単な方法は、ケイン自身がシアのところに赴き、家名を告げて新しい寄り親を紹介する事だが、それをすればレイの正体が自《おの》ずとわかってしまう。それはセルティスの望むところではなかった。

ケインはラヴィエ卿の親族やその交友関係を探り、高位の寄り親と間接的に接点が持てる相手がいないか徹底的に調べ上げた。が、なかなか思うような相手が見つからない。いよいよ手詰まりとなり、焦りを覚えながら報告書に目を通していた時、ふとラヴィエ家の次男ルースの経歴がケインの目に入った。十二歳でマルセイ騎士団の準騎士となり、今も同騎士団に在職している。

試しに騎士団での階級や役職を探らせたところ、ちょうど大隊長の従卒をしているとわかり、ケインはこれだと手を打った。大隊長クラスならば確実に三大騎士団出身だし、騎士団の同期を調べればセルシオ地方で寄り親をしている貴族が必ず一人はいる筈だ。

そうして取り寄せたリストに目を通していたケインは、覚えのある名前を見つけて瞠目した。アンドレオ・ブロウ。カルセウス家の遠い親戚に当たり、親族の集まりで一度顔を合わせた事がある。

ブロウ家ならばカリアリ卿と対峙《たいじ》させる事に何の不足もないとケインは心に呟いた。カリアリ家と違い、子弟すべてを三大騎士団に入学させられる財力と人脈を持ち、家としての格も高い。他の親に属する寄り子を引き抜く事は不文律を犯す行為だが、ブロウ家は下級の寄り親を束ねる立場の親で、ここまで格が違えば文句を言ってくる輩もいないだろう。

早速ブロウ家を訪れると、当然の来訪に驚きつつもブロウ卿は快く承諾してくれた。幸い、ルチャーノ隊長とは今も親しく連絡を取り合っている仲らしく、部下の生家が窮地に陥りかねないという事情を伝えればルチャーノ隊長はすぐに手を打ってくれた。

後で聞けば、上官の提案を引っ提げたルースが家に帰り着いたのは、カリアリ卿が不当な婚約解消をラヴィエ家に突き付けた同日の夕刻であったらしい。カリアリ卿は力を笠に不利益な婚約解消をラヴィエ家に呑ませようとしたようだが、ラヴィエ卿は決然とそれを断った。家を潰されるのを覚悟で、寄り親との絶縁に踏み切ったのだという。

後でそれを知ったケインは、あわや手遅れになるところだったと冷や汗をかいた。もしラヴィエ卿がその条件を受け入れていたら、いくら新しい寄り親を紹介したところでシアの名誉を挽回する事はかなり難しくなっていた。娘を思う父の英断で、何とか道が残されたと言えるだろう。


「シアに会いたい」

その後の経緯を順次セルティスに報告し、八割がたは片がついたなと安堵していたケインの許に、ある日セルティスがやって来た。というか、正確には呼び出された。そしていきなりそんな事を言われた。

言われたケインの方はちょっと無言になった。セルシオ地方に住む下級貴族の娘と皇宮に住んでいる皇弟殿下、そこに接点は微塵もない。

「えっと、陰ながらシア嬢を守ってやって、それで満足だと思っていたんですけど」

「陰ながらだけじゃ、忘れられてしまうじゃないか」

「えっと、でも、伝言は残しましたよ。私の名で、『お土産をありがとう。友人が喜んでいた』と伝えておきましたけど」

「私の事は思い出してくれたと思うけど、それだけじゃ何の進展もないだろ。私はシアと会いたいんだ。何とかしてくれ」

「……つまり、皇宮に呼び出したいって事ですか？」

「まさか。いきなり皇宮に呼び出したら、シアが怯えてしまう。それに皇宮だとどうしても人目があるからな。そうじゃなくて、どこかでこっそり会いたいんだ」

「こっそり、ですか」

また難しい事を……とケインは溜息をついた。

成人皇族として様々な公の場に顔を出すようになったセルティスは、貴族社会に大きく顔が知られている。

この前、マイラ皇女を連れて三人でサロンに出かけた時も、それはもう注目を集めまくった。流石に、プライベートを楽しまれている皇族一家に話し掛けてくるような無粋な輩はいなかったが、翌日にはサロンで過ごした事が大きな噂となっていた。

「この前みたいにシアが窮児院に来てくれたら人目を引かずに会えるとは思いますけど、婚約解消されたばかりの今の時期に、皇都に遊びに来る事をお父君が許すとは思えません。私か貴方の名前を出して呼び出しますか？」

「駄目だ。それじゃあ、偶然にならない」

「は？　偶然？」

ケインはぽかんと口を開けた。

「この前みたいに思いがけない場所で再会して、どうしてこんなところに？　みたいな感じがいいんだ。不自然じゃない理由でシアにどこかに来てもらって、周囲の人間に私が皇弟だと気付かれない形で、二人きりで話がしたい」

無茶苦茶を言う皇弟殿下である。そんなの無理だろ？　とケインは即座に結論付けたが、ふと、要はセルティスの顔が周囲にわからなければ済む話かと思いついた。

顔がバレないためには何が必要か。……仮面とカツラである。そして仮面を被っていても不自然に思われない場所と言えば、仮面舞踏会の会場だ。

ふむ、とケインは腕を組んだ。

となると、再会の場所は、毎週末にトリノ座で開かれる仮面舞踏会で決まりだろう。トリノ座は男女がしけこむような休憩室を設けておらず、庭園に面したテラスが休憩スペースになっている。未婚の女性が名前を落とさずに遊べる場として貴族の間に定着しているから、シアが行っても問題はない筈だ。

「じゃあ、トリノ座の仮面舞踏会にシアを招待しましょうか」

ケインの提案に、セルティスが弾かれたように顔を上げた。

「仮面舞踏会か。それはいい！」

予めこちらで用意した仮面をシアに贈っておけば、人ごみの中からでも比較的容易《たやす》くシアを見つける事ができるだろう。別の人間から招待状を渡してもらえれば、偶然という形でセルティスはシアに声をかける事ができる筈だ。

「ケイン、お前って天才だな！」

セルティスは満面の笑みでそう言った後、「で、どうやってシアを舞踏会に誘うんだ？」と聞いてきた。

ケインはちょっと考えた。確実にシアの手元に招待状を届け、父君の承諾を得た上で必ず出席するように仕向けなければならない。ならばラヴィエ家の寄り親をしているブロウ卿に頼むのが一番いい。

「それはこちらで何とかします。それよりもちょっと確認しておきたいのですが」

ケインは真顔でセルティスを見た。

「ご存じだと思いますが、シア嬢はすでに十九で、しかも心無い婚約者に途方もない恥をかかされたばかりです。旧交を温めたい気持ちはわかりますが、気軽な気持ちで関わればこの後のシア嬢の人生を歪《ゆが》めかねません。殿下は一体どのような心積もりでいらっしゃるのですか」

ケインはセルティスが望む事であればできるだけ叶えたいと思っている。けれど、心が弱っている女性をこれ以上傷つける行為をすると言うのであれば、話は別だった。

ケインが何を聞きたいかがわかったのだろう。セルティスはそれまでの笑みを消し、真剣な面持ちで友の顔を見た。

「なぁ、ケイン。初めて会った日からシアは私にとっての特別だった。お前もきっと気付いていたよな」

「……そうですね」

ケインは小さく溜息をついた。身分が違い過ぎるので惹《ひ》かれなければ良いがとケインが心配するほどには、セルティスはシアに心を囚われていた。

「最初はただ、一緒にいて楽しい子だと思った。大好きだった茶トラに似ていて、可愛くてついつい構ってみたくなるような感じで……。話をしていくうちにだんだんと惹かれた。母が平民である事を告げても馬鹿にせず、シアは反対に母の労苦をねぎらってくれた。私が姉の事を過剰に自慢しても、まるで姉上至上主義者だと目を輝かせて笑ってくれた」

セルティスは姉に深い思慕を抱いている。貴族達の中には、成人して尚《なお》、姉を慕うセルティスを呆れた目で見ている者がいる事は知っていたが、セルティスはそうした性癖を隠すつもりはなかった。何故ならセルティスは言い表す事ができないほどの深い恩と崇敬を姉に抱いていたからだ。

外部から隔絶されて育ったセルティスにとって、幼少の世界は母と姉だけでほぼ完結されていた。元々市井に下りる予定であった姉は、六つで母を失ったセルティスのために宮殿に残る事を決め、更にはセルティスの立場を安定させるために第一皇子の側妃になってくれた。

前皇后に存在を疎まれて刺客を放たれた時も、姉が身を挺《てい》して庇ってくれた。お陰でセルティスは無傷だったが、姉は数日間生死の境をさまよう事となった。

皇帝から身を引く形で姉が失踪した時、セルティスは失意と後悔に身を苛《さいな》まれた。あれほどの恩を受けながら、自分は何一つ姉に報いる事ができなかったからだ。

　たった一人で姉を行かせてしまった事を悔やみ、思慕を強くしていたセルティスに、願い続けていれば必ず会えると強い言葉をかけてくれたのは他ならぬシアだった。確かな温もりと前向きな明るさは苦しんでいたセルティスの心を浮上させてくれ、実際、その二年後にセルティスの願いは叶えられた。

「あんな女性は他にいない。たった一日の出会いだったのに、ずっと忘れる事ができなかった。思い出だから美化されたのかと思った事もあったけれど、再会したシアはあの頃の優しさと強さを損なう事なく私の前に現れた」

　そしてセルティスは小さく息を吐き出した。

「運命だと思った」

　ケインは僅かに身動いだ。ここまで強い言葉を言われるとは思っておらず、動揺を隠せない。

「婚約を引き延ばされていると聞いた時は腹が立った。私が欲しくて堪らないものを手に入れながら、気に入らないと貶《おとし》めているそいつが憎らしかった。だけどそいつはシアを粗雑に扱うだけでなく、シア自身を切り捨てようとしていると言う。ならばもう、遠慮する必要はないだろう？」

　セルティスは真っ直ぐにケインを見た。

「ケイン。私はシアが欲しい。できれば一生傍にいてくれたらと思っている」

「……ご存じとは思いますが」と、ケインは小さく息を吐いた。

「シア嬢は身分が低すぎます。とても皇弟妃になれるお血筋ではありません」

ここまで踏み込めば不興を買うかもしれなかったが、ケインは敢えて口にした。耳触りの良い言葉を連ねるだけでは、皇族の側近は務まらないからだ。

「知っている。だが打つ手はある」

「……？」

セルティスの言葉にケインは思わず眉宇を寄せたが、

「シアが考案した乾パンだ。あの功績は大きい。上層部を巻き込めば、流れは動かせる」

思わぬ事を言われてケインは瞠目した。

セルティスの言う通りだった。持っていきようにもよるが、もしうまく誘導できれば、シア嬢を皇弟妃にのし上げる事は確かに可能だろう。

「ただお前の言う通り、ラヴィエ家は家格が低すぎる。どう根回ししてもシアを皇弟妃にする事は叶わないかもしれない。……その時は、臣籍降下を申し出ようと思っている」

「シア嬢のために身分を捨てると……？」

問い掛ける声が嗄《かす》れる。臣籍降下と容易く言うが、実際はセルティスにとってかなり屈辱的なものとなるだろう。今までかしずかれていた相手に膝を折る場面も出てくるだろうし、皇族方との縁も切れる。可愛がってきた弟妹殿下らに対しても、この先は臣下の礼を尽くさなければならなくなるのだ。

「何もかも手に入れる事はできない。そのくらいは私にもわかっている」

穏やかな声でそう答えた後、セルティスは初めて気弱く視線を揺るがせた。

「ケイン。もし私が皇族でなくなったら、お前は困るだろうか。お前は皇弟の側近として知られてい

る。私が身分を失ったら、周囲から失望されるかもしれない」

そこは考えなかったなと、ケインは少し呆気にとられてセルティスの顔を見た。

「いや、それは別に構いませんけど」

カルセウス家は元々権力に執着しない家だ。ケイン自身もあまりそっち方面には興味がないし、どちらかと言えば、目立ちすぎて権力闘争に巻き込まれる方が迷惑だった。

皇弟の側近であるという立場を失っても、ケインは名門カルセウス家の嫡男としてこの先も何不自由なく生きていける。セルティスに出奔でもされたら二度と会えなくなるので打撃だが、立ち位置が変わるくらいなら何でもない。

「もし殿下が皇族の身分を失ったら、以前のように名前呼びできます。それも悪くないと思いますよ」

そんな風に思いを伝えれば、セルティスはようやくほっとしたように顔を綻ばせた。

「さっきの話に戻るけど、一番大事なのはシアの気持ちだ。私はシアの気持ちを無視してまで、自分に繋ぎとめようとは思わないんだ。……皇弟として望めばシアは逆らえなくなる。だからただのレイとしてシアに会いたい。もし次の再会でシアの心が手に入れられなかったら、シアの事はきっぱり諦める事にする」

そのようなやりとりの後、ケインが日を改めて伺ったのは皇后陛下のところだった。

セルティスの覚悟はわかったが、もし恋が成就したとしても前途は結構多難である。ここはやはり強力な助《すけ》っ人《と》を用意しておくべきだろう。

で、早速ご注進に及んだケインは、ヴィア皇后からお褒めの言葉を授かる事となった。

何と言っても、弟の事が可愛くて堪らないヴィアである。姉上至上主義とやらが高じて、一向に他の女性に目を向けようとしないセルティスを心配していたヴィアは、セルティスが恋をしたようだと報告を受けて諸手《もろて》を挙げて喜んだ。

今までの経緯を順を追ってきちんと伝えた後、徐《おもむろ》にケインがヴィアに差し出したのはシア嬢に関する分厚い報告書だった。

婚約の状況について調べてくれとセルティスに頼まれてから、シアの親族、友人関係、家系から生い立ち、家の経済状況に至るまで、ケインは事細やかにシアの周辺を調べ上げていた。間接的とはいえ、皇族が地方貴族の問題に首を突っ込もうと言うのだ。あらゆる事態を想定して動いておく必要があった。

報告書を受け取ったヴィアは、中を開かぬまま暫《しばら》くその分厚い束にじっと目を落とし、最後に目を上げてケインを真っ直ぐに見た。

「ケイン。貴方の目から見て、オルテンシア・ベル・ラヴィエはどのような女性ですか」

友としての、そして側近としての忌憚《きたん》のない意見を求められているのだと知り、ケインは覚悟を決めるように大きく一つ息を吐いた。

「低いのは家格だけだと思います。人柄やマナー、貴族女性としての知識は申し分なく、困難においても前向きに物事に立ち向かおうとする気概を感じさせる女性です。歴代の皇族妃と比べてもその資質に何ら遜色《そんしょく》はないと私は思います」

その言葉を聞いて皇后はにっこりと微笑まれた。


仮面舞踏会当日、セルティスは例の栗色のカツラと瀟洒《しょうしゃ》な黒い仮面をつけて舞踏会に出席した。因みに、護衛騎士数人とケインも、仮面をつけてその舞踏会場に入った。何かあった時のために、つかず離れずセルティスを警護していくためだ。

シアの姿はすぐにわかった。セルティスが選んだ一際華やかな仮面はいい目印となっていたし、オレンジブラウンの柔らかな髪とほっそりとした体つきは見間違えようがない。

ケインはシアがダンスをする姿を初めて見たが、軽やかにステップを踏む姿は可憐かつ優美で、思わず目を奪われた。他の貴公子達もそうだったのだろう。シアは青年達から次々とダンスを請われ、その様子をセルティスは苦笑混じりに眺めていた。

やがて疲れを覚えたのか、シアがダンスを断ってテラス席の方に移動するのが見え、その時にセルティスが動いた。まずいな……と内心ケインは思った。この流れだと二人はテラス席で話をするようになるだろう。

こうなったら仕方がなかった。皇后からは二人の様子を教えて欲しいと頼まれているし、セルティスの安全を考えれば、テラス席に面した庭園に身を潜めて二人の様子を窺うしかない。

という事で、護衛二人を連れて先回りし、庭園の木陰に身を隠したケインである。

二人は景観の良いテラス席で優雅にお茶を楽しみながら話を始めたが、ケインと護衛二人はと言うと、狭い木陰に身を寄せ合って三人でカエル座り（踵《かかと》を地面につけたまま、地面に尻はつけずにしゃがんでいる状態）をしていた。非常に不本意である。

西の空にたなびく薄い雲を太陽がオレンジ色に染め上げて、会場から微《かす》かに聞こえてくる音楽と心地よい夕べの風。これ以上なく甘い情緒に満ちた庭園で、木陰に身を隠して男女の会話に耳をそばだてる三人組は、傍目から見れば立派な変質者である。この舞踏会の招待状をあの二人に都合したのは自分なのに、何でこんな目に遭っているのだろうと現在進行形で首を捻るケインだが、同じように大きな体を縮こめてやるせない顔をしている護衛二人を見ると、少し心が癒やされた。

まあ、一人じゃないっていいよね。

一方、皇弟殿下とその想い人は、カエル座りの三人組には気付かぬまま、二人だけ（五人？）の会話を楽しんでいた。

「シアを初めて見た時、茶トラだと思ったんだ」

「茶トラ？」

「私が小さい頃に飼っていた茶トラ猫。シアの髪と同じような毛色をしていて、目が大きくてものすごく可愛くて、大切で堪らなかった私の友達」

最初、タヌキと思っただろうとケインは心の中で突っ込んだが、正直にそれを言えばこの場の雰囲気は台無しである。兄に似てちょっと無神経なところがあるセルティスだが、流石にそれは言ってはならない言葉だとわかっているようだった。

セルティスは十二歳まで館の奥深くに閉じ込められて育った自分の生い立ちをシアに話し、姉が外から連れ帰ってくれた小さな茶トラが自分の人生をどんなに豊かにし、どれほど自分の孤独を慰めてくれたかを語り聞かせた。

「その茶トラにわたくしが似ていたと？」

静かにそう問い掛けるシアに、セルティスは頷いた。

「似ていた。何かこう、傍にいると寛げるというか、ずっと傍から手放したくない感じ」

思わず息を呑むシアに、セルティスはシアの事が気になって再会後に状況を調べさせた事や、その流れでケインにブロウ卿を紹介させた事などを正直に話していった。

「勝手にこんな事をして、いい気はしないだろうとわかっている。シアがこんな私を受け入れられないと言うなら、二度とシアに付き纏う事はしない。この先会う事はないし、お互いにそれぞれの人生を歩んでいくだけだ」

セルティスにとってはこれがシアに告白できる最後の機会だった。身分を伏せたまま逢瀬を繰り返すにはセルティスの立場は重すぎたし、婚約解消となって醜聞の直中にいるシアが余り出歩けない事も知っている。

だから今の自分に許された精一杯の誠実さで、シアに想いを告げた。

「シア。私はある事情があって今は家名を告げられない。この先の生活についても不確定のところが多く、シアにも苦労をさせるだろう。だけど、何があっても私は君の味方でいる。生涯君を愛し、君と君の子どもを命がけで守ると約束する。……どうか私の妻になってくれないか」

ケインは固唾《かたず》を呑んでその返事を待ったが、シアは躊躇う事なくセルティスの求婚を受け入れた。

「貴族でなくなってもわたくしは平気。レイさえいて下さるなら、わたくしはそれでいいんです」

「シア……」

ムード抜群の夕暮れのテラスで二人はものすごくいい雰囲気になっていた。

が、生憎その場にいたのは感動に打ち震える二人だけではなく、図体のでかいお邪魔虫が三人茂みに隠れていた。さっきまで退屈そうにしていた護衛二人はすっかり眠気も覚め、口をおの字にして固まっているし、ケインはといえば、親友の恋の成就にカエル座りのまま小さくガッツポーズをしていた。

まさか、セルティスの理想通りの女性が現れるとは。こんな事って本当にあるんだなと、ケインは呆れ半分感心した。

皇弟ではなく、一人の男としてのセルティスを好きになってくれて、度の過ぎた姉上至上主義にもどん引きせず、甲斐性なしでも構わないと言ってくれる女性。そんな奇特な女性を見つけ出すとは、セルティスは結構、強運の持ち主なのかもしれない。

「シア。今は家名を言えないけれど、必ず君を迎えに行く」

セルティスはそう言って、懐から指輪の入った箱を取り出した。

「母の形見なんだ。いずれサイズは合わせないといけないと思うけど」

渡されたシアは涙に濡れた声でセルティスに囁きかけた。

「この指輪と一緒にお待ちしています。わたくしをどうか迎えに来て下さいね」

「ああ」

セルティスがシアを抱き寄せるのが分かったので、ケインと護衛二人は申し合わせたように固く目を瞑《つむ》った。

流石にここまで覗き見しては悪い気がしたからだが、そろそろ足も疲れてきたから早いところ広間に戻ってくれないかなと、ケインは身も蓋もない事を心の中で考えた。


さて、シアの返事を聞いてすっかり夢見心地だったセルティスだが、この恋に障害が多い事はきちんと理解していた。

どうしても事態が打開できなければ、皇弟の地位を返上してシアと暮らす予定ではいたが、それはあくまで最終手段だ。皇族として民の血税で育てられてきたセルティスはそれに見合うだけの恩を国に返す義務があり、国を支える成人皇族が自分以外にはいない（父帝の従兄弟たちは、こう言っちゃなんだが余り役に立ちそうになかった）という現実もよく弁えていた。

という事で、こんな時に誰を頼ればいいか、セルティスはよく知っていた。言わずと知れた皇后である。

　なので、仮面舞踏会から帰った翌日、セルティスは姉の許に突撃した。

「姉上、私だけの茶トラを見つけました！」

　無茶ぶりもいいところだが、勘のいい姉にはこれで通じるとセルティスは踏んでいた。何と言っても山のような崇拝者を持ち、幅広い人脈を宮廷内に築き上げている皇后である。いくらセルティスが隠そうとしても、セルティスがセルシオの地方貴族の問題にこそこそと関わろうとしていた事や、もしかすると昨日シアと会ってきた事だって、もしかして摑んでいるかもしれないとセルティスは思っていた。

「茶トラですか」

　一方のヴィアは、何もかもをすっ飛ばしてそんな事を言ってくる弟に小さな苦笑を向けた。

　セルティスが意中の女性に告白するためにトリノ座の仮面舞踏会に出掛けるという事はケインから聞いていたが、どうやら弟は見事に恋を成就させたようだ。

「その方について、貴方が知っている事を全部話してちょうだい。わたくしが知っている事も勿論あるけれども、貴方の口からもう一度すべてを聞きたいの。どうやって知り合ったか、どのような人柄の方なのか、今後貴方がどうしていきたいのか、わたくしにきちんと話してみて」

そうやってすべての話を聞き終えたヴィアは、ひとまずは紫玉宮にセルティスを帰した。セルティスの覚悟も確認したから、後は話を進めていくだけだとヴィアは思う。

実を言えばこの件に関しては、すでにおおまかな流れはできていた。ケインから報告を受けて以来、ヴィアは独自のルートでシア嬢について調べさせ、家柄以外に瑕疵《かし》がない事を確認した上で、夫であるアレクにもすべて伝えていたのである。

いくらヴィアがセルティスを可愛く思っていても、セルティスが皇弟である以上、事を押し通せる事とそうでない事とがある。どこまでを我慢させ、どこまでを国として譲歩できるかについて、ある程度話を詰めておかねばならなかった。

「セルティスを皇家から出す気はない。あれは国にとってなくてはならない皇族だ」

ヴィアの話を聞き、アレクがまず口にしたのはその言葉だった。

一を以《もっ》て万《ばん》を知る天才肌の皇子だと、騎士学校時代の教官も言っていた。知識量が豊富な上、頭の回転が速く、かつ弁も立つ。瞬時に物事を決断し、実行に移す行動力もあった。

無論、セルティスが一貴族となっても国の役には立つだろうが、成人皇族として残しておいた方が何倍も国にとって有益である。このような皇弟を皇家から出すなど、凡そ馬鹿のする事だった。

「相手のシアとやらは、セルティスの身分を知らないんだな」

アレクがそう確かめると、ヴィアは「ええ」と頷いた。

「母親が愛人である事と、兄弟姉妹については教えているようですが、それ以外の情報は与えていないようでした。ただ今回、寄り親の交代の件に関与しましたから、高位の貴族であるとは気付いているかもしれません」

「本当の身分を知れば、怖じ気づくかもしれないぞ」

アレクの言葉にヴィアは「そうですね」と頷いた。

「そこが一番懸念されるところです。シア嬢の不安を取り除いてやれるよう、傍に置いて細やかな言葉がけをしていく必要があるでしょう」

「……そんな事が可能か？」

やや疑わし気にアレクがそう尋ねるのへ、ヴィアは、「ええ」と微笑んだ。

「ラヴィエの乾パンのレシピを作り上げたのは、そのシア嬢と聞いています。皇宮に呼び寄せる理由は十分にあります」

貴族女性が自ら厨房に立って焼き菓子などを作る事はあまり一般的ではないが、皇后であるヴィアは専用の厨房を持っていて、時に手ずから焼き菓子を焼いて子ども達に振舞う事がある。宮廷の人間はそれを知っているから、シア嬢が自ら軍食の開発に関わったと聞いても、それに対してあからさまな批判をする者はいないだろうとヴィアは思っていた。

「あと婚約解消の件ですが、シア嬢の周囲が少し落ち着きましたら、こちら側から顛末を明らかにしていった方がいいでしょう。下手に隠して後でバレると、取り返しのつかないダメージとなりますから」

それを聞いたアレクは思わず喉の奥で笑った。

「シアを捨てたその貴族は青ざめるだろうな。シアに対して行った非道が皇后にまで届いたとなれば、出し渋っていた違約金も払わざるを得なくなるだろう」

「あれは本当にひどい話ですわ。話を聞いた時は三倍返しでもおかしくないと思いましたけれど、そこまですると三家とも潰れた上に死人が出そうですの。二・五倍額ならば、借金まみれになっても家名だけは残せそうですし、その程度が頃合いでしょうね」

とりあえずこの問題は早期に決着をつけ、次の段階に入らないといけない。

「それで婚姻までの流れですけど、まずは軍部の方でラヴィエの乾パンを周知させるよう、アモン様に取り計らってはもらえないでしょうか。その上で、宮廷内や民にもラヴィエの名を周知させる方向でお願い致しますわ。ルイタス様やグルーク様が力になって下されればある程度の流れは固まると思いますし、わたくしも全力でシア嬢を守って参りますから」

という事で、皇帝と皇后の間ではすでにここまで話は動いていた。

これでセルティスがふられたら、どうやって慰めたらいいかしらとヴィアは密かに頭を悩ませていたが、弟は無事、愛する女性を振り向かせる事ができたようだ。

後はヴィアの仕事である。まずはラヴィエ家に正式な使者を遣わさなければならないが、その人選についてはヴィアにはすでに考えがあった。

使者に選ばれたのは言わずと知れたケインである。すべての事情を知り、オルテンシア嬢とも顔見知りで、皇弟の側近でもある高位貴族。

貴方になら任せられるわと皇后陛下からは太鼓判を押されたが、できるか、自分？　とケインは口元を引き攣らせた。

説伏《せっぷく》は得意とする方だが、今回の任務はかなり難しいものとなるだろう。どういう風に話を持っていくべきかと真剣に頭を悩ませていたら、そこにセルティスが突撃してきた。どうやらラヴィエ家への使者がケインに決まったと皇后から聞いたらしい。

「私は私自身が行きたいと何度も陛下に自分を推挙したんだ！」

開口一番そんな事を言い募ってくるセルティスを、ケインは半眼で見つめた。皇弟自らが使者に立つなんて、そんな馬鹿げた事を皇后陛下がお許しになる筈がない。ものすごく頭の切れる殿下であった筈なのに、どこでこんな残念な思考に辿り着いたのだろう。

「シアには自分の口からプロポーズしたけど、立場上身分を明かせなかっただろう？　後になって実は皇族だったと知らされたら、シアは騙《だま》されたと思うかもしれない。だから自分の口できちんとシアに説明したいんだ」

セルティスの言いたい事はよくわかった。よくわかったが、返す言葉は決まっていた。

「無理です」

「だが、もしシアが許してくれなかったら？　シアは寛容な女性だが、男性の不実さは許さない気がする」

「不実……というか、殿下は殿下にできる精一杯の言葉を伝えられたと思いますよ」

「勿論、言葉は尽くしたつもりだ。でも直に会ってきちんと謝りたい。この前みたいに変装して行けば……」

「皇后陛下の正式な使者として行くんですよ。そんな事ができる訳ないでしょう?」

呆れて思わず言葉を遮れば、

「好きな女性を手に入れられるかどうかの瀬戸際なんだ！　打てる手があるなら何でもする！」

セルティスの余りの必死さにケインは口を噤んだ。

これほど余裕がないセルティスを見るのはいつぶりだろうか。騎士団時代の訓練の時もこれほど目の色を変えて何かに取り組む事はなかった気がする。

その後もセルティスは切々と、自分がいかにシアを大事に思っているか、シアがどれほど可憐で得難い女性なのかという事を訴え続けた。

侍女が運んでくれた紅茶はとうに冷め、香りがとんだお茶を惰性的に口に含みながら、この惚気《のろけ》をいつまで聞き続ければいいのだろうと、ケインは心の中で溜息をついた。今日の内にラヴィエ卿への説得を頭の中で組み立てておきたかったのに、時間が刻々と削られていく。

それでもケインは辛抱強くセルティスの話を聞き続けた。意中の女性を失うかもしれないという不安で、セルティスが居ても立っても居られない気持ちである事はよく理解できたからだ。

惚気が済んだ後は、セルティスは弱音を吐き始めた。これまで身分を告げられなかったという経緯もあるし、もし承諾してもらえたとしても一方的に苦労を強いられるようになるのはシアだから、どうしても強気になれないのだろう。

「断られたとしても自業自得だから……」と自分に言い聞かせるように呟いているセルティスを見ながら、本当に断られたら地面に穴を掘って落ち込みそうだなとケインは心の中で再び溜息をついた。

気が早いケインは、セルティスが失恋したらどうやって慰めようかなと頭の中であれこれ考えたが、何をどう言ったってセルティスはへこみまくるだろうし、最終的には時が解決するだろうという結論に達した。まあ、気晴らしに遠乗りとかに誘ってみてもいいし。

「まあ、気持ちはよくわかりました」

セルティスの話が一区切りついたところで、ケインはようやく言葉を滑り込ませた。

「殿下のお気持ちと決意はラヴィエ卿とシア嬢にしっかり伝えてきます。取り敢えず全力を尽くしますから、うまくいくように祈っていて下さい」

言いたい事をすべて語り尽くしてようやく帰りかけたセルティスだが、戸口から足を踏み出したところで不意にケインを振り返った。

「あっそうだ。シアが侍女になる事を承諾してくれたら、二人きりでデートがしたい」

「は？　デート？」

突拍子もない事をいきなり言われて、ケインは思わず眉を寄せた。

「そう。ほら、正式にシアが勤め始めたら、なかなか二人きりにはなれないだろ？　その前にシアと思い出を作りたいんだ」

「思い出作り……ですか」

言いたい事はわからぬでもないが、さっきまでの失恋確定みたいなテンションはどこに行ったとケインは思った。

期待に瞳をきらきらさせているセルティスに、ケインは「……わかりました」と一応頷いておいた。どうやらセルティスは希望もしっかり持っているらしい。多分ケインの事を信頼してくれているのだろうが、気が早いにも程があるとケインは心の中で三度《みたび》溜息をついた。


結論から言えば、この難しい仕務をケインは見事にやり遂げた。最後の一押しをどうしようかと悩んでいたら、元凶の二人がちょうどラヴィエ家を訪れて、いい起爆剤となってくれたのだ。

下級貴族であるラヴィエ家にとって、今回の提案がどれだけ現実離れした話であるのか、ケインはよく理解していた。皇后の傍付きに望まれただけでも地方の貴族は気後れするものだが、更にシアの場合はその先に皇弟妃の座が待っているのだ。

家格が低い事を理由に辞退を申し出るというのが普通の反応で、それを何とかして話し合いの場に引っ張り出さなければならない。

ケインがすべき事は、この場に来ることが叶わないセルティスに代わってその心情を余さずに伝え、シアの心を動かす事だった。セルティスは生半可な覚悟でシアを望んだのではない。最悪の場合、皇位返上すら視野に入れていた。

華やかな世界に生きているようで、セルティスの幼少は忍耐と苦渋に満ちたものだった。命を長らえさせるために紫玉宮の奥深くに閉じ込められて育ち、ようやく兄君の庇護下に入って自由を取り戻したのも束の間、政情の変化で最愛の姉君との別離を余儀なくされた。

前皇帝が死去して一年ほど経った頃だろうか。ケインはセルティスから、私は母や姉にとって仇《かたき》の息子なんだと告げられた事がある。ツィティーを見初めた前パレシス帝はその夫を殺してツィティーを閨に引き入れ、そうやって生まれたのがセルティスであったのだ。

亡き母君を盲目的に慕い、全幅の信頼と愛情を姉君に捧げているセルティスだが、その愛情の根底には悲哀と悔恨が沈んでいる。セルティスの身分や外見に惹かれて近付いてくる女性では、そうしたセルティスの哀しみを埋める事はできないだろう。

ケインは、セルティスがいかにシアを望んでいるかを言葉を尽くして語りかけた後、シアが皇弟妃になるに当たって予想される貴族らの反発について話した。

ただしこちらについての根回しはすでに始まっている。何より皇帝陛下がこの話を進めるよう望んでおられる事や、皇后陛下がシアを守るために手元に置こうとしている事などを順を追って説明していけば、ラヴィエ卿は少しずつ態度を軟化させてきた。

後はシアの覚悟だった。

シアは途方に暮れたように俯《うつむ》いていたが、表情を探る限り、セルティスと縁を分かつ事は微塵も望んでいないようにケインには感じられた。

皇族妃となる未来を自ら手繰り寄せる事を恐れているだけで、誰か一人背中を押してくれる人物がいれば、シアはおそらくセルティスへと続く道を喜んで歩んで行く事だろう。

だから、ケインは父親のラヴィエ卿の方を先に落とした。ラヴィエ卿は何より娘の幸せを願っており、娘の未来を守るためにと覚悟を決めてくれた。


ラヴィエ家を辞して皇都に戻る馬車の中で、ケインは大きく一つ伸びをした。

ラヴィエ家を煩わせる邪魔な虫は追い払ったし、シアを皇后の侍女にする約束は取りつけたし、私ってすごい！　と思わず自分を大絶賛してしまうケインである。

ケインだって使者として赴くからには全力で説得に当たるつもりだったが、何と言っても二人の間には大きな身分差が立ちはだかっている。言葉を尽くしたところで説得しきれるだろうかとケイン自身は不安を覚えていた訳だが、終わってみれば全てがうまくおさまっていた。

迷っていたラヴィエ卿にあのタイミングで侍女の件を勧めるって、私ってもしかして天才？　と、ケインはもう一度心の中で自分自身を褒め称えた。


さて皇都に着くや、ケインは身嗜みだけを整えて、その足ですぐ皇后陛下の許に向かった。そこにはたまたま（?）セルティスが顔を出していて、二人に今回の報告をする事となる。

報告を受け取った皇后陛下は、「よくやりましたね」と満面の笑みでお褒めの言葉を下さり、セルティスはその脇で歓喜の舞いでも踊りたそうな顔をしていた。

皇后陛下の許を退出するや、ケインはすぐに紫玉宮のセルティスの居室に連れ込まれた。

酒杯やつまみ類が次々とテーブルに運ばれてきて、最後にセルティスが持ってこさせたのは、ペルジェ産の果実酒だった。セルティスがペルジェを訪れた時、部屋で一緒に飲んだ酒である。すっきりとした喉越しと芳醇《ほうじゅん》さをセルティスが気に入って、箱単位で取り寄せたと聞いた事があった。

「私が皇弟だと知って、どんな反応だった？」

一口酒を含んだ後、早速心配そうにそう聞いてくるので、「身分を聞いて尻込みしていましたよ。当たり前でしょう？」と苦笑する。

「殿下と縁を切りたくないから、崖から飛び降りるような覚悟でこの話を受け入れたんです。私もできるだけ支えていきますけど、元々の身分が低い分、どうしても風当たりは強いでしょう。シア嬢が幸せになれるかどうかは殿下次第ですね」

そう言ってやると、「幸せにするに決まっている。シアを攻撃する奴は全力で潰すから」とさらりと恐ろしい事を言ってきた。セルティスの事だから、もしシアを傷つけられたら思い切りえげつないやり方でその相手を失脚させるような気がする。

でもまあ、表立ってシアを攻撃する輩はいないだろうとケインは踏んでいた。

何といっても背後には皇后陛下が控えておられるのだ。ご自分の侍女を泣かせるような真似を陛下が許される筈がない。

当事者であるシアは家柄の低さをひどく気にしていたが、下手な野心を持っている家よりは余程いいとケインなどは思っていた。

例えば皇帝陛下に何かがあった時、幼い皇太子よりも皇弟殿下の方が皇帝にふさわしいなどと言ってくるような家では話にならない。

皇弟妃という立場を利用して政治にやたら口を出してくる女性も遠慮したかった。皇弟というのはあくまで万が一のスペアで、必要以上に目立ってはならないのだ。そうしたセルティスの立ち位置を知り、身を弁えられる者でなければ皇弟妃は務まらない。

「それにしても殿下をここまで夢中にさせる女性が出てくるなんて、思いもしませんでしたね」

ケインが思わずそう呟けば、「そうか?」とセルティスが首を傾げた。

「昔から殿下は姉君一筋でしたからね。それを超える女性が出てくるなんて想像できませんでした」

直接セルティスに言った事はないが、セルティスの結婚にあたって一番の障害となるのは度の外れた姉上至上主義ではないかとケインは常々思っていた。だってあの性癖を容認できる女性でなければ、セルティスとはとてもうまくやっていけない。おきれいな顔立ちとか、優秀さとか、血筋や身分の高さに令嬢達の目は向けられているが、ケインに言わせればセルティスの本質は結構残念である。

まあそれが、セルティスの愛すべきところではあるのだが。

ケインが心中でそんな事を考えているとは夢にも思わず、恋を成就させて幸せいっぱいの皇弟殿下が、「で?」と急にケインに聞いてきた。

「で?　って何の事です?」

「で、いつシアに会えるんだ?」

全く放縦《ほうしょう》な皇弟殿下である。ケインに頼めば、何でも願い事が叶うと思っているに違いない。まあ、優秀なケインなら二人きりで会わせるくらい簡単にできちゃう訳だが。

ケインの家にシアを呼ぶ手筈になっていますと告げると、セルティスは「よし！」と握《にぎ》り拳《こぶし》を大きく挙げた。

「どうせケインの家に一泊するようになるんだろ？　侍女に頼んで、ドレスサイズとか指輪のサイズとかを調べておいてくれないかな」

「贈り物をする気満々ですね」

「当たり前だ。私都合で無理やり皇宮に呼び寄せるんだ。皇后陛下は内輪の茶会からシアを社交に慣れさせると言っておられたから、その時に着るドレス一式は私の手で準備したい」

セルティスは楽しそうに言い、その後も二人はつまみを片手に話に花を咲かせた。恋を成就させてセルティスはご機嫌だし、ケインにしても困難な仕事をやり遂げた後の一杯は最高である。

そのまま杯を重ねながら、ケインはセルティスとの出会いを改めて思い起こしていた。

騎士団でたまたま第二皇子殿下の同室者に自分が指名され、あれから自分の人生は大きく動いていった。

ちょっと人見知りだけど実はすごく饒舌《じょうぜつ》で、世間知らずでどこか憎めなくてちょっと寂しがり屋の皇子殿下。長男気質のケインと、好奇心旺盛でマイペースなセルティスとは何故だか妙に馬が合い、いつの間にかかけがえのない友となっていた。

セルティスが度々我が家に来る事で、ケインは成人前から皇弟殿下の側近として周知されるようになり、周囲の貴族らが自分を見る目も変わってきた。畢竟、皇后陛下との縁も深くなり、マイラ殿下との接点も増えて、今や家族ぐるみで親しくさせていただいている状態である。

「シアの後見だけど、兄上からはカルセウス家がいいだろうと言われているんだ」

ややあって、酔いに目元をほんのりと赤くしてそう言ってくるセルティスに、ケインは驚いて顔を上げた。セルティスの妃となる女性の後見は、円卓会議に名を連ねているような貴族の中から選ばれるだろうと思っていたからだ。

「では、我が家から二人目の皇族妃が誕生する訳だ。父も母も喜ぶ事でしょう」

「……ケインの方がシアより年上だから、ケインは私の義兄になるのかな」

どこか眠そうな声にケインが杯を持つ手を止めてセルティスを見ると、セルティスはうとうととソファーに体を沈み込ませるところだった。元々それほど酒に強くないのに、ついつい杯を空けてしまったようだ。

これはもう寝かせた方が良さそうだと、ケインは側仕えを呼ぶために呼び鈴の紐《ひも》を引いた。

「殿下、もう休まれた方がいい」

うたた寝しかけているセルティスを揺り起こしてそう言えば、目を半眼にしたセルティスに腕を掴まれ、「さっきの事、お前はどう思う?」と尋ねられた。

「どうって、光栄ですけれども」

「そうじゃなくて、お前の気持ちを聞いているんだ」

そう言えばセルティスは酒を飲むととかく陽気になり、ついでにケイン限定でよく絡んできていたのを今になって思い出した。酒には弱いくせに隠れ酒はお気に入りで、準騎士時代は二人でよく酒盛りをしたものである。

初夏に出会い、共に学に励み、剣技や強弓、乗馬の腕を競った。夏場には離宮に招かれて狩りや遠乗りに興じ、秋の夜長はボードゲームを楽しんだ。いつの季節もこの友との思い出があり、そのかけがえのない時を愛おしみながらも、いつかは疎遠になっていくのだとケインは心のどこかで諦めていたような気がする。

けれどシアがカルセウス家の養女となるならば、自分達は更に新しい絆《きずな》を繋いでいく事になる。セルティスに子が生まれれば、それはカルセウス家にとっての誉《ほま》れとなり、縁が分かたれる事は永遠にない。

「殿下と義兄弟ですか……」

柔らかな灯の中で、ケインは我知らず微笑んでいた。

「それも悪くないですね」

このようにして皇弟殿下の側近であるケイン・カルセウスは、殿下のキューピッド役を見事に勤め上げた。

そもそも二人の出会いを作ったのはケインだし（ケインがセルティスをお忍びに誘った事から運命

は動き始めた。それを言うと、本当の功労者はあのスリの子どもかもしれないが）、再会については皇后の功績と言えるだろうが、仮面舞踏会の招待状を送って求婚の場を設けてやったのもケインだし、その後、殿下が最愛の女性との口づけを初めて交わす事となった場もカルセウス家である。

成婚の一年後、思い出深い場所ってどこです？　と聞いたケインに、セルティスは逡巡《しゅんじゅん》する事なく、カルセウス家の応接の間と言い切った。

人んちを勝手に思い出の場所にするな……と思わぬでもなかったが、まあ、光栄と言えば光栄と言えるのかもしれない。


さて、前半の功労者がケイン・カルセウスなら、オルテンシア嬢を皇弟妃へとのし上げた最大の功労者は皇后ヴィアであった。

そのヴィアは、ケインから勧誘成功と報告を受けた翌日、筆頭侍女のレナル夫人をはじめとした七名の侍女を集め、にこやかに宣言した。

「ひと月後、新しい侍女を皇后宮に迎えます。名前は、オルテンシア・ベル・ラヴィエ。いずれ、セルティスに見初められる予定の子です。皆でどうか可愛がってあげて」

ヴィアの言葉に、事情を知る侍女達は笑いを堪えながら深々と頭を下げた。

セルティス殿下が皇后の侍女を見初める手筈はすでに整っている。侍女とは名ばかりで、この先、皇族となるための教育が皇后主導で行われていく事も。

すでに軍部では、軍食の救世主である令嬢が皇后の侍女に抜擢《ばってき》されるようだと専《もっぱ》らの噂になっており、いずれ貴族社会にもその噂が少しずつ浸透していく事だろう。

ラヴィエ卿令嬢が皇后の侍女に抜擢されて五日目、皇弟殿下が偶然、皇后の許を訪れ、新しい侍女にお言葉を掛けられた（本当はもう少し先の予定だったが、セルティスが『待て』をできなかった）。

その後、皇弟殿下は日を空けず、皇后の許に来られるようになり、皇后の許しを得て二人で仲睦まじく会話される姿が見かけられるようになる。

半年後、その侍女は突然職を辞し、皇弟殿下の側近中の側近と言われるケイン・リュセ・カルセウスの家に養女に迎え入れられた。

カルセウス家は、養女となったオルテンシアのために大々的な祝賀の宴《うたげ》を催し、その五日後、衝撃的なニュースが宮廷を駆け抜けた。皇弟セルティス・レイ殿下と名門カルセウス家の令嬢オルテンシアの婚約が発表されたのである。

『皇后の侍女となった未婚女性は皆、玉《たま》の輿《こし》と言われるような良縁を繋ぐ』と言われた皇后ヴィアの神話は、この皇弟妃オルテンシアを以て完結する。

以降、皇后が未婚女性を侍女に迎える事はついになく、その皇弟妃殿下と言えば、かつての主人であり、義理の姉君となった皇后に傾倒し、皇家の一員としてよく仕えたと史書には記されている。

皇弟殿下との間に三男四女をもうけ、朗らかで優しく賢明な妃として夫君から生涯愛された皇弟妃殿下であったが、実は、『皇后を称える会』の会員番号、一万二千三百四十九番を持っていた事は余り世に知られていない。

特別章

皇后陛下の侍女

皇后に初めてお会いした日の事をシアはつい昨日の事のように鮮明に覚えている。

白磁のように滑らかな肌と淡くけぶる金髪が印象的な絶世の美女で、胸元はふっくらと盛り上がり、腰はほっそりと括《くび》れて清楚《せいそ》な色香に満ちていた。

皇后の弟であるレイも並外れた美青年だが、美しさの質がまるで違う。皇后はレイを更に華やかにしたような艶《あで》やかさがあり、それ以上に人を惹《ひ》きつけずにはおかない天性の軽やかさを持していた。

生き生きとした表情や甘く耳に馴染《なじ》む声色、湖水のように澄んだ瞳は魅入られるような美しさで、何よりもその朗らかなご気性と温《ぬく》もりのあるお言葉こそが、皇后最大の魅力と言っていいかもしれなかった。

緊張を押し隠し、美しいカーテシーを披露したシアの耳元にそっと唇を寄せ、「貴女《あなた》がセルティスの大事な茶トラさんね」と茶目っ気のある言葉を囁《ささや》いてきたヴィア皇后に、その瞬間、シアは心を射抜かれた。

何と言うか、眩《まぶ》しい。と言うか、尊い……！

自分でも何を心に呟《つぶや》いているのかわからなかったが、とにかくこの皇后陛下が次元を超えた美とゆかしさの極致にあるという事だけは理解した。

後に聞くところによると、この宮廷には『皇后陛下を称《たた》える会』なる秘密組織が存在するそうであ

る。

秘密組織と言っても別に危険な集団ではない。ご本人である皇后やそのご夫君である皇帝陛下がご存じないというだけで、発起人は皇后の異父弟でもあるセルティス・レイ皇弟殿下だ。

自他ともに認めるぶっちぎりの姉上至上主義者で、少し面はゆいけれどもシアの想い人でもある。レイもまたシアの事を憎からず思ってくれ、そもそもシアはレイの妃に迎え入れられるために皇后の侍女としてお仕えする事となったのだ。

皇宮に上がるまでは、果たして自分がこのように高貴な場所でやっていけるだろうかと胃を痛くしていたものだが、皇后にお会いした瞬間にその逡巡《しゅんじゅん》は霧散した。

このお方のお傍《そば》にいられるならばどんな苦労も平気……！　と一瞬で気持ちが塗り替えられたからだ。

昔、初対面のレイに姉君の素晴らしさについて熱く語られた事があったが、今ならばその発言に心から共感できる。

皇后陛下は素晴らしい。まさに崇拝を捧げるにふさわしいお方だ。


それからの日々は怒濤《どとう》のように過ぎていった。

まずは皇宮の雰囲気に慣れるようにと先輩侍女に連れられてあちこちに挨拶に伺い、宮殿内の配置を覚えながら、紹介された方のお名前と顔を一人一人心に刻んでいく。

皇后の侍女として居室の一つをいただいているが、部屋を温める間などなかった。朝起きて身嗜《みだしな》みを整えればすぐ先輩侍女の許に向かい、侍女としての仕事をこなしながら様々な事を学んでいたからだ。

　そういった毎日に追われ、何故《なぜ》自分が皇后の侍女に推挙されたかというそもそもの事由さえシアは忘れかけていた。

　思い出したのは侍女となって五日後で、レイが何の用もないのにぶらりと皇后宮を訪れた時だった。

　シアとレイのロマンティックな出会いを画策されていた皇后は「計画が台無しだわ」と思わず呟かれ、傍らに控えていた先輩侍女達も皇后に同調するように大きく頷《うなず》いた。

　余りの申し訳なさに、「あのう、どこかに身を隠しましょうか」とシアはそう申し出たが、皇后はすぐに微笑《ほほえ》み、「こちらにいなさい」と優しく言葉をかけて下さった。

「シアもずっと会いたかったのでしょう？　我慢しなくていいわ」

　実を言えば、この五日間は新しい環境に慣れるのに必死で、シアは他の事を考える余裕がなかった。レイを恋しく思ったり、実家を懐かしんだりするより先に、覚えなければならない事が山のようにあったからだ。

　毎日が緊張の連続で、とにかく早く仕事に慣れようとそればかりに意識が向いていた。けれどレイはその間もずっとシアの事を案じてくれていたのだろう。

　その優しさが強張《こわば》っていた心にゆっくりと沁《し》み込《こ》んできて、シアは我知らず鼻の奥がつんと痛くなった。

　潤みそうになる瞳をごまかそうと慌てて目をしばたたくシアを、皇后が柔らかな眼差《まなざ》しで見つめた。

そして皇弟殿下の入室が伝えられた。


さて侍女としてのシアの一日の始まりは、皇后をお起こしするところから始まる。

向かうのは皇帝陛下の寝所である。皇后宮にも寝所はあるが、余程の事がない限り皇后はこちらで休まれる事はない。

因《ちな》みに皇帝宮と皇后宮は本宮殿の南棟に位置し、隣接はしているものの完全に独立した建物形態をとっている。

唯一の例外が皇帝宮と皇后宮の寝所を繋《つな》ぐ秘密通路で、皇后が出産や体調不良などで寝所を別にされた時は、皇帝が通路を渡って皇后の見舞いに来られていたと伺った。

起床の時間が近付くと、皇后付きの侍女はお着替えに必要な一式を持って皇帝宮の寝所の控えの間に入室する。

侍従長を始めとした皇帝の侍従らも傍に控えているが、応《いら》えがあってまず中に入るのは皇后付きの侍女達だ。これは起きがけの皇后の姿を他の男の目に触れさせたくないという皇帝の意が働いていて、シアは正しいご判断だと思っている。

だって、恥じらいながら侍女の訪室を許す皇后は大層艶っぽい。同性のシアでさえくらっときちゃうくらいだから、これを侍従とはいえ他の貴族に見せるのは非常に危険な気がした。

皇后はすでに形ばかりの身支度を整えられていて、侍女達はその皇后を取り巻くようにして、すぐ近くの化粧の間にお連れする。

冬の間は部屋がすでに暖められていて、まずは長い金髪を簡単に結い上げて白磁の洗面器でお顔を洗っていただく。その後に口中を清めるためのゴブレットをお渡しするのだが、口をゆすがれるという何気ない動作がそれはもうお美しいのだ。

彩色された陶器のゴブレットに入っているミント入りの水を口に含み、口をゆすいで出されるだけなのだが、吐き出される様子を侍女に見せる事はない。流れるような仕草で口元を覆い、ぴんと指先まで伸ばされた手の向こう側で音を立てずに水を吐き出される。

その仕草があまりにも優美で、初めて見た時は食い入るように見つめてしまった。

この後、ローブの裾から手を差し入れるようにしてお体を軽くお清めしていく。香油入りの水で絞った布で拭いていくのだが、その時の肌触りが何と言うかものすごくいい。柔らかくもっちりとした絶妙な弾力があり、指に吸い付いてくるようだ。えも言われぬこの感触はきっとくせになる。

皇帝陛下は皇后の心映えばかりでなく、おそらくこのお体にも夢中でいらっしゃる筈《はず》だとシアは思った。

肌触りだけでなく、形よく盛り上がった豊満な胸も素晴らしい。その証拠に、ドレス姿では見えない部分には皇帝陛下の執着を表すような薔薇《ばら》色の痕があちこちに散らされていた。勿論侍女達は見て見ぬ振りをするが、何とも扇情的なお姿である。

さて、お清めが終わったらドレスの着付けに入るが、この時皇后が身に纏《まと》われるドレスはいたってシンプルなものだ。

生地こそは最高級のシルクで作られているが、釦《ぼたん》の数も少なく、着付けに時間がかからない。皇后はこの後すぐに皇帝陛下と朝食をおとりになるため、支度に長々と時間をかけるわけにはいかないからだ。

そうして着付けの終わった皇后を、皇帝陛下がお待ちになる朝餐《ちょうさん》の間にご案内していく。ここで侍女達は一旦御前を退《さ》がり、皇后宮でお戻りを待つ事となる。


朝餐を済ませられた皇帝陛下は執務に向かわれ、皇后は護衛騎士に守られて皇后宮にお戻りになる。そして改めてドレスをお着替えになるのだが、その前に肌のお手入れが待っている。

すでに一男二女をもうけられた皇后であるが、皇后は未《いま》だ一途《いちず》に皇帝陛下を慕っておられ、そのご寵愛《ちょうあい》を失うまいと美の探求に余念がない。

これ以上夢中にさせてどうするつもりなんだろうとシアなどは思ったりするが（傍で拝見していれば、皇帝陛下が皇后の虜《とりこ》になっておられるのは一目瞭然である）、専門の美容術師に肌のお手入れをさせながら、本日のご予定についてのレナル夫人の説明に耳を傾けられるのだ。

午後の茶会や晩餐会《ばんさんかい》がある日は出席者の席次や名前、その貴族の細やかな情報が伝えられるし、拝謁を願う貴族や芸術家、ご進講のための学者がいれば同様にその説明を受けられる。

そしてその間、シアが何をしているかと言うと、皇后のすぐ傍に控えて奏上される情報を一つ一つメモに書きとっている。

貴族としての一般的な知識や淑女マナーはほぼ完璧であるシアだが、皇宮に出入りする貴族らについての情報をほとんど持っていない。これは皇都に暮らす貴族令嬢としては致命的な欠陥で、皇后の侍女である間にできるだけ多くの貴族と顔を繋ぎ、その貴族らと会話を交わせるだけの知識を身につけておかなければならなかった。

肌の手入れが終われば、皇后は読書や刺繍《ししゅう》といったご自分の時間を半刻ほど持たれるので、その間にシアは今得たばかりの情報を頭に叩《たた》き込んでいく。

やがて先輩侍女が自分を呼びに来てくれると、今度は皇后のお供をして水晶宮へと向かうのだ。

この水晶宮は皇后のお子様方に与えられる独立した宮殿で、コの字型をした本宮殿の南側に建っている。以前は石造りの橋で皇后宮と水晶宮を結んでいたが、現皇后が皇太子殿下を懐妊された時、皇后たっての希望で屋根付きの渡り廊下に替えられた。

渡り廊下は皇帝夫妻とお子様方専用となっているため、他の貴族とすれ違う事はない。なので、今まで護衛騎士だけを連れて水晶宮に入られていた皇后が侍女のシアを伴うようになった事を、貴族らの誰も未だ気付いていなかった。

皇后が水晶宮を訪れると、母君を待ち侘《わ》びていた子ども達がわっと皇后の周りを取り囲む。

レティアス皇子とアヴェア皇女殿下が争うように母君のドレスの裳裾《もすそ》にしがみつき、一番幼いフィオラディーテ皇女も乳母《うば》の腕の中からお母様に向かって必死に小さな手を伸ばされる。幼いながらも、乳母とお母君の違いがわかっておられるご様子だ。

お子様方の遊び相手をされる皇后の傍で、シアも一緒に相手をさせていただく。レティアス皇子はやんちゃ盛りで広い室内を走り回り、アヴェア皇女はおままごとが大好きだ。

収拾がつかなくなると、「絵本を読むからいらっしゃい」と皇后が声をかけ、すると二人は嘘《うそ》のようにおとなしくなって皇后の両隣にぴたっと体をはりつける。朗読係は別にいるのだが、母君にご本を読んでもらう事が一番お好きであるらしい。

お昼前には皇妹のマイラ殿下と母君のセクトゥール妃、ロマリス皇弟殿下とその後見人のアルディス夫人が次々と顔を出され、水晶宮は更に賑《にぎ》やかになる。弟妹殿下らは皇后のお姿を見るや嬉《うれ》しそうに抱きついていかれ、非常に微笑ましい光景だ。

ほどなく皆で会食の間に移るが、この午餐《ごさん》の席には皇族方ばかりでなく、乳母や後見人の夫人方も同席される。初めてそれを知った時は少し驚いたが、こうした方々はいずれも高位の貴族夫人であるので、身分的な障りはなかった。

皇后は子ども達と食事を楽しみながら、夫人達から子ども達の様子を聞いている。

夫人同士の仲も良好で、それを見ながらシアは皇国は安泰かもしれないとつい思ってしまった。だっていくら殿下方の仲が良くても、それぞれの後見人である夫人方が対立してしまうと、思わぬところで騒乱の芽が育ちかねない。

さてシアは現在進行形で、この畏れ多い午餐の場に同席させていただいている。

最初は緊張しまくって食べ物の味が全く分からなかったが、ふた月も経《た》てばだんだんと場にも慣れ、会話に参加しながら食事を楽しめるようになってきた。

今でこそ午餐のメンバーとして受け入れられているが、シアが初めて水晶宮に顔を出した時、当然ながら夫人方は当惑されていた。

どちらの令嬢だろうと目を見交わし合う夫人方に、皇后はにっこりと微笑みながらシアを紹介した。

「新しくわたくしの侍女となったオルテンシア・ベル・ラヴィエ嬢よ。軍食の改善に貢献した功績で、わたくしが皇宮に呼び寄せました。久しぶりに未婚の子です」

茶目っ気たっぷりに皇后がそう告げれば、ご夫人方の目がきらっと輝いた気がした。

「まあっ、未婚でいらっしゃるの？」

一番に声を上げたのは皇太子の乳母君、離乳後はご養育係として殿下にお仕えしているビエッタ夫人である。

「ならば素敵なご縁を見つけて差し上げないといけませんわね」

世話好きな性格でいらっしゃるのか、小鼻を膨らませてそう言い切った夫人に、申し訳ないけれどもシアは少し引いた。

「それにしてもどういったご心境の変化ですの？　ここ最近は既婚の方しか侍女に取り上げられておりませんでしたのに」

フィオラディーテ皇女の乳母をされているヴァレス夫人が不思議そうに問いかけてきた。

因みにこのヴァレス夫人こそが、皇后の侍女の中で一番の玉の輿を摑《つか》んだと言われているエイミ様である。非常に奥ゆかしく、穏やかなお人柄の女性で、名門の夫人となられた後も驕《おご》るところが一つもない。

「何か報奨をと考えておりました時、ちょうどオルテンシアの縁談が不実な貴族によって解消となったと耳にしましたの。勿論、オルテンシアには一切の非はありませんのよ。家柄を笠《かさ》に意に染まぬ婚約を結ばされた挙句、気が変わったからと解消を告げられたようで、それならばわたくしがいい縁を紹介しようかと」

「気が変わったから婚約を解消ですって？」

その言葉に眉宇を顰《ひそ》めたのはアヴェア皇女のご養育係のエレイア夫人だった。

「それはまことですの？　一体その貴族は女性の事を何だと思っていらっしゃるのかしら」

「本当にひどい話ですわね。どうぞそのお話を詳しく教えていただけませんか」

ヴァレス夫人も大きく頷き、皇后は相手の名前を敢《あ》えて伏せた上で、シアがその貴族にどんな非道な事をされて来たかを事細かに話し始めた。

第三者として話を伺っていると、自分の元婚約者がどれほど身勝手で卑劣な男であったかがシアにもよくわかってきた。十年間もよく耐えてきたものである。お陰で軽い男性不信にも陥り、自分への自信も失いかけていたが、シアを一途に望んでくれたレイの誠実さによってシアの心は救われた。

「そんな男性は早く忘れてしまうに限りますわ」

「そうですとも。これほど愛らしいお方を手放すなんて、その貴族も女性を見る目がありませんわ」

ビエッタ夫人やヴァレス夫人が次々とそう声をかけて下さり、エレイア夫人もシアを安心させるように柔らかな笑みを向けてきた。

「でももう、何の心配もありません事よ。陛下の侍女となられたのですもの。きっと途方もないようなご縁をお掴みになるわ」

「オルテンシア様もどうぞお覚悟をなさってね」

ビエッタ夫人の言葉に皆がさざめくように笑い、シアは慎ましやかに会釈した。

途方もないご縁は確かに用意されている。皇弟妃という畏れ多い席に続く道が真《ま》っ直《す》ぐにシアの未来に敷かれていて、皇后に手を引かれるままシアはその道を進んでいくだけだった。


そんな風に午餐のメンバーからは受け入れられて穏やかに日々を過ごすシアであったが、そんな中、おませなマイラ皇妹殿下が何かに気付き始めた。

このマイラ殿下はレイより九つ下の妹君で、レイの側近で友人でもあるケイン・カルセウスの妹と非常に仲が良い。その妹君の名はセイラと言い、実はこのセイラ嬢とシアはすでに面識があった。

シアは皇宮に上がる前に、ケインの手引きでレイとの逢瀬をカルセウス家で取り持ってもらった事がある。遠い親族の知り合いの令嬢という形でシアをカルセウス家に招いてもらい、そのタイミングでケインがレイを家に連れてきてくれたのだ。

カルセウス家を訪れたのはその一回だけだったが、シアが皇后の侍女に抜擢《ばってき》されて皇宮に上がった後、セイラはその事を思い出して友人であるマイラ殿下に告げたらしい。

最近兄が皇后宮を頻繁に訪れているようだと聞き及んだマイラ殿下は、セイラからの情報と照らし合わせ、もしかすると兄の想い人はシアなのではないかと当たりをつけたようだった。

午餐が終わって雑談の時間になるや、マイラ殿下はシアの手を引いて隅の方のソファー席に連れて行くようになった。

ご夫人方は「マイラ殿下はよほどシア嬢が気に入られたのね」などと微笑ましくご覧になっておられるが、シアとしては冷や汗かきまくりの時間である。何と言ってもマイラ殿下は瞳をキラキラと輝かせて、シアが答えづらい事を次々と質問してこられるのだ。

「お兄様って格好いいでしょう？」とか、「どんなところが素敵だと思います？」などと聞かれた時、皇后の侍女としてはどうお答えするのが正解なのだろうか。

皇族の方を貶《おとし》めるような発言はできないから、「あそこまで秀麗なお方は見た事がありません」とお答えし、素敵だと思うところを必死に口にしたが、恋するシアはレイの事を考えるだけでつい頬が緩んでしまう。

あそこまで格好いいのは罪ではないかしらと、シアは思わず、ここまで自分の心を乱してくるレイをつい詰《なじ》りたくなってしまった。

初めて皇后宮にシアを訪れて以来、レイは日を空けずにシアに会いに来てくれている。レイはどうやら侍女頭のレナル夫人から情報をもらっているらしく、皇后が自室で寛《くつろ》がれている僅かな時間を見計らって顔を覗《のぞ》かせるのだ。

レイの訪れを知るや、ぎくしゃくと落ち着きなく視線をさまよわせるシアと対照的に、レイの方は落ち着きはらったものだ。皇后やレナル夫人らと軽妙な会話を楽しんだ後、何気ない口調で姉君に許しを請い、庭に面した一角へとシアを誘ってくる。

紳士らしく半身ほどの距離を開けてソファーに座り、レイはまず最初に辛《つら》い事はないかと必ずシアを気遣ってくる。よくしていただいていますとシアが答えれば、ならいいと嬉しそうに微笑むのだ。

二人に許されるのはほんのひと時だ。

互いの近況をとりとめもなく語り合いながら、レイは手を伸ばして膝に置かれたシアの手を握ってくる。シアが躊躇《ためら》いながらその手を握り返すと、レイは吐息だけで微笑んで指を更に絡め、時にその手をそっと引き寄せてシアの指先に軽く口づけた。

優しくシアを見つめ下ろす琥珀《こはく》の双眸《そうぼう》は金や赤錆《あかさび》色が美しく混ざり合い、どこか神秘的で神々しい。恥じらいながらその貌《かお》を仰ぎ、仄《ほの》かに漂う高雅な香りに身を任せれば、まるで夢を漂っているような気分になる。

勿論、人目がある場所での逢瀬だから、レイが紳士的な態度を崩す事はない。ただ時折、その眼差しにどこかほの暗い熱が籠もる事があり、その揺らぎを認める度にシアの心はざわめいた。

息もつけぬほど強く抱きしめられたあの日の感触を、初めて教えられた唇の熱さとあの熱情をシアは今も鮮やかに覚えている。

我知らず自由な方の手の指で自分の唇をなぞりかけ、慌てたように指を握り締めれば、それに気付いたレイが困ったように苦笑を刷いて、ぎゅっとシアの手を握り締めてきた。

そんなあれやこれやを思い出すととても平静ではいられなくて、気付けば恋する乙女《おとめ》そのままにシアはうろうろと視線を彷徨《さまよ》わせてしまう。

そしてそんなシアを見て、マイラ殿下は楽しそうにおっしゃるのだ。

「恋って素敵ですよね」

今やシアは、九つも年下の姫君に完全に遊ばれている状態だ。

「お兄様との出会いはどうでしたの？」と聞かれた時、つい設定通りに、「侍女になって五日目にたまたま皇弟殿下が皇后宮に遊びに来られまして」と答えたのもまずかったと思う。

そう答えた途端、言質《げんち》を取ったとばかりにマイラ殿下の目がきらんと光った。

「あら、それは表向きでしょう？　カルセウス家でお兄様とケイン様と三人でお話をされていたとセイラから聞いておりますわ」と言われ、シアは詰んだと思った。

「そう言えば、お会いした事を忘れておりました」と汗だくになって答えたが、皇弟殿下と会った事を忘れるような間抜けな貴族令嬢はどこにもいないだろうと、シアはその場で自分に突っ込んだ。

マイラ殿下はそれに対してはスルーして下さったが、今度は別の事をおっしゃられた。

「お兄様はよくケイン様のところに遊びに行かれますけれど、たまたま家を訪問されていた令嬢を同じ部屋に招くなんてありえませんのよ」

……ごもっともなご意見である。

「妹のセイラだって滅多に同室を許されませんの。なのに初対面のシア様がそれを許されたという事は、そもそもお兄様の目的がシア様で、だからケイン様がお兄様を家に誘ったとしか考えられませんわ」

……そこまでわかっているならもう聞かないでとシアは思わず泣き言を心に呟いた。

「それにしても、お二人はどこで知り合われたのでしょうね。シア様はセクルト地方のご令嬢でいらっしゃるし、皇都に住まうお兄様とは接点がありませんのに」

頬に人差し指を当ててそっと首を傾《かし》げるマイラ殿下は大層お可愛らしいが、それを愛《め》でる余裕はシアにはない。

シアは答えに窮して僅かに俯《うつむ》いた。

レイがお忍びで皇都ミダスの散策を楽しんでいた事は国家機密だとケイン様から釘《くぎ》を刺されている。おいそれと真実をお話しする訳にはいかなかった。

「それでわたくし、思い出したの。お兄様は以前、お忍びでテビア劇場のサロンを訪れた事があったようなのですけれど、その時たまたま知り合った貴族令嬢をケイン様がお誘いになったのですって」

「……」

「もしかしたら、そのご令嬢というのがシア様だったのではないかしら」

シアは答えられなかった。と言うか、そもそも口止めされているのだから答えられる筈がない。

無言のままだらだらと汗を流すシアを見て、マイラ殿下は望む答えをお見つけになったらしい。にっこりと口角を持ち上げた。

「だとすれば、ご令嬢を誘ったのはケイン様ではなくてお兄様ね。そう思われませんか？」

マイラ殿下は微笑まれたままシアをじっと見つめた。シアの答えを待っているのだ。

答えるまで引かないという決意が透けて見え、シアはついに覚悟を決めた。やけくそになったと言ってもいいだろう。

「……その令嬢が誰であったかは申し上げられませんが」

シアは小さく咳払《せきばら》いした。

「おそらくはサロンにご案内されたのがミダスに詳しいケイン様で、令嬢を街歩きに誘ったのが皇弟殿下ではないかと思われます」

「ですよね！」

マイラ殿下は満面の笑みになり、尋問から解放されたシアは取り敢えずほっとした。


さて、シアは皇后の下で少しずつ社交を広げている。皇后は私的な場には必ずシアを同席させており、そこで知り合った貴族らとシアは順調に人脈を繋いでいった。

侍女に上がって四、五か月が過ぎる頃から、皇后は自分が主催するお茶会の席に弟君を招かれるようになった。シアとの接点をわかりやすい形で設けるためだろう。

レイは皇帝陛下の信頼の厚い弟君であり、かつ他の追随を許さないほど見目にも優れている。今まで少人数の社交の場はわざと避けていたようだが、皇后のご要望で茶会に顔を出すようになった事で、女性陣は一気に色めき立った。眩《まばゆ》いばかりの美貌の貴公子で物腰は優美、話題も豊富でかつ未婚の皇族ともなれば狙わないという手はないのだ。

茶会への参加を許された事で、殿下へのアプローチをある程度許されたと女性陣は解釈したのだろう。特に未婚の令嬢達はレイの目に留まろうと積極的に行動をし始めた。

レイの前でわざとハンカチーフを落として手ずから拾ってもらう。言葉を聞き返す振りをしてレイの方に体を寄せる。上目遣いにレイを見上げ、わざと瞬きを繰り返したり、さりげない仕草で髪に触ったりと、気を引く事に余念がない。

一方のレイは、涼やかな顔でこれをやり過ごしていた。と言うか、どちらかと言えば迷惑がっていた。これまで数えきれないほど令嬢のハンカチーフや扇などを拾わされて、嫌がらせか……と零《こぼ》していたからである。

とはいえ、どれほどうんざりしていようとレイがそれを態度に表す事はない。どの相手に対しても終始穏やかに接し、一定の距離を保った上で和《なご》やかに歓談していた。

さてシアはと言うと、レイがモテまくる様子を見てこっそりとへこんでいた。

だってここにいる女性達はいずれも高位の貴族令嬢ばかりで、レイと立ち並んでも違和感がない。レイは馴《な》れ馴《な》れしい振舞いを令嬢らに許していないが、それでも妬《や》けるものは妬けてしまうのだ。

そうしたシアの気持ちは傍でご覧になっていた皇后には一目瞭然だったのだろう。ある日皇后は弟君を窘《たしな》められ、シアの妬心を知らされたレイは有頂天になった。

不安にさせた自分が悪かったと甘い言葉責めに走ってきて、お陰で嫉妬心は霧散したが、先輩侍女達の前でこれをやられたシアは恥ずかしさのあまり死ぬかと思った。

そうこうするうちに、宮廷内でも皇弟であるレイとシアとの仲が取り沙汰されるようになり、ある日シアは回廊で数人の貴族令嬢に取り囲まれた。

どうやらレイに好意を抱く高位の貴族令嬢とその取り巻きらしい。

「殿下は以前、自分の妃となるからには、皇后陛下と並んで見劣りがしない程度には顔の造作が整っていないと惨めだとはっきり言い渡されていますけれど、ラヴィエ様はそれをご存じでいらっしゃるの？」

口々にそのような事を言われてシアは瞠目《どうもく》した。

全く知らなかった。

「皇后陛下と並んで見劣りがしない程度に、ですか……」

そういえばレイから、群がってくる令嬢らを姉上の名を使って追い散らした事があると言われた事があったが、それがこの事だったのだろうか。

普通の令嬢ならば思わずショックを受けるところだが、生憎《あいにく》シアはそうはならない。何と言ってもシア自身が皇后の絶対的な崇拝者であるからだ。

「一体何をおっしゃっているのです。あのように素晴らしい皇后陛下と並び立てるような美貌の方がこの世にいるとでも？」

シアは反対に胸を張り、堂々と令嬢らに言い返した。

「陛下はそれはもう眩い程にお美しく、視線が合っただけでももったいないと思えるほどの方ですのよ。うっかりお傍に近付くと仄かにいい香りが致しますし、お肌はまるで白魚のよう。透き通った白さをされていてくすみ一つなく、何より極上の絹のようなあの肌触りを何と表現すればよろしいのでしょうか。しっとりと指に吸い付いてくるような感触で、お手入れさせていただく度に感嘆の溜息《ためいき》が零れるほどですわ。皇帝陛下が夜毎に愛《いと》おしんでおられるあの高貴なお方と張り合えるような女性がいると思うなど、それこそが笑止だと言っていいでしょう」

毎日お傍に侍《はべ》り、目を見つめてお言葉を掛けていただく幸せをシアは噛《か》み締め、ここぞとばかりに皇后の事を褒めちぎった。湧きいずる泉のように言葉は後から後から溢《あふ》れ出て、皇后について延々とのろけていると、令嬢達は嫌気がさしたのかその内どこかに消えていった。


余談ではあるが、シアは先日無事に『皇后陛下を称える会』の正会員となった。三か月の準会員期間を経て、一万二千三百四十九番の会員番号をいただいたのである。

もう天にも昇るような心地だった。

「ところでレイ以外の皇族の方はこの会をご存じないのですか」とレイに聞いてみると、「マイラとセクトゥール殿下も会員だぞ。多分三桁の会員番号を持っていた筈だ」と返された。

ならば今度マイラ殿下とは、皇后陛下の素晴らしさを語り合ってもいいかもしれない。

マイラ皇妹殿下のように、自分もいつの日かあの敬愛する皇后陛下をお姉さまとお呼びしてみたいと、シアは密《ひそ》かな野望を温めて期待に胸を熱くした。

あとがき

こんにちは。タイガーアイと申します。

この本をお手に取って頂き、本当にありがとうございます。

今回、一巻と二巻を同時発売して頂けるようになり、お話を下さいました担当様、出版者様に、心より感謝申し上げます。

一巻に引き続き、イラストはCiel先生です。お話を受けて下さいまして，本当にありがとうございました。

このイラストが本当に素晴らしくて、一巻ではどこか儚げな美少年だったセルティスが、すらりとした秀麗な青年に成長していきます。愛らしいシアとのツーショットにも悶えました。

また、ピンナップでは、十三歳のセルティス達が描かれています。まだ幼さを残す三人が、とても可愛らしいです！

主人公は、皇都から少し離れた地方に暮らす貴族令嬢です。家柄は低いけれども、当主の才覚で財を増やしていき、その辺りでは名の知れた裕福な貴族となっていました。

そのせいで、金に困窮した名門貴族と無理やり婚約を結ばされてしまい、シアはその後、この婚約者から不当な扱いを受けていく事になります。

何度となく思いを踏み躙られてその度に涙するシアですが、自分の境遇を哀れんで悲劇のヒロインモードで泣き暮らす事はありません。だってその方がご飯だって美味しいし！　と明るく気持ちを切り替えられる、朗らかで逞しい女の子です。

これ以上書くとネタバレになってしまいますので、内容に触れるのはここまでですが、ケイン視点の物語は、とにかくコミカルな仕上がりになっています。読んで下さった方がくすりと笑ったり、楽しい気分になったりして下さったら嬉しいなと思っております。

こうして続編を出させて頂く事ができましたのも、応援して下さった皆様のお陰です。サイトに応援メッセージを寄せて下さった方、お手紙でファンレターを下さった方、丁寧に読ませて頂きました。本当にありがとうございました。

また、今回も出版にあたって、たくさんの方々のご尽力を頂きました。担当様を始めとした、関わって下さったすべての方にお礼申し上げます。

そして、この本をお手に取り、読んで下さいました皆様方、本当にありがとうございました。感謝してもしきれません。この場をお借りして、お礼申し上げます。

早くこのコロナ禍がおさまり、平穏な日常が戻りますように。祈りを込めて。

タイガーアイ

アンシェーゼ皇家物語《こうけものがたり》2
囚《とら》われ令嬢《れいじょう》の願《ねが》いごと

初出……………「第二皇子の側近は呟く」
小説投稿サイト「小説家になろう」で掲載

2021年7月5日　初版発行

著　者　タイガーアイ
イラスト　Ciel《シエル》
発行者　野内雅宏
発行所　株式会社一迅社
〒160-0022　東京都新宿区新宿3-1-13　京王新宿追分ビル5F
電話　03-5312-7432(編集)
電話　03-5312-6150(販売)
発売元:株式会社講談社(講談社・一迅社)
印刷・製本　大日本印刷株式会社
DTP　株式会社三協美術
装　丁　AFTERGLOW

ISBN 978-4-7580-9379-8

おたよりの宛先

〒160-0022　東京都新宿区新宿3-1-13　京王新宿追分ビル5F
株式会社一迅社　文芸・ノベル編集部
タイガーアイ先生・Ciel先生